MÉLANGES

DE

LITTÉRATURE.

I.

Deux exemplaires de cet ouvrage ont été déposés à la Bibliothèque Impériale. Je saisirai ceux qui ne seront pas signés par moi.

Paris, 1.er Octobre, 1805.

MÉLANGES

DE

LITTÉRATURE;

Publiés par J. B. A. SUARD,

Secrétaire perpétuel de la Classe de la Langue et de la Littérature françaises, de l'Institut national de France, Membre de la Légion d'honneur.

SECONDE ÉDITION REVUE ET CORRIGÉE.

TOME PREMIER.

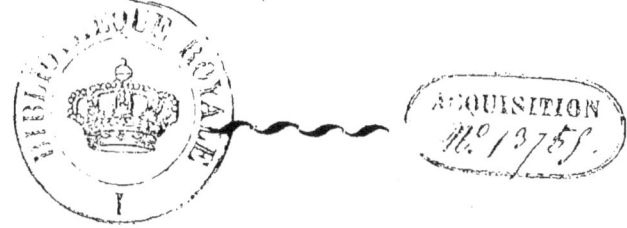

PARIS,

DENTU, Impr.-Libraire, quai des Augustins, n.º 17.

1806.

AVERTISSEMENT

DE L'ÉDITEUR.

J'AI eu le bonheur d'avoir pour ami un des hommes les plus aimables de mon tems, qui joignait à une érudition choisie un goût exquis, et à une étude réfléchie de tous les arts cette chaleur d'enthousiasme qui fait passer dans l'ame des autres le sentiment qu'on exprime ; il plaisait dans le monde par les agrémens de son esprit, par une élocution élégante et animée, et par les éclairs d'une imagination brillante qui répandait à-la-fois le charme et la lumière ;

il s'y faisait aimer par la douceur
de son caractère, par une bienveillance générale et naturelle, par
l'aménité et la politesse de ses manières. Il a obtenu de la célébrité
comme homme de lettres, et il la
devait moins à ce qu'il a produit,
qu'à l'opinion qu'il donna de ce
qu'il pouvait produire ; et en effet il
est aisé de juger par les écrits qui
sont sortis de sa plume, qu'il aurait
été un des écrivains les plus distingués de son siècle , s'il n'avait
préféré à la gloire de vivre avec
estime dans la postérité, le bonheur
séduisant de plaire tous les jours à
un monde choisi.

Cet ami, c'est l'abbé Arnaud, de
l'Académie française et de celle des

Inscriptions et Belles-Lettres. Nous avions entrepris en 1760 de reprendre le *Journal Étranger* interrompu depuis deux ans ; après l'avoir continué deux années et demie , nous fûmes chargés par le gouvernement de la rédaction de la *Gazette de France*. Le ministre exigea que nous abandonnassions le *Journal Étranger* pour y substituer un autre journal, qui devait remplir le même objet sur un plan plus étendu , et qui eut pour titre *Gazette Littéraire*. Nous l'abandonnâmes aussi au bout de deux ans.

Ces deux journaux n'étaient pas composés de simples analyses de livres. Nous y avions inséré différens écrits sur toutes sortes de sujets.

On nous engagea à les rassembler et à les publier dans un recueil qui parut en 1768, sous le titre de *Variétés Littéraires*.

J'avais vécu pendant près de vingt-cinq ans avec l'abbé Arnaud, sans que rien eût altéré un seul moment notre union. Pendant cet intervalle de tems, nous avions habité constamment sous le même toît ; nos travaux avaient toujours été communs ; notre petite fortune l'avait été long-tems ; la mort me l'enleva en 1784. Son amitié avait embelli la plus belle partie de ma carrière ; elle a manqué aux années de ma vie qui se sont écoulées depuis ; elle manquera à celles qui me restent à parcourir.

Les *Variétés Littéraires* ont eu quelque succès. Depuis long-tems les éditions en sont épuisées. On m'a proposé de les réimprimer, en y ajoutant un assez grand nombre de petits écrits de moi, dispersés dans différens journaux ou dans d'autres ouvrages. Des motifs très-indifférens au public m'ont déterminé à prendre un autre parti.

Il restait peu de pièces inédites de l'abbé Arnaud ; celles qui sont sorties de ma plume ne m'ont pas paru assez importantes pour faire l'objet principal d'une collection. Quelques amis m'ont autorisé à y joindre d'autres écrits tirés de leurs porte-feuilles où déjà publiés par eux. J'ai trouvé dans cette offre

le moyen de former une collection qui, par la variété de ton et
d'objets , ainsi que par le mérite
propre de la plupart des écrits dont
je ne suis que l'éditeur, me paraît
digne d'intéresser les bons esprits et
les gens de goût.

Je me bornerai ici à dire quelques
mots sur les différens auteurs qui ont
concouru à ces *Mélanges.*

Plusieurs écrits de l'abbé Arnaud
sont signés de son nom.

Plusieurs m'avaient été confiés par
un autre ami qui me fut bien cher
et dont la perte encore récente sera
long - tems douloureuse pour tous
ceux qui tenaient à lui par les liens
du sang ou de l'amitié. Il est mort
pendant l'impression de ces Mé-

langes ¹. C'est M. Devaines, con-
seiller-d'état, membre de la classe
de la langue et de la littérature fran-

¹ On me pardonnera de recueillir ici quelques
traits de l'hommage funèbre que j'ai rendu à la mémoire de mon ami, au moment où l'on allait déposer
ses restes dans la terre. Je parlais au nom de l'Institut :

« Le cercueil que nous allons déposer au milieu
« de ces humbles tombeaux, renferme la dépouille
« mortelle d'un ami de ma jeunesse, avec lequel j'ai
« traversé la plus grande partie de ma carrière ; dont
« le commerce aimable et l'amitié constante ajoutè-
« rent du bonheur aux tems les plus heureux de ma
« vie ; dont l'amitié active et généreuse, dans des
« tems moins prospères, fut toujours prête à adou-
« cir mes peines et à réparer mes revers.

« Il a peu écrit ; et ce qu'il a écrit n'est guères
« connu que de quelques amis ; mais ceux qui ont
« lu les petits ouvrages échappés à sa plume, ne peu-
« vent qu'être frappés des idées fines et ingénieuses,
« de ce goût pur et de ce tact délicat des conve-
« nances, de cette fleur de littérature, de ce style,
« correct sans sécheresse, élégant sans recherche, et
« animé sans effort, qui distinguent les productions
« de cet esprit aimable et facile.

« Dès sa jeunesse, un penchant naturel l'attirait

çaises de l'Institut national. Ses articles sont signés de son nom.

Il m'est doux de nommer pour
mes coopérateurs des hommes dont
l'amitié honore et dont le nom est
couvert de l'estime publique. Je dois
plusieurs des morceaux qui entrent
dans ce recueil à la complaisance de

« vers la culture des lettres et des arts ; mais des
« circonstances impérieuses l'entraînèrent dans une
« autre carrière, où les dons de l'esprit dont la
« nature l'avait doué le firent bientôt distinguer. S'il
« ne prétendit pas à la gloire littéraire, il obtint
« ce qui est bien plus précieux pour le bonheur,
« la considération personnelle, qui est le prix d'un
« caractère noble, d'une conduite sans tache, d'un
« commerce aussi agréable que sûr.

« Pour faire le plus digne éloge des qualités aima-
« bles, intéressantes et généreuses de l'homme à qui
« je rends ce faible tribut de mon affection, il suffi-
« rait de nommer les personnes qui lui avaient voué
« la plus tendre amitié, qui lui ont rendu jusqu'à
« sa dernière heure les soins les plus touchans, dont
« la douleur et les larmes honoreront long-tems sa
« mémoire. »

M. Malouet, si recommandable par le rôle qu'il a joué dans l'Assemblée constituante, où il a conservé une raison si forte et si éclairée, une ame si sage et si courageuse, au milieu des tempêtes d'une révolution qui a égaré tant d'esprits naturellement bons, et souillé tant de noms jusqu'alors sans tache.

M. Malouet unit le goût des lettres aux vues de la politique, et le talent de l'écrivain à celui de l'administrateur. Les morceaux qu'il m'a communiqués sont signés de la lettre *M*.

On trouvera dans le premier volume un petit poëme en prose, intitulé : *La Prise de Jéricho*, écrit par madame Cottin, auteur de *Claire d'Albe*, *de Malvina et d'Amélie Mansfield*, etc. Le succès général et mérité qu'ont obtenu ces trois romans, rendrait ici superflu l'éloge de l'auteur. J'oserai dire cependant que la lecture de *La Prise de Jéricho* peut ajouter encore à l'opinion qu'on a dû concevoir de son rare talent. Au mérite d'une action intéressante, de la peinture fidèle et animée des sentimens et des mœurs, ce poëme en réunit un autre qui suppose beaucoup de goût : c'est celui d'avoir imité avec vérité, sans aucune exagération, ce style figuré, qu'on appelle oriental, et qui caractérise les écrits qui nous restent du peuple juif.

Deux autres personnes, qui ne

m'ont permis ni de les désigner, ni de les louer, ont concouru à enrichir ces *Mélanges*. Les morceaux qu'elles m'ont autorisé à y insérer sont signés, les uns de la lettre *P*, les autres de la lettre *A*.

Ceux qui sont de moi sont signés de la lettre *S*. Quelques-uns n'avaient pas encore été imprimés ; presque tous les autres ont été corrigés et quelquefois étendus.

Jusqu'à ce jour je n'ai attaché mon nom à aucun des ouvrages que j'ai publiés ; mon libraire m'a pressé de consentir à ce qu'il l'imprimât à la tête de ces *Mélanges* ; il a prétendu que le public aimait à connaître les auteurs et même les éditeurs d'un livre. J'ai cédé avec

quelque répugnance à son desir ;
mais j'ai cru qu'il n'y avait ni vanité
ni orgueil à me nommer comme
simple éditeur d'un recueil où je
n'ai que la plus faible part.

S.

ÉLOGE

D'HOMÈRE.

Les anciens poëtes, dans les hymnes
adressés aux divinités qu'ils proposaient
à l'adoration des hommes, commençaient
par Jupiter; et moi, dit Quintilien, dans
un ouvrage, où je viens offrir des modèles
à l'imitation des gens de lettres, je com-
mencerai par Homère. Tout ce que l'éloquence et la poésie peuvent avoir et d'é-
nergie et de grâces, continue le même
auteur, c'est à lui que nous le devons. Ses
forces surpassent les forces de l'esprit humain; ses beautés sont inaccessibles. Vainement entreprendrait-on de les égaler; c'est
déjà se montrer grand homme, que de les
sentir et de les comprendre.

Le langage de Quintilien est celui de
toute l'antiquité; les grecs même ne se
bornèrent pas au sentiment de l'admiration,
ils vouèrent à ce poëte un véritable culte;

incertains du lieu de sa naissance, ils lui donnèrent le ciel pour patrie. Les philosophes s'honoraient de lui devoir leurs dogmes et leurs découvertes; les législateurs appuyaient leurs sanctions sur son autorité, qui suffisait pour les consacrer. Platon le fait marcher à la tête de tous les auteurs dramatiques. La nature prenait, aux yeux des artistes nourris de ses ouvrages, un caractère de grandeur et de majesté, qui se reproduisait dans toutes leurs compositions : aussi, législateurs, philosophes, poëtes, orateurs, artistes, l'antiquité les suspendit tous au génie de cet homme extraordinaire, comme il avait suspendu lui-même la chaîne entière des êtres au trône de Jupiter.

Lorsqu'au commencement du siècle, une philosophie mal entendue voulut faire mépriser les modèles que la barbarie avait trop long-tems fait oublier, lorsqu'on se déchaîna particulièrement contre Homère, s'était-on bien pénétré du mérite des écrivains et de la Grèce et de Rome, dont on osait combattre l'opinion ? Pouvait-on se dissimuler que ces écrivains, soit historiens soit orateurs, soit poëtes, ne parlent jamais d'Homère sans que leur imagination s'enflamme, sans que leur style s'élève? Avait-on considéré l'étendue et la durée du règne de son génie? Et n'eût-il pas été plus philosophique de remonter au principe de ce vieux respect, de pénétrer la raison d'une impression si profonde et si générale, que de tâcher d'ébranler les fondemens d'une domination, appuyée sur le suffrage unanime de toutes les nations éclairées, et affermie par trente siècles.

. Mon intention n'est pas de discuter ici des sophismes, dont la raison et le goût ont heureusement triomphé. Mais voulez-vous leur ôter pour jamais ce qu'ils pourraient avoir de séduisant, jetez un coup-d'œil sur la postérité littéraire d'Homère. L'Enéide de Virgile, la Jérusalem délivrée du Tasse, le Poëme de l'Arioste, le Télémaque de Fénélon, la Henriade de Voltaire; voilà ce que vous lui devez. Que devons-nous aux attaques qui lui ont été livrées? Des raisonnemens ingénieux, mais arides, où les efforts de l'esprit sont substitués aux grands mouvemens de l'ame, la subtilité à la profondeur, la singularité des idées à la connaissance des ressorts qui meuvent le cœur humain ; des raisonnemens qui ne sont propres qu'à glacer l'imagination, qu'à rétrécir le génie, qu'à produire enfin dans le libre empire des arts, tous les maux de la servitude.

Il faut juger, disait-on, des progrès des arts et du goût, par les progrès de la philosophie et de la raison [1]. Hélas ! de tous les exercices, c'est celui de la raison qui coûte le plus à cet être que nous avons appelé raisonnable ; quand au contraire le cœur humain demeure toujours ouvert aux objets qui appartiennent au sentiment. Il n'y a point d'homme qu'une action vertueuse et sublime ne transporte de plaisir et d'admiration ; il n'en est point qu'une atrocité ne pénètre d'indignation et d'horreur ; mais y en a-t-il beaucoup qui s'affligent d'une grande erreur, et qu'une grande vérité fasse tressaillir.

Léibnitz a judicieusement remarqué que dans l'espace d'une seule année, cent hommes qui rassembleront leurs forces et leurs lumières pour les diriger vers un même

----

[1] Comme s'il y avait rien de commun entre les lumières de l'esprit et la sensibilité de l'ame.

but, feront plus pour l'avancement d'une
science que ne pourra faire un seul homme
dans l'espace de cent ans ; mais verra-t-on
jamais sortir un chef-d'œuvre de poésie,
d'éloquence, de peinture et de musique,
des idées combinées et réunies d'une société
de poëtes, d'orateurs, d'artistes ? C'est par
la communication des faits, des observations, des expériences, des découvertes,
que la science s'accroît et se perfectionne ;
or, la sensibilité, l'imagination, le génie
sont incommunicables. Aussi l'esprit de
conquête doit-il nécessairement régner
dans toutes les sociétés destinées à cultiver
les sciences exactes, pendant que celles
qui ont pour objet de veiller sur le bon
goût, doivent se borner à l'esprit de conservation.

Lorsque les uns renversaient ainsi les limites et les objets des sciences et des arts,
les autres croyaient attaquer Homère avec
plus d'avantage, en lui opposant les règles
de l'épopée. Ils avaient donc oublié que
c'est encore à Homère que nous devons ce
qu'il y a de plus important dans ces règles,
puisque c'est d'après ses ouvrages que le
plus pénétrant et le plus judicieux obser-

vateur qu'aient jamais eu les beaux arts, a
tracé sa *poétique*.

Ici, qu'il me soit permis de faire quelques remarques qui, dans aucun tems, ne
furent peut-être plus nécessaires.

Premièrement, il est impossible que les
règles, fruit de la réflexion tranquille, atteignent jamais le vol du génie, et qu'elles
s'étendent à toutes les beautés qu'on peut
faire entrer dans les différens ouvrages qui
demandent de l'enthousiasme; car le propre
de l'enthousiasme est de transporter, non
l'imagination au-delà des bornes de la raison,
mais la raison au-delà des bornes de l'art.

Secondement, en poésie, en peinture, et
dans tous les arts dont l'objet est de tromper doucement les sens et d'intéresser le
cœur en agitant l'imagination, les règles ne
peuvent être envisagées que comme des
moyens faciles et sûrs pour arriver aux effets qu'on se propose; toutes les fois donc
qu'un ouvrage opérera ces effets, au lieu
de le condamner parce qu'on y aura violé
les règles, la raison, la vraie philosophie
veulent que nous regardions comme autant
de règles inutiles toutes celles qui y auront été violées.

Enfin, dans tout ouvrage d'imagination et de sentiment, si les beautés ne vous intéressent beaucoup plus que les défauts ne peuvent vous révolter; si votre première découverte est toujours celle des imperfections, et la dernière celle des traits de génie et d'ame, regardez-vous comme étranger aux beaux-arts, abstenez-vous d'en juger, sur-tout, perdez l'espérance d'y pouvoir jamais réussir.

Le prix que nous attachons aux vues ingénieuses, aux idées fines et déliées, à ce que nous appelons *esprit;* l'empressement d'en avoir et d'en montrer; sur-tout l'éducation qu'on nous donne, et qui consiste à nous préserver des fautes plutôt qu'à nous conduire aux beautés, à nous accabler d'une multitude innombrable de règles, à ne nous offrir des exemples que pour confirmer ces règles, et à nous cacher la nature pour ne montrer que des exemples : voilà la véritable origine de notre penchant à raisonner, à discuter, à reprendre, lorsqu'il ne faudrait que sentir; voilà comment, pour nous former la mémoire, l'esprit et le jugement, on appauvrit le trésor de nos sensations, en négligeant, ou plutôt

en attaquant dès nos premières années le
germe de notre sensibilité.

Vous à qui la muse a souri au moment
de votre naissance , et dont le talent a résisté aux efforts qu'on a faits pour l'égarer , jeune homme qui aspirez à mériter un
jour les hommages que vous vous empressez
de rendre au génie , voulez-vous parvenir
au grand secret d'enlever à la nature ses
crayons et ses couleurs , et devenir son ri-
val ? Lisez , relisez Homère. Laissez le philosophe lui reprocher d'avoir abaissé les
dieux jusqu'à la condition de l'homme ;
vous , ne voyez qu'un poëte qui élève
l'homme jusqu'à la condition des dieux , et
qui , par cette continuelle association de la
terre avec le ciel , ennoblit toutes les passions, jette le plus grand intérêt sur les
actions de ses personnages , et imprime à
toutes les parties de son poëme le caractère
du merveilleux, en communiquant au merveilleux le caractère de la vraisemblance.

Si les mœurs de ses héros vous paraissent simples, grossières et barbares, songez
que telles étaient les mœurs de son siècle,
et qu'il avait à les peindre et non à les
réformer.

D'ailleurs, si vous faites attention que c'est à cette simplicité, à cette férocité de mœurs que nous devons les touches originales et fières de ses admirables tableaux, et que vous vivez dans un tems où la politesse, le luxe, les besoins multipliés à l'excès ont presqu'entièrement effacé tous les grands traits de la nature, où la colère n'est que du ressentiment, l'amour que de la galanterie, l'amitié que de l'habitude, le courage que la crainte de l'infamie ; alors loin de faire un crime à Homère de n'avoir pas représenté ses héros avec nos vêtemens et nos physionomies, vous sentirez la nécessité de recourir à ses ouvrages pour apprendre à crayonner les passions grandes et fortes, ces passions dont nos ames livrées à une infinité, je ne dis pas de desirs, mais de petites fantaisies, ne sauraient fournir le modèle.

Ainsi, à la renaissance des arts, lorsqu'on n'avait plus sous les yeux ces corps vigoureux à qui les travaux du Gymnase donnaient une expression si ressentie et si belle, Michel-Ange allait puiser dans l'étude de l'antique les formes et les conceptions sublimes qui ont immortalisé son

ciseau, Michel-Ange qui , sur la fin de sa
brillante et longue carrière , ayant perdu
l'usage de la vue, se faisait transporter au
pied de ces monumens, les touchait de ses
défaillantes mains, et après en avoir parcouru les contours, les embrassait en versant des larmes qu'arrachaient à ses yeux
éteints l'admiration et la reconnaissance.

Pendant que des critiques austères et
froids discuteront rigoureusement les
comparaisons d'Homère, et qu'ils les trouveront peu justes ou peu convenables, ou
trop fréquentes, ou trop prolongées, vous
admirerez l'étendue et la puissance de son
génie, qui , se saisissant de la nature entière, et liant au monde moral les phénomènes du monde physique , nous présente
les objets, tantôt sous un jour nouveau,
tantôt sous un plus beau jour, et par une
succession rapide d'images et de tableaux ,
augmente sans cesse le mouvement qu'il a
une fois imprimé à notre ame ; images dont
les unes , d'autant plus sublimes qu'elles
sont plus vagues, en ce qu'elles forcent
l'imagination de s'élancer bien au-delà
du terme où la parole a pu la conduire ,
appartiennent exclusivement à la poésie ;

tandis que les autres, accompagnées des
détails les plus sensibles, les plus vrais, les
plus naturels, semblent être l'ouvrage du
pinceau plutôt que celui de la parole.
Voulez-vous un exemple des premiers?
lizez le commencement du dixième livre
de l'Iliade.

Domptés par le doux pouvoir du sommeil, les chefs de l'armée grecque re-
posent tous dans leurs tentes; Agamemnon
seul veille, tourmenté par la foule des
pensées qu'il roule dans son esprit. Que
fait le poëte pour nous donner une forte
idée du trouble de son héros? Il compare
son agitation à l'agitation de l'air, lorsque
l'embrâsant de son tonnerre, Jupiter annonce aux humains tous les ravages de la
tempête ou tous les malheurs de la guerre.

Le seizième livre du même poëme vous
fournit un bel exemple des seconds.

Etendu sur le tillac du navire d'Achille,
Patrocle voit la défaite des grecs, et Patrocle fond en larmes. Achille lui repro-
chant sa faiblesse : tu pleures, lui dit-il, tu
pleures comme un jeune enfant qui demande à sa mère qu'elle le prenne dans
ses bras, la tient par sa robe, s'efforce de

ralentir sa marche trop précipitée, et lève
sur elle ses yeux innocens et chargés de
pleurs, jusqu'à ce qu'elle l'enlève et le
pose sur son sein.

Je ne présente ici que des estampes
froides et inanimées. Le texte, le texte seul
vous offrira le tableau ; car ne croyez pas
connaître jamais un poëte si vous ne l'avez
aperçu qu'au travers du voile de la traduction, et moins encore Homère, si vous
ne l'avez vu face à face (qu'on me permette
cette expression.) C'est alors, et ce n'est
qu'alors que vous pourrez contempler tous
les trésors de son génie, trésors qu'il a pro-
digués à sa langue, et que ne saurait s'ap-
proprier aucun autre idiome, mais dont
tous les idiomes peuvent et doivent néanmoins profiter.

Là, vous verrez comment par la réunion de mots, rassemblant dans le plus
petit espace possible plusieurs images, plusieurs idées ou plusieurs rapports, il jette
dans son style une rapidité presqu'égale à
celle de la pensée ; comment, par le choix
des termes et par l'heureuse combinaison
des élémens dont il les compose, il parvient à transformer en vraies images, les

signes conventionnels et arbitraires de la
parole; comment enfin, soumis à un vers
toujours de même mesure, il en varie les
mouvemens, les ralentit, les suspend, les
précipite, conformément à la nature des
choses qu'il se propose de représenter.

Est-il obligé d'employer un terme commun, une expression vulgaire, un mot peu
mélodieux, peu sonore ? Par la manière
dont il les place, par les épithètes dont il
les environne, tout devient harmonieux,
tout prend le caractère de l'élégance et de
la noblesse. Ainsi, pour me servir d'une
comparaison prise dans Homère même,
lorsqu'Ulisse se présente avec la figure
d'un vieillard courbé sous le poids des ans
et flétri par la misère, Minerve en le touchant lui donne la fraîcheur de la jeunesse
et la taille d'un demi-dieu.

Ce ne fut qu'après avoir long-tems envi-
sagé toutes ces beautés et en avoir médité
les principes et les effets, que Virgile en
enrichit la langue et la poésie latine. Tra-
ducteurs d'Homère, regardez Virgile ;
comme lui, démêlez bien ce que les mœurs,
les usages et le génie de la langue vous
permettent d'adopter et vous commandent

de rejeter. Sur-tout, comme lui, péné-
trez-vous de votre modèle, jusqu'à ce que
son ame se soit, pour ainsi dire, commu-
niquée à la vôtre; jusqu'à ce qu'emporté
de son enthousiasme, vous voyiez, vous
sentiez la nature, comme il l'a sentie et vue
lui-même; et la langue et la poésie françaises vous devront des richesses peut-être
encore inconnues. Car, qui oserait affirmer
que notre langue soit parvenue à connaître
toutes ses forces? Une traduction en vers
du poëme des Géorgiques avait été jusqu'à présent regardée comme un ouvrage
impossible, et notre poésie ne nous avait
point encore offert ces particularités pi-
quantes, ces détails heureux qui ne se montrent qu'aux yeux accoutumés à observer
de près la nature, qui constituent la vérité
de l'imitation, et qui font un des principaux
charmes du poëme des *Saisons*.

Voilà l'objet que s'est proposé l'Académie française en vous donnant Homère à
traduire. Une multitude de vers sans idées,
sans images, sans mouvemens, et qu'on
prend pour de la poésie; de la prose plate
et rimée qu'on donne pour des vers; les
grands modèles abandonnés pour s'attacher

à une nature mesquine, basse et dégoû-
tante; des autels élevés à la barbarie au
sein de la capitale du monde littéraire,
tout a dû déterminer l'Académie à ramener
vos regards sur un poëte grand avec simplicité, simple avec grandeur et sublime
sans effort.

Fidèle aux principes qui l'ont toujours
dirigée, vous la verrez compter avec complaisance tous les pas que vous ferez vers
la gloire, encourager les efforts heureux,
appeler le vrai talent et repousser le mauvais goût, sans qu'elle daigne jamais s'occuper, moins encore s'offenser, ni des
murmures de la médiocrité, ni des insultes
de l'ignorance. Quelques jeunes gens de
Clazomène salirent à Sparte les places où
les éphores siégeaient, et d'où partaient les
arrêts qui veillaient au maintien des lois;
les éphores ne se vengèrent que par ce
décret qu'ils publièrent le lendemain : QUE
L'INDÉCENCE ET LA MALHONNÊTETÉ SOIENT
PERMISES AUX CLAZOMÉNIENS.

Cet *Eloge d'Homère* est de feu l'abbé Arnaud,
qui le lut, il y a environ vingt ans, dans une séance

publique de l'Académie française , où il obtint le plus grand succès. L'Académie avait proposé pour sujet de son prix de poésie, une imitation en vers d'un morceau de l'Iliade , au choix des concurrens. C'est ce qui engagea l'abbé Arnaud à composer ce discours, et c'est à quoi il fait allusion vers la fin.

DE VOLTAIRE

ET

DU POËTE ITALIEN

BETTINELLI.

CEUX qui ne sont pas étrangers à la litté‑
rature italienne, connaissent au moins le
nom du P. Saverio Bettinelli, religieux ser‑
vite de Vérone, l'un des meilleurs poëtes
et des critiques les plus distingués que l'Ita‑
lie ait produits dans ces derniers tems. Il a
commencé sa carrière poétique par des
tragédies, des poëmes et d'autres écrits
d'une certaine étendue ; et il l'a terminée
par des epigrammes et de petites pièces
fugitives ; ce qui n'est pas la marche ordi‑
naire du talent. Il a pensé sans doute que la
jeunesse était plus propre aux grands ou‑
vrages où l'esprit a toute sa force, et où le
talent est soutenu par l'amour et l'espé‑
rance de la gloire ; que dans la vieillesse,
au contraire, il fallait travailler pour son

amusement, et jouir à son aise de la facilité
acquise par une longue expérience. Chacun
à cet égard, peut penser à sa manière, et se
conduire suivant son goût.

Il vient de me tomber entre les mains,
un des derniers ouvrages de cet écrivain,
intitulé : *Lettere a Lesbia Cedonia , dal
Diodoro Delfico ,* etc. *Lettres à Lesbia
Cedonia , sur les épigrammes ,* petit in-8.°
imprimé à Bassano en 1792. Cette *Lesbia
Cedonia ,* à qui les lettres sont adressées,
était madame Guardo Grismondi ; et le
Diodoro Delfico n'est autre que le P. Bettinelli lui-même. On sait qu'en Italie tous
les membres de l'académie des Arcades,
hommes et femmes , prenaient ainsi des
noms grecs, sous lesquels ils se déguisaient
dans leurs écrits.

Je m'arrêterai peu sur ce qui fait l'objet
particulier de ces lettres , sur la nature et
le style des épigrammes. Il fait aux français
l'honneur de croire qu'ils sont le peuple
qui a eu au plus haut degré l'esprit et le
talent de ce genre de poésie ; et en effet, il
n'existe dans aucune langue autant d'excellentes épigrammes de tous les genres,
que dans la nôtre.

Bettinelli cherche pourquoi les italiens n'ont pas montré beaucoup de goût pour l'épigramme; il en trouve une raison dans le *caractère grave de sa nation*. Cette raison ne frappera pas tout le monde; on concevra difficilement que la nation qui a si long-tems produit les arlequins et les polichinelles, qui a rempli l'Europe de baladins et de bouffons, soit trop grave pour aimer les épigrammes; et que la langue la plus souple de l'Europe, la plus riche en poésie burlesque, ne soit pas propre à la tournure épigrammatique. Le goût et le talent de l'épigramme ne tiendraient-ils pas plutôt à un progrès particulier de la civilisation, qui a tourné l'attention des français vers ce genre d'esprit, et y a façonné leur langue? Cette discussion n'est pas l'objet de ce petit écrit; je passe à la partie des lettres de Bettinelli, qui a attiré mon attention.

Il assure que la fureur des épigrammes était telle à Paris, dans le tems qu'il y séjourna, que lui-même il fut l'objet de plusieurs épigrammes et chansons qui coururent alors. « J'avoue, ajoute-t-il, que « ma vanité en fut médiocrement flattée; « et je pris le parti, pour me dérober à ce

« genre de renommée, de regagner la
« frontière, et d'aller faire visite à Vol-
« taire, qui m'y avait invité. »

Mais avant d'exécuter son projet, il alla
à Lunéville, où Stanislas, ex-roi de Pologne,
conservant les vains honneurs de la royauté,
jouissait d'une autorité suffisante pour faire
du bien, pour encourager les lettres qu'il
aimait sincèrement, et pour fixer autour de
lui les personnes de France les plus distin-
guées alors par l'esprit, la politesse et les
talens.

Malgré les invitations répétées de Voltaire, dit Bettinelli, je craignais d'aller chez
lui; j'avoue que je redoutais son humeur
versatile et ses principes licencieux; mais
une circonstance me décida. J'étais à Lunéville, et un jour en présence du roi de Pologne, la conversation tomba sur Voltaire;
il venait d'écrire à ce prince qu'il avait
cinq cent mille francs qu'il désirait de
placer dans l'acquisition d'une terre en
Lorraine, pour aller mourir, disait-il, dans
le voisinage de son Marc-Aurèle.

Stanislas ne demandait pas mieux que de
l'attirer à sa cour, et l'amour qu'il avait
pour les lorrains lui faisait désirer aussi

d'attirer dans le pays les cinq cent mille livres de Voltaire. Mais je ne me fie pas à lui, disait Stanislas ; je sais qu'il voudrait bien s'ouvrir une porte pour rentrer en France. Cependant, s'il était devenu vraiment raisonnable, je le verrais avec plaisir. Lorsque Bettinelli annonça son départ pour Lyon, Stanislas lui proposa d'aller faire un tour à Genève, de voir Voltaire et de lui demander s'il avait un desir sincère de s'établir en Lorraine. Cette proposition détermina Bettinelli, qui, au lieu d'aller à Lyon, se rendit à Genève.

Le voyageur italien arrive aux *Délices*, qu'habitait alors Voltaire. Je vais le laisser parler, en abrégeant et en rapprochant les détails les plus intéressans de son récit, sans m'astreindre cependant à une scrupuleuse littéralité. C'est sur-tout en traduisant le langage de la plaisanterie et de la conversation, qu'on peut dire que *la lettre tue*.

J'ai trouvé, dit-il, Voltaire dans la conversation, comme on le trouve dans ses écrits. L'épigramme semblait habiter sur ses lèvres et jaillir de ses yeux, qui étaient deux flambeaux où l'on voyait briller, ainsi que dans ses discours, un certain éclat de

grâce et de malice. Il s'était fait un style
particulier, en s'énonçant comme en écri-
vant ; rarement il parlait avec simplicité et
comme les autres hommes ; tout prenait
dans sa bouche une tournure spirituelle ou
philosophique.

Lorsque j'arrivai aux *Délices*, il était
dans son jardin ; j'allai vers lui, et lui dis
qui j'étais.

« Quoi ! s'écria-t-il, un italien, un jé-
suite, un Bettinelli ! c'est trop d'honneur
pour ma cabane. Je ne suis qu'un paysan
comme vous voyez, ajouta-t-il, en me
montrant son bâton qui avait un hoyau à
l'un des bouts et une serpette à l'autre :
c'est avec ces outils que je sème mon fruit,
comme ma salade, grains à grains ; mais
ma récolte est plus abondante que celle que
je sème dans des livres pour le bien de l'humanité. » Sa singulière et grotesque figure
fit sur moi une impression à laquelle je
n'étais pas préparé. Sous un bonnet de velours noir qui lui descendait jusque sur
les yeux, on voyait une grosse perruque,
qui couvrait les trois-quarts de son visage ;
ce qui rendait son nez et son menton encore
plus saillans. Il avait le corps enveloppé

d'une pelisse, de la tête aux pieds ; son regard et son sourire étaient pleins d'expression. Je lui témoignai le plaisir que j'avais
de le trouver dans un si bon état de santé ,
qui lui permettait de braver ainsi la rigueur
de l'hiver. « Oh! vous autres italiens, me répondit-il, vous vous imaginez que nous devons nous blotir dans des trous comme les
marmottes qui habitent au sommet de ces
montagnes de glaces et de neige ; mais
vos Alpes ne sont pour nous qu'un spectacle et une belle perspective. Ici, sur les
bords de mon lac Léman, défendu contre
les vents du nord, je n'envie point vos lacs
de Côme et de Guarda. Dans ce lieu solitaire, je représente Catulle dans sa petite
île de *Sirmio ;* il y faisait de belles élégies,
et je fais ici de bonnes géorgiques (*Ed io*
fo della buona georgica). » Je lui présentai
alors la lettre que le roi de Pologne m'avait
remise pour lui. Au premier regard, je vis
bien qu'il devinait l'objet de ma visite, et
que quelque épigramme allait tomber sur
ma royale commission. « Oh! mon cher, s'é-
cria-t-il, en prenant la lettre de mes mains,
restez avec nous; on respire ici l'air de la
liberté , l'air de l'immortalité. Je viens

d'employer une assez grosse somme d'argent pour acheter un petit domaine près d'ici (Ferney); je ne songe plus qu'à y terminer ma vie, loin des frippons et des tyrans. Mais entrons dans la maison. »

Ce peu de mots du rusé vieillard, me firent comprendre qu'il n'y avait plus de négociation à entamer, et me dépouillèrent tout d'un coup des honneurs de l'ambassade.

Voltaire ne pouvait jamais parler de l'Italie, qu'il élevait d'ailleurs jusqu'aux cieux, sans lâcher quelques traits sur l'esclavage italien, sur l'inquisition, etc.

La conversation roulait souvent sur le roi de Prusse. On vint lui apprendre qu'après une bataille perdue, il avait battu le duc de Deux-Ponts, fait lever le siège de Neiss et de Leipsick, et chassé les autrichiens en Bohême. « Est-il possible, s'écria Voltaire ? Cet homme m'étonne toujours ; je suis fâché de m'être brouillé avec lui. » Il admirait dans ce prince la célérité de César ; mais son admiration se terminait toujours par quelque épigramme contre César. Il avait un singe qu'il avait appelé Luc, et il se plaisait souvent à donner ce nom au roi

C'était sur-tout sur les écrivains les plus célèbres, lorsque Voltaire croyait avoir à s'en plaindre, que tombaient avec le plus de profusion les traits de son esprit mordant. On sait comment il traitait Maupertuis, Pompignan, Rousseau, avec qui il était en guerre ouverte ; mais il n'épargnait pas toujours ceux avec qui il n'avait aucun démêlé, tels que Montesquieu, Duclos, Helvétius.

Le livre *de l'Esprit* venait de paraître, et avait fait à Paris le plus grand éclat. Voltaire le caractérisait ainsi : « *Le titre louche, l'ouvrage sans méthode, beaucoup de choses communes ou superficielles, et le neuf faux ou problématique.* C'est Duclos, ajouta-t-il, qui a donné à Helvétius le courage de faire imprimer son livre ; mais il ne l'a pas défendu contre la persécution. Duclos, selon lui, était un esprit caustique, dur et de mauvais goût [1]. »

Helvétius qui était attaché à la cour,

[1] La postérité n'adoptera pas ces jugemens hasarsardés dans des momens d'humeur. Duclos et Helvétius conserveront une mémoire honorable. Bettinelli ajoute que Voltaire était à Paris, lorsque le livre de *l'Esprit* parut : c'est une erreur.

fécondité de son esprit contrastant avec la
maigreur de son corps. Il est vrai qu'il se
répète souvent, mais cela tient à sa facilité
même : quel auteur a jamais écrit plus de
choses originales , souvent profondément
pensées, toujours ingénieusement exprimées?

J'ai cru quelque tems que sa manière de
prononcer lente et coupée [1], tenait à ce
qu'il cherchait en parlant à gagner du tems
pour préparer quelques traits ; mais cette
manière de parler lui était devenue habi-
tuelle , et l'on croyait lire un de ses ouvrages quand on l'entendait parler.

Il mêlait souvent dans ses conversations des phrases italiennes et des citations
du Tasse et de l'Arioste, mais avec sa prononciation française , dont il n'avait jamais
su se défaire. Je lui témoignai un jour mon
étonnement de ce que, dans son *Essai sur
la Poésie épique* , il avait si mal traité l'A-
rioste , dont le genre d'esprit paraissait ce-

[1] Elle tenait tout simplement à ce qu'ayant perdu
toutes ses dents , il s'était attaché à prononcer dis-
tinctement et correctement. Il mettait un grand
prix à une belle prononciation qui faisait sentir l'harmonie des vers et même de la prose.

pendant si analogue à son goût. Nous en-
trâmes en discussion sur ce sujet, et il ne
fut pas difficile de lui prouver que l'auteur
de l'*Orlando* était un grand poëte ; qu'il
méritait d'être regardé autrement que
comme un auteur goguenard et fantastique,
et que ses défauts étaient les défauts de son
siècle et non de son génie. Voltaire me promit de relire l'Arioste, et en effet, j'ai vu
que dans une nouvelle édition de son *Essai*,
il en parlait avec plus de justice et de convenance.

Il lut quelques - unes de mes poésies
sur lesquelles il me dit les choses les plus
flatteuses, particulièrement sur les éloges
que je fais du roi de Prusse, de Galilée, de
Newton. Il continua à déclamer contre la
superstition, l'inquisition de la cour de
Rome, le monachisme, etc. Il me cita à
cette occasion le bon mot du cardinal Pas-
sionei, qui disait à un voyageur : *C'est un
grand miracle que l'église n'ait rien perdu
cette année.*

J'allai faire un tour avec lui à sa nouvelle terre de Ferney ; après le dîné, il me
dit : « j'ai trop mangé ; je ne vivrai pas
assez long-tems pour jouir de ma nouvelle

acquisition. Mais il faut bien jouir ; je suis
un peu gourmand [1] ; Horace l'était aussi :
trahit sua quemque voluptas ; il faut ber-
cer l'enfant jusqu'à ce qu'il s'endorme. »

Vous voyez qu'il appartenait au trou-
peau d'Epicure , comme à d'autres égards
il était Diogène. Il voulait cependant être
alternativement Socrate ou Aristippe. Il
se disait quelquefois mourant ; d'autres
fois il était redevable à Tronchin de
la vie et de la santé ; mais en même -
tems il se moquait de la médecine et du
médecin. Tronchin, de son côté , n'était
guères content de son malade. Lorsque
j'annonçai à cet habile homme que j'allais
partir : « C'est fort bien fait , me dit-il ; il
est vraiment étonnant que depuis que vous
êtes ici, il ne vous ait pas fait essuyer quelques-unes de ses boutades accoutumées :
nemo sic impar sibi. Partez , mon père ;
bien peu de personnes peuvent se vanter
d'avoir vu une telle égalité d'humeur à
Voltaire.

[1] Bettinelli prend ici une plaisanterie de conversation pour une chose sérieuse. Peu d'hommes ont
été plus sobres que Voltaire. Il parlait souvent
comme un voluptueux, parce que cela donne plus
de jeu à l'esprit , et de liberté à la poésie.

C'était sur-tout sur les écrivains les plus célèbres, lorsque Voltaire croyait avoir à s'en plaindre, que tombaient avec le plus de profusion les traits de son esprit mordant. On sait comment il traitait Maupertuis, Pompignan, Rousseau, avec qui il était en guerre ouverte ; mais il n'épargnait pas toujours ceux avec qui il n'avait aucun démêlé, tels que Montesquieu, Duclos, Helvétius.

Le livre *de l'Esprit* venait de paraître, et avait fait à Paris le plus grand éclat. Voltaire le caractérisait ainsi : « *Le titre louche, l'ouvrage sans méthode, beaucoup de choses communes ou superficielles, et le neuf faux ou problématique.* C'est Duclos, ajouta-t-il, qui a donné à Helvétius le courage de faire imprimer son livre ; mais il ne l'a pas défendu contre la persécution. Duclos, selon lui, était un esprit caustique, dur et de mauvais goût [1]. »

Helvétius qui était attaché à la cour,

---

[1] La postérité n'adoptera pas ces jugemens hasarsardés dans des momens d'humeur. Duclos et Helvétius conserveront une mémoire honorable. Bettinelli ajoute que Voltaire était à Paris, lorsque le livre de *l'Esprit* parut : c'est une erreur.

avait présenté lui-même son ouvrage à la
famille royale, et en avait été très-gracieu-
sement reçu. J'en fus charmé, je connaissais Helvétius; c'était un homme doux,
raisonnable, généralement aimé, et qu'on
n'avait pas cru capable d'avoir composé un
tel ouvrage. Mais quelques semaines après
mes yeux s'ouvrirent; j'étais dans l'anti-
chambre de M. le Dauphin. Le prince sortit
de son appartement, tenant dans ses mains
un exemplaire de l'*Esprit ;* il dit tout haut
qu'il allait chez la reine pour lui montrer
les belles choses que son maître-d'hôtel
faisait imprimer. Alors éclata la tempête
contre le livre et l'auteur. *Quelle folie,*
disait Voltaire, *de vouloir faire le philo-*
sophe avec les courtisans, et l'homme de
cour avec les philosophes !

Le propos le plus extraordinaire que
j'aie entendu à Paris sur ce fameux livre,
sortit de la bouche de madame de Graffi-
gny, l'auteur célèbre de *Cénie* et des
Lettres péruviennes. Elle était tante d'Helvétius du côté maternel; je croyais, en
conséquence, la trouver très-partiale en
faveur de son neveu. *Croiriez-vous bien,*
me dit-elle un jour, *qu'une grande partie*

de L'ESPRIT, *et presque toutes les notes,*
ne sont que des balayures de mon appar-
tement ; il a recueilli ce qu'il y a de bon
de mes conversations, et il a emprunté de
mes gens une douzaine de bons mots. Voltaire riait beaucoup de ce propos lorsque
je le lui racontai, et il me cita une foule
d'autres traits du même genre, sur la plupart des beaux esprits de Paris, même sur
ceux qui étaient ses plus zélés admirateurs.
La seule personne dont je lui aie toujours
entendu parler avec la même estime et le
même enthousiasme, c'est madame du Châ-
telet, dont il avait plusieurs portraits dans
ses appartemens. Il m'en montrait un jour
un, en me disant : *Voilà mon immortelle*
Emilie.

Je ne ferai aucune réflexion sur le récit
du P. Bettinelli. On y aperçoit bien quelque prévention monacale, et une grande
frayeur des sarcasmes de Voltaire ; mais on
y reconnait aussi la tournure d'esprit et la
conversation toujours brillante et animée
de cet homme extraordinaire. On y verra
encore que ceux qui l'ont représenté comme
le flatteur des rois et le fauteur du despotisme, ont bien sottement apprécié les

ménagemens qu'il n'avait pour la puissance, que dans la seule vue de la fléchir
en faveur de la philosophie, et de faire
passer sans obstacle des vérités qu'il croyait
utiles au genre humain.

S;

DE BUFFON

ET

DE ROUSSEAU.

Deux hommes [1], dans le siècle dernier, ont mérité la palme de l'éloquence ; si pour l'obtenir, il n'y a pas eu une opposition absolue dans les moyens, on remarque au moins une différence frappante dans les titres.

L'un nous a étonnés par la magnificence

---

[1] Ceux qui ont une juste idée de l'éloquence ne me reprocheront pas de n'avoir pas fait mention de Thomas, qui a toujours *tâché* et qui a cru suppléer au talent que la nature lui avait refusé, par l'emphase, l'exagération et une combinaison de figures, de mouvemens et de mots qui décelaient son impuissance. L'éloge de Marc-Aurèle demande une exception ; cependant le grand mérite de ce morceau tient à sa forme dramatique, et d'ailleurs l'apprêt, qui est un des défauts de Thomas, n'était pas déplacé dans un discours d'appareil.

Je n'ai point parlé non plus des éloges couronnés par l'Académie ; les meilleurs sont plutôt élégans qu'éloquens, ce qui devait être. L'un des torts de Thomas a été de vouloir sortir du genre que le goût indiquait.

des images, la noblesse des tours, l'éclat
de l'expression, et la pompe du style ; le
travail pénible que lui coûtaient le choix
des termes, la majesté de son élocution,
ses périodes harmonieuses, il n'a pas voulu
le dissimuler, et par l'aveu qu'il en a fait,
il a semblé défier ceux qui oseraient entrer
avec lui dans la lice, de s'élever à sa hauteur, même avec des efforts égaux aux
siens.

L'autre, avec moins d'appareil, a produit d'aussi grands effets. La magie de sa
composition a été telle qu'elle n'a pas laissé
apercevoir le tems, la patience, les corrections qui préparaient cette élégance
continue, cette flexibilité dans les mouvemens, cette mollesse de ton [1], qui n'approche de la négligence que pour approcher de la grace, sur-tout cette simplicité
dont le charme, en attirant la bienveillance du lecteur, le dispose à l'enthou-

---

[1] C'est dans le livre de *Sophie*, dans *Emile*, dans
un grand nombre de pages charmantes des *Con-
fessions*, dans quelques endroits de la *Lettre sur les
Spectacles*, dans *les Promenades*, particulièrement
dans la cinquième, que vous serez frappé de cette
mollesse de ton que Rousseau savait prendre.

siasme pour les beautés, et à l'indulgence pour les défauts d'un ouvrage.

Celui-ci a séduit ses juges, celui-là les a entraînés.

Le premier a conquis des admirateurs, le second a gagné des amis.

Tous deux ont écrit sur l'amour. En peignant ses délices et ses tourmens avec autant de chaleur que de vérité, Rousseau a interressé tous les cœurs sensibles; Buffon les a blessés, en prononçant *que le physique seul de l'amour était bon, et que le moral n'en valait rien.*

Une grande renommée donne une si grande autorité et inspire tant de respect, qu'il n'est pas superflu d'opposer des raisons ; et même de chercher des excuses à une assertion qu'on se serait dispensé de combattre, si tout autre auteur l'eût hasardée.

L'erreur de Buffon doit être attribuée au genre de ses études : ses méditations assidues sur les phénomènes de la nature, ne lui permettaient pas de réfléchir sur les résultats de la société. S'il les eût observés, il aurait reconnu qu'ils ont environné de tant de jouissances morales le penchant irrésistible qui entraîne un sexe vers l'autre, que ce n'a été qu'alors que l'homme a goûté le bonheur dont il était susceptible, puisqu'il a réuni ce que les sens ont de plus énergique à ce que l'ame peut éprouver de plus doux.

Et cela se trouva constamment vrai, lorsque les institutions sociales ne contrarièrent pas la nature, et que la corruption des mœurs ne détruisit pas l'innocence.

Les progrès de la civilisation donnèrent l'idée de la perfection de l'ame et du corps ; dès qu'elle eut fixé l'attention, on eut le désir du choix ; plus ce désir devint général, plus le mérite devint nécessaire. Comme il y eut des obstacles à surmonter, des concurrens à surpasser, une préférence à obtenir, il dut y avoir une émulation d'esprit, de talens, de vertus et de toutes les qualités qui pouvaient assurer la victoire.

L'extérieur eut plus d'aménité, les manières acquirent de la grâce, la délicatesse embellit les soins, le son de la voix fut plus touchant, le regard plus expressif et le silence eut un langage.

L'être le plus hardi ne pouvant user de

violence, chercha à plaire au plus timide ;
dès ce moment la soumission fut le partage
de la force, et l'empire passa à la faiblesse.
D'un côté, le respect se mêla à l'attaque ;
de l'autre, la douceur à la résistance ; et
quand après des épreuves qui furent leurs
premiers plaisirs, deux amans confondirent
leur existence, ils sentirent que rien ne
manquait à un bonheur dont la durée se
prolongea toutes les fois qu'on employa
pour la conservation les mêmes moyens
que pour la conquête.

Sans doute cette union ne fut pas
exempte de peine; il y eut souvent des
alarmes sans raison, des reproches sans
justice, trop d'exigence dans les demandes,
d'obstination dans les refus, de vivacité
dans les explications ; mais on fut si pressé
de se repentir et de pardonner, il y avait
tant de sincérité dans la réparation et de
tendresse dans le dédommagement, que
lorsque l'imagination produisit l'inconstance, ou que le tems amena la langueur,
on regretta les maux qu'on avait soufferts
et les larmes qu'on avait versées.

Le moral de l'amour excite un intérêt si
puissant, qu'en le traitant avec quelque

talent, on est sûr d'émouvoir. Seul, il a quelquefois suffi pour nous attendrir sur des fictions sans vraisemblance. C'est à lui que l'on doit attribuer le succès de la nouvelle Héloïse : succès si prodigieux, qu'on s'est passionné pour l'auteur, et cela devait être, parce que personne avant lui n'avait développé avec plus de force, de profondeur et de sensibilité, des impressions qui rappelaient à ceux qui avaient aimé, les jours les plus fortunés de leur vie.

Par M. DEVAINES.

RÉFLEXIONS[1]

SUR LES PROGRÈS

DE L'ESPRIT ET DU GOUT;

Par l'abbé ARNAUD.

———————

L E peuple grec, long-tems gouverné par
les seuls poëtes, ses législateurs, ses prêtres
et ses philosophes, s'était fait de la poésie
une si forte habitude, que pendant plusieurs siècles, on n'aurait pas cru mériter
l'attention des peuples, si l'on eût affranchi
la parole des liens magiques de la versifi-
cation. Cependant l'intérêt qu'avait chaque
citoyen à faire régner son opinion, l'impos-
sibilité d'en établir l'empire par d'autres
moyens que ceux de la parole, la difficulté
de manier à son gré et d'appliquer avec
succès un instrument aussi difficile et souvent aussi rebelle que celui de la poésie,

[1] Ces *Réflexions* sont extraites du discours que
l'abbé Arnaud prononça pour sa réception à l'Académie française.

appelèrent nécessairement une diction plus
libre et plus facile. On descend t à la prose ;
mais on sentit que pour plaire à des oreilles.
avides d'une harmonie à laquelle elles étaient
depuis si long-tems accoutumées, il fallait
substituer une nouvelle cadence, une mé-
lodie nouvelle à celle qui caractérisait le
vers. L'organisation particulière et unique
de la langue grecque en offrit les moyens,
et bientôt la prose elle-même devint un art
soumis à des règles, à des principes presque
aussi certains que ceux de la poésie.

Comme il n'y avait point de mots, point
de syllabes dans cette langue, dont l'é-
nergie et les mouvemens ne fussent déterminés et connus, l'orateur ou l'écrivain
pouvait rendre l'élocution tout à-la-fois
pittoresque, harmonieuse et cadencée,
c'est-à-dire, exprimer, ou plutôt peindre,
par les sons, l'objet qu'il avait à rendre,
et en même-tems précipiter, ralentir, en
un mot régler à son gré tous les mouvemens
de la phrase. De là les différentes formes de
style qui furent adaptées aux différens
genres de compositions, et dont le mélange
produisit des formes nouvelles ; comme de
l'union des couleurs arrangées sur la pa-

lette du peintre, sortent de nouvelles couleurs.

Cet art fut connu des latins, et quoiqu'ils
ne l'eussent point créé, quoiqu'il s'en fallût
bien qu'ils fussent doués de cette sensibilité
exquise qui caractérisait les grecs, et particulièrement les athéniens, les richesses
qu'ils empruntèrent, ils surent se les rendre
propres : imitateurs hardis et heureux, les
latins méritèrent d'être mis au nombre des
modèles.

L'un et l'autre peuple connut et saisit
ce point délicat, où l'art et la nature se
réunissent pour s'embellir réciproquement;
et les exemples qu'ils donnèrent, les leçons
qu'ils prescrivirent, devinrent la règle éternelle du vrai et du beau. Mais là finit l'obligation de les imiter. Le mécanisme de
l'harmonie et des mouvemens de leur
langue est étranger à la nôtre; l'art de leur
élocution est un art perdu pour nous, et
qui ne saurait renaître que chez un peuple
où se reproduiraient la même sensibilité,
les même moyens de l'exercer, enfin les
mêmes rapports entre la forme du gouvernement, les mœurs et le langage.

Athènes n'eut pour souverain que l'éloquence ; et l'art de gouverner les hommes est aujourd'hui, parmi nous, un art en quelque sorte muet. L'athénien parlait aux sens, nous nous adressons à l'esprit ; sa langue, qui fut l'ouvrage des poëtes et des orateurs, c'est-à-dire, d'hommes tout à-la-fois esclaves et tyrans de l'imagination, naquit et s'accrut par degrés avec les idées qu'elle avait à exprimer ; la nôtre, formée au hasard, sans unité, sans dessein, ne s'est perfectionnée que du moment où s'est levé le jour calme et pur d'une philosophie toute de raisonnement. La phrase grecque pouvait se mouvoir en tout sens ; la nôtre est le plus souvent condamnée à ne parcourir qu'une même ligne. Enfin, comme la puissance et la majesté appartenaient essentiellement au peuple d'Athènes, les mots étaient préservés de l'avilissement où les entraîne l'usage qu'en fait la multitude assujétie et grossière.

Mais quoi ! n'avons-nous que des pertes ? aurais-je donc oublié que je parle dans un lieu où se fit entendre la voix des Fénélon, des Bossuet, des Racine, des Despréaux, des Fléchier, des Massillon ; que je parle devant vous, Messieurs, devant les maîtres et les

modérateurs d'une langue qui règne aujourd'hui sur l'Europe, et dont vos ouvrages
éterniseront l'empire? Ah ! loin de moi cet
enthousiasme exclusif et aveugle pour l'antiquité ! Quel sentiment pénible que celui
de l'admiration pour les chefs-d'œuvres im-
mortels des grecs et des romains, s'il ne
servait à nous rendre plus sensibles aux
beautés de tous les genres dont brillent les
ouvrages de nos grands écrivains ! Non, je
ne croirai jamais qu'un français qui ne lit
pas avec transport les vers de Racine, soit
digne de sentir l'harmonie des vers d'Homère.

N'envions point aux anciens des avantages que nous ne pourrions obtenir qu'en
nous privant de ceux dont nous jouissons.
Notre langue a des richesses qui lui sont
propres; sachons en profiter, et tâchons de
les étendre : mais gardons - nous de dé-
tourner, de violenter sa marche, et ne la
conduisons à la perfection qu'en étudiant
son caractère, qu'en suivant la direction du
principe qui l'anime.

L'art de la parole est, comme tous les
arts, le produit du besoin et de l'intérêt
général. La forme du gouvernement et la

nature des mœurs ont déterminé le caractère et le génie de toutes les langues.

Dans une démocratie, où l'éloquence
peut tout sur la multitude, de qui tout
dépend, les artifices du langage ont dû
avoir pour but d'ébranler l'imagination,
de flatter les sens, d'enflammer les passions
du peuple. Dans une monarchie, où règnent
des intérêts et des besoins d'un autre genre,
ce principe caché, mais puissant, qui
forme les mœurs et les usages d'une nation, doit imprimer au langage une autre
direction, un tout autre caractère.

Sous cette forme de gouvernement,
les citoyens étant divisés en classes dis-
tinctes et subordonnées, il se fait un effort continuel de la part des classes inférieures pour s'élever vers les premières,
et de la part des premières pour repousser
les inférieures. Ainsi, l'on y voit le peuple
toujours prêt à imiter et le langage et
les mœurs des grands, pendant que ceux-
ci, par un mouvement contraire, s'ef-
forçant toujours de se distinguer, affectent
de rejeter de leur langage les expressions
et les tournures devenues trop familières
au peuple.

Entretenue dans une fluctuation continuelle par cette tendance et cette réac-
tion des esprits, la langue finirait par
s'appauvrir et se dessécher en se polissant,
si les gens de lettres et les bons ouvrages
ne concouraient à la fixer et à l'enrichir.

La langue grecque, formée par le peuple
et pour le peuple, devait être l'organe
de l'imagination : des passions ; notre langue
formée par les gens du monde et les gens
de lettres, a dû être l'organe de l'esprit et
de la raison.

Qu'étaient les Athéniens ? un peuple
d'auditeurs et d'enthousiastes. Que sommes-
nous aujourd'hui ? Un peuple de lecteurs
tranquilles et réfléchis. Voilà le véritable
principe de la distance qu'il y a du caractère de la langue grecque au caractère
de la nôtre.

Transportons-nous à Athènes ; nous y
verrons le poëte, l'orateur, l'historien, le
philosophe même, réciter leurs compositions à des hommes assemblés, à des
hommes dont les sens étaient sans cesse
exercés et toujours insatiables, à des
hommes qui pardonnaient tout à celui qui
savait charmer leurs oreilles. Un trait

d'éloquence ou de poésie venait - il s'offrir
à leur mémoire ? les idées ou les images
qui s'y trouvaient exprimées, ne se ré-
veillaient dans leur esprit que revêtues
des sons, des accens qui les avaient ani-
mées. C'est ainsi qu'en nous rappelant
des vers embellis par une musique qui
nous est familière, nous nous rappelons
toujours et en même tems, le chant dont
ces vers sont accompagnés.

Le gouvernement, les mœurs, les opinions, tout a changé ; on ne parle plus au
peuple assemblé ; on ne gouverne plus
par l'éloquence. Ce n'est que dans le silence du cabinet qu'on juge des compositions littéraires : on lit tranquillement
l'ouvrage du poëte et de l'orateur, comme
celui du philosophe.

Pour peu qu'on réfléchisse sur la manière dont naissent, se modifient et se pé-
nètrent les sensations et les idées, on
concevra sans peine la prodigieuse différence qui se trouve dans les impressions
qu'on reçoit par un sens ou par un autre.
Le sens de l'ouïe, délicat et sensible, ne
peut être ébranlé sans douleur ou sans
plaisir ; celui de la vue est pour 'ainsi

dire, impassible, et semble n'être destiné
qu'à transmettre paisiblement à l'ame l'i-
mage des objets dont il est frappé. J'ap-
pellerais volontiers l'ouïe le sens de l'ame
et des passions, et la vue, le sens de
l'esprit et de la raison. Il y a, entre les
idées qui nous sont transmises par les
oreilles ou par les yeux, à peu près la
même différence qu'entre des objets aperçus au travers des flots d'une onde agitée,
ou réfléchis par le cristal uni d'une eau pure
et tranquille. Eh ! qui de nous n'a pas
éprouvé que le même drame qui nous
enchantait, s'il retentissait à nos oreilles,
animé par les accens d'une voix tendre
et mélodieuse, ou par une déclamation
véhémente et passionnée, n'était, lorsque
nous le soumettions à la lecture, qu'un
ouvrage froid, insipide, souvent plein de
défauts que la magie des sons avait fait
disparaître ? Combien donc se trompèrent
ceux de nos écrivains qui tentèrent de
transporter dans notre langue les formes
et les combinaisons grecques et latines !
Familiarisés avec les langues anciennes, ils
crurent que l'art de la parole devait avoir
les mêmes principes dans tous les tems et

dans tous les lieux. Ils sentirent les besoins
de la langue ; mais ils s'y méprirent sur
les moyens d'y suppléer.

Ce ne fut que vers le commencement
du siècle dernier, quand la France trop
long-tems agitée vint enfin à respirer,
quand la paix ranima le goût des lettres
et des arts, que la langue, en suivant les
progrès des mœurs, commença à prendre
de la consistance.

Un philosophe assis aujourd'hui parmi
vous [1], Messieurs, a fait voir combien les
progrès de l'esprit humain tiennent aux
progrès des langues. En effet, lors de la
renaissance des lettres, quels obstacles
nos écrivains ne rencontrèrent-ils pas dans
l'imperfection du langage ? Une foule de
mots dont l'origine avait disparu, ou dont
l'acception était incertaine et dénaturée ;
une syntaxe sans principe, sans analogie ;
une prosodie vague et indéterminée ; la
prononciation même abandonnée au hasard
ou au caprice : tout nuisait également et
à l'harmonie du discours, et à la préci-

_____

[1] M. l'abbé de Condillac, *Origine des connaissances humaines.*

sion des idées : tout faisait sentir la nécessité de donner à notre idiôme une forme fixe et de le soumettre à des procédés réguliers : ce fut aussi vers ce but que se dirigèrent principalement les efforts des gens de lettres.

Il était réservé à Pascal et à Racine de deviner le secret de notre langue ; il était réservé à l'Académie française d'en fixer le caractère. Un établissement de ce genre n'aurait pu se former ni dans Athènes, ni dans Rome. Il n'y avait point de puissance sur la terre à laquelle des peuples libres eussent consenti à soumettre leur langage. Dans notre gouvernement même, ce n'était point à l'autorité, mais au goût et à la raison qu'il appartenait de donner des lois à l'instrument de nos idées. Il fallait épurer, ordonner, fixer le système entier de la langue ; distinguer, dans l'adoption des termes, le caprice d'avec l'usage ; se régler sur l'analogie, sur l'oreille et sur le goût, pour rejeter ou admettre les mots qui s'introduisaient dans le monde et dans les livres.

Ce travail ne pouvait convenir qu'à un corps composé d'hommes choisis dans tous les ordres de la société. C'est ce que sentit votre immortel fondateur ; et la forme qu'il donna à l'Académie est un des plus grands services qu'un homme d'état pût rendre à la littérature française.

Le cardinal de Richelieu aimait à cultiver les lettres ; il s'honora d'en être le protecteur ; et quand il ne les aurait pas encouragées pour elles-mêmes, il l'eût fait encore pour l'intérêt de son ambition et pour sa propre gloire.

Après ces longues secousses de guerres civiles qui donnèrent aux ames tant de ressort et d'énergie, il y avait encore dans la nation un germe d'inquiétude qu'il était important de fixer. Richelieu vit d'une part qu'il fallait offrir à des ames ardentes un aliment capable d'exercer leur activité ; et de l'autre, que le goût des lettres, incompatible avec l'esprit de faction, est nécessairement ami de l'ordre, de la paix et des lois. En humiliant un parti encore nombreux et formidable ; et en retirant des mains de la noblesse un pouvoir usurpé, dont elle abusait pour concentrer toute la force publique dans les mains du monarque, il sentit qu'il était nécessaire de tranquilliser les esprits, qu'alarment et qu'effarouchent toutes les innovations; qu'il fallait chercher à diriger l'opinion publique, que la puissance ne subjugue jamais et ne doit jamais dédaigner; et que le moyen le plus propre à la captiver était d'intéresser à ses vues cette classe d'hommes sages, instruits, paisibles observateurs des événemens et de leurs causes, qui finissent toujours par donner le ton à leur siècle et leurs opinions à la postérité.

Louis XIV, vivement frappé de tout ce qui portait le caractère de la grandeur, sentit qu'une nation n'est véritablement grande que par la supériorité des lumières. Tous les esprits, exaltés par les merveilles de ce règne, prirent un essor extraordinaire.

Alors on vit eclore à-la-fois et les plus grandes actions et les plus beaux ouvrages. La langue suivit les progrès des idées, et se revêtit de tous les caractères que voulut lui imprimer le génie. Cette langue, maniée par la nation la plus sociable de la terre, épurée par une cour galante et polie, enrichie et perfectionnée par des poëtes, des orateurs et des philosophes, dut acquérir de l'élégance, de la grâce, de la souplesse et de la clarté; elle dut être féconde en

termes propres à exprimer les développemens du cœur humain, les détails des
mœurs et tous les objets qui occupent la
société. Cette politesse, peut-être excessivement délicate, qui proscrit de la conversation les gestes trop prononcés, les tons
de voix trop élevés et trop forts, dut proscrire aussi de la langue les mouvemens trop
impétueux, les figures trop hardies : mais
l'imagination et le sentiment savent se produire sans cet appareil extérieur. Nous
avons des modèles d'éloquence de tous les
genres : ce n'est pas, il est vrai, de cette
éloquence artificielle et mécanique, qui,
chez les Grecs et les Romains, résultait
de l'emploi des mots, dont tous les élémens étaient soumis à des tons et à des
mouvemens déterminés et invariables.
Notre langue, presque dénuée de quantité
d'accens et d'inversions, est privée de ces
ressources : mais nos compositions n'en
portent que davantage l'empreinte de l'ame
et du génie de l'écrivain.

Un langage exact dans les définitions de
ces mots, et simple dans ses tours, est l'instrument le plus propre à affermir la marche
de la raison. La philosophie a été perfec-

tionnée par le caractère même de notre
langue; et notre langue, à son tour, a dû
de nouvelles richesses à la philosophie.

Les progrès réciproques des lumières et
de la sociabilité ayant rendu le goût des
lettres plus universel et plus populaire, on
s'est attaché à écrire pour tous les ordres de
lecteurs; on a ambitionné le suffrage de
tous ses juges; et lors même qu'on s'est
proposé d'instruire, on a cherché à intéresser et à plaire.

La poésie peut-être n'a pas été si heureuse. Un goût plus sévère a ralenti les
élans de l'imagination, et amorti l'enthousiasme du poëte. Les esprits, attirés par des
objets plus sérieux, sont devenus moins
sensibles au plus aimable des arts. Tel est
le destin des peuples, ainsi que des individus; ce n'est qu'aux dépens de l'imagination et des sens que la raison s'éclaire et
se fortifie. Mais nous avons trouvé des
dédommagemens à nos pertes. La prose a
pris un essor plus hardi; et franchissant
l'intervalle qui la séparait du langage
poétique, elle s'est emparée avec succès
des images, des figures, des mouvemens
qui ne semblaient réservés qu'à la poésie.

C'est là , ce me semble, un des caractères
les plus frappans des productions de nos
grands écrivains dans ce siècle de lumières ;
siècle qui formera, dans l'histoire de l'esprit
humain, une époque aussi brillante que celle
de Louis XIV.

LA PRISE

DE JÉRICHO,

o u

LA PÉCHERESSE CONVERTIE.

CHANT PREMIER.

Béni soit le Dieu d'Israël! si sa colère est terrible au méchant endurci, sa miséricorde est infinie pour le pécheur repentant. Humilions nos fronts devant lui, et il tournera son visage vers nous; pleurons sur nos péchés, et il nous en lavera; demandons grace, et nous l'obtiendrons : pour tous les bienfaits qu'il nous prodigue, il ne demande que notre amour, et n'est-ce pas un bienfait de plus? Oh! louons le saint nom de l'Eternel! que la création entière s'émeuve à sa parole, s'émerveille de sa puissance, adore sa bonté, s'élève vers lui, le bénisse, et s'écrie : C'est par lui que je suis. Mais du sein de ce concert universel de louanges,

que l'homme, ce triste enfant du péché,
élève sur-tout la voix pour glorifier la clé-
mence adorable qui ne demande qu'un
repentir sincère pour effacer des années
d'erreurs. Ah! que le plus criminel des
enfans de Bélial crie vers le Seigneur, avec
un cœur contrit, en disant : *j'ai péché*.
Aussitôt ses crimes lui seront remis, et
l'Eternel lui ouvrant les bras, lui dira : Tu
m'appelles, me voici; mon fils, mon fils,
pourquoi m'avais-tu abandonné?

O murs de Jéricho! vous, témoins, dans
ces tems reculés qui touchent presqu'à la
naissance du monde, des merveilles inouies
dont le souvenir se prolongera jusque dans
les années éternelles, dites comment à la
vue de Josué conduisant la sainte arche,
vos orgueilleux et formidables remparts
s'ébranlant tout-à-coup, croulèrent avec
fracas, et par leur terrible chute portèrent
l'effroi dans l'ame des pervers, en leur
annonçant qu'un même sort les attendait;
comment, du sein de cette désolation
générale, le Tout-Puissant, miséricordieux
jusque dans ses plus justes vengeances, fit
briller la lumière de vérité en éclairant la
jeune Rahab aux yeux des fils de Canaan;

comment ceux-ci, au lieu d'être touchés
de son exemple, voulurent la mettre à
mort, et par leur endurcissement appelèrent enfin sur leurs têtes l'effrayant ana-
thême dont l'Eternel ne frappa jamais ses
enfans qu'à regret.

Israël en deuil, campé dans les plaines
de Moab, pleurait depuis trente jours son
chef et son législateur ; Moïse n'était plus,
Josué l'avait remplacé ; Josué, moins élo-
quent, moins sublime peut-être, mais aussi
soumis à son Dieu et plus intrépide guer-
rier. C'était lui que l'Eternel avait choisi
pour conduire les hébreux dans la terre de
Canaan. Un jour qu'il priait sur les hauts
lieux, Dieu se communiqua à lui, et lui ré-
véla sa volonté en ces termes : J'ai juré à
Abraham, à Isaac et à Jacob, de donner à
leurs descendans le riche pays qu'occupent encore les fils de Canaan ; il est tems
de remplir ma promesse : marche contre
les infidèles à la tête de tout Israël, traverse le Jourdain, et toute la terre où tu
imprimeras tes pieds, je te la donne, depuis
le désert, au midi, jusqu'au Liban, au sep-
tentrion, et depuis l'Euphrate, à l'orient,
jusqu'à la grande mer, à l'occident. Cette

vaste étendue de pays sera soumise à la
domination des hébreux, tant qu'ils obser-
veront strictement mes lois. Toi, Josué,
mon serviteur, que j'ai élu chef de ce
peuple immense, fais-lui méditer jour et
nuit mes commandemens; qu'il soit soumis
et fidèle, et j'attacherai la victoire à ses
pas.

Dieu dit; et Josué, la face prosternée
contre terre, s'écria : Que ta volonté soit
faite, ô Eternel ! et que ton serviteur soit
écrasé sous tes pieds comme un vermis-
seau, s'il n'exécute pas ponctuellement tes
saintes lois. A ces mots, une lumière res-
plendissante sortit de la nue, entoura et
éblouit Josué, et l'effroi s'empara de son
cœur; il craignit de voir la face du Dieu
vivant, que nul mortel ne peut envisager
sans mourir. [1] Mais Dieu le rassura, disant :
Ne tremble pas, car tu es mon serviteur
bien-aimé ; va, assemble ton peuple et fais
lui part de mes volontés. Alors la nuée se
dissipa, et Josué, en se relevant de son

_____

[1] Et quand Gédéon eut connu qu'il avait vu
l'Eternel face à face, il se crut mort; mais Dieu lui
dit : Il va bien pour toi, ne crains rien, tu ne mourras
point. *Juges*, chap. VI, v. 22 et 23.

humble posture, n'aperçut autour de lui
qu'un cercle de terre consumé par le feu,
et il délia ses souliers pour y marcher, car
il connut que ce lieu était saint.

Alors il descendit de la montagne, et
quand il fut assis dans sa tente, il fit sonner
la trompette sacrée, pour que toutes les
tribus se rassemblassent autour de lui. A
cet appel, qui annonçait que le ciel avait
parlé, tout le peuple entier fut en mouvement et parut dans ces vastes déserts comme
les vagues d'une mer agitée; chacun accou-
rait avec empressement, interrogeait avec
curiosité, impatient de connaître la révé-
lation divine d'où dépendait le sort général. Cependant, chaque tribu s'avance
vers la tente de Josué; à leur tête parut
Juda, superbe et nombreuse, et qui est en
possession du premier rang depuis que le
sceptre et la gloire de donner un Sauveur
au monde lui ont été promis par Jacob.
L'orgueilleuse Ephraïm la suit de près,
fière de descendre de Joseph, de former
une tige patriarchale, et sur-tout de voir
dans le vénérable chef d'Israël un membre
pris dans son sein. Lévi paraît à son tour;
quoique exclue du partage des terres, elle

pense que le droit réservé à elle seule de
donner des prêtres au Seigneur, peut compenser tout autre avantage. Tu parais après,
malheureuse Benjamin, toi qui te glorifiais
d'être issue du favori de Jacob ; tu ne pré-
voyais pas alors qu'il naîtrait de telles abo-
minations de ton sein, que tes frères mêmes,
irrités contre toi, s'uniraient pour te détruire. Enfin, chaque tribu se place en son
rang : celle de Dan vient la dernière,
quoique son droit d'aînesse lui assigne la
primauté sur celle de Nephtali ; mais sans
doute que, destinée à donner aux autres
l'exemple de l'idolâtrie, Dieu voulut la
punir d'avance de ce qu'elle serait la première à abandonner son culte.

Josué étendit ses regards paternels sur
ces nombreux descendans de Jacob, qui
tous, les yeux fixés sur lui et le corps à
demi courbé, attendaient, avec soumission,
qu'on leur révélât la volonté du Seigneur ; il
les bénit avec ferveur, et après s'être recueilli quelques instans, élevant la voix au
milieu du silence que la multitude des auditeurs rendait si imposant, il dit : « En-
« fans d'Israël, le Dieu des armées m'a
« parlé, il nous commande d'aller con-

« quérir l'héritage que depuis long-tems
« il destine à la postérité d'Abraham ; il
« nous promet la victoire si notre foi est
« sincère et notre obéissance aveugle. Vous
« allez voir renouveler tous les miracles
« dont nos pères furent témoins dans le dé-
« sert. L'Eternel lui-même marchera au-
« devant de son peuple. A sa voix, les
« montagnes qui ont été de tout tems, tom-
« beront ; les rochers des siècles se brise-
« ront, et les fleuves lui ouvriront un pas-
« sage ; car l'Eternel est grand, il com-
« mande aux élémens et les chemins du
« monde sont à lui. Alors il foulera les in-
« fidèles sous ses pieds avec indignation, et
« le tremblement les saisira, et ils invoque-
« ront le néant ; mais ils ne l'auront pas, et
« nous les verrons fuir devant nous comme
« la feuille desséchée que l'ouragan balaye.
« Ainsi, ce que Dieu commande, ne tar-
« dons pas à l'exécuter ; obéissons aveu-
« glément et il nous soutiendra dans notre
« sainte entreprise. Mais avant de quitter
« les plaines de Moab pour nous rendre
« au bord du Jourdain, tandis que nous
« offrirons des sacrifices au Seigneur et que
« tout Israël, soumis à un jeûne austère,

« s'abstiendra pendant trois jours des em-
« brassemens de ses compagnes, je vais en-
« voyer deux vaillans hommes à Jéricho,
« pour nous rendre compte des forces de
« la ville et de la disposition des habitans. »

Josué se tut, et tout le peuple applaudis-
sant avec acclamation aux paroles de son
chef, brûle d'aller vaincre sous lui, et té-
moigne sa gratitude au Seigneur par des
holocaustes sans nombre. Cependant tous
les premiers de chaque tribu s'assemblent
en tumulte pour savoir sur qui tombera le
choix du général; les faibles fuient, effrayés
de la périlleuse entreprise; les forts s'approchent, empressés de l'obtenir. Josué
nomme Horam et Issachar, et s'applaudit
d'un choix qu'il doit moins à sa sagesse
qu'à une inspiration divine; Horam, d'un
âge mûr, est né dans la tribu d'Ephraïm;
ainsi que Josué, il fut jadis compté parmi
les amis de Moïse et était digne de l'être;
Issachar, à l'aurore de la vie, voit remonter
ses aïeux jusqu'à Juda; ses traits sont ma-
jestueux, sa noire chevelure flotte sur ses
épaules en boucles nombreuses, semblables
aux bouquets de la jacinthe; instruit des
honneurs promis à sa postérité, il espère

s'en rendre plus digne aux yeux du Seigneur, en se dévouant pour le bien de ses
frères. Déjà dans les combats il s'est acquis
une haute réputation de vaillance, et plus
d'une fois sa beauté a fait soupirer les jeunes
vierges d'Israël ; mais indifférent à leurs
charmes, il n'a point vu encore celle qu'il
désire nommer son épouse, et il s'en étonne;
car Moïse lui a prédit qu'avant l'année ré-
volue il engagerait sa foi. Cependant il
part : sa tendre mère désespérée le presse
entre ses bras et ne peut se résoudre à
quitter ce premier fruit de ses amours ;
tandis que son père, dont l'âge a blanchi
les cheveux, se rappelle la résignation
d'Abraham, et soumis, ainsi que le saint
patriarche, à la volonté du Très-Haut, se
prosterne la tête couverte de cendres, et
suit de l'œil son fils bien-aimé, sans que la
douleur puisse lui arracher une larme.

FIN DU PREMIER CHANT.

CHANT II.

A peine les premiers rayons du jour avaient-ils blanchi les cîmes sourcilleuses du mont Garizim, que le brave Horam et le jeune Issachar s'avancèrent vers le Jourdain; tous deux, fiers de la confiance de leur chef et soumis aux ordres de Dieu, marchaient avec intrépidité au-devant du danger et ne pensaient qu'à la gloire. Horam, chargé de jours et d'expérience, témoin, depuis quarante ans qu'il errait avec ses frères dans le désert, de tous les miracles que Dieu avait faits en leur faveur, et des terribles vengeances dont il avait puni leurs iniquités, se plaisait à éclairer la jeunesse d'Issachar en lui racontant ce qu'il avait vu. Le vaste et fertile pays que nous traversons, lui disait-il, appartenait jadis à l'infidèle Amorrhéen; maintenant il est devenu le patrimoine de nos frères. Ruben, Gad et Manassé, établis sur le bord oriental du fleuve, y recueillent tranquillement leurs moissons et font couler l'huile et le vin à flots précipités dans des càves spacieuses. Au-delà du Jourdain, vous voyez s'étendre de vastes plaines couvertes de lin, de baume et de pâturages, ombragées d'oliviers et de cèdres ; c'est là que s'élève la ville des palmes, la superbe Jéricho, dont les tours orgueilleuses semblent toucher ce ciel qu'elles outragent ; plus loin, vos regards embrassent tout cet immense pays, depuis Ségor, sur les frontières de l'Idumée, jusqu'aux sources du Jourdain, au pied des montagnes du Liban. Voilà l'héritage promis à nos pères, et que le seigneur nous donnera, si nous marchons avec une foi vive et sincère au-devant de nos ennemis. Eh ! que nous fait qu'ils couvrent la plaine de leurs innombrables bataillons, quand le Dieu fort est avec nous ? Quel est l'indigne israélite qui, en se rappelant le passage de la mer Rouge, l'eau jaillissant du rocher d'Oreb et la loi donnée par Dieu même au mont Sinaï, ose douter du succès d'une entreprise commandée par l'Eternel ? N'oubliez pas, Issachar, que c'est pour avoir chancelé un moment dans sa foi, que Moïse, le plus grand prophète qui se soit jamais levé dans Israël, fut condamné à ne point entrer dans la terre

de Canaan. Ayez toujours cet exemple
présent ; et dans les périls qui nous attendent sans doute aux murs de Jéricho, si
vous sentez votre ame prête à défaillir,
tournez les yeux vers la montagne de Nébo,
et songez que c'est là où, pour expier une
seule faiblesse, expira notre saint législateur, après quatre-vingts ans de travaux
entrepris pour la gloire du Seigneur. — Je
sais que les maux comme les biens procè-
dent du Très-Haut, répondit Issachar ;
soumis aux uns autant que reconnaissant des
autres, la vue du plus affreux trépas n'é-
branlerait pas ma foi, et pourtant Dieu
m'avait promis, par la voix de Moïse, qu'a-
vant la fin de l'année il me ferait voir l'épouse
qu'il me destine, celle qui portera dans ses
flancs la glorieuse lignée d'où doit descendre
le Sauveur du monde. Nous touchons aujourd'hui au dernier jour de l'année ; je m'é-
loigne des jeunes vierges de Juda pour
aller chez les idolâtres ; est-ce donc dans
ce sang impie que Dieu choisira celle qu'il
veut élever au-dessus de toutes les femmes
d'Israël ? — Ne jugeons point ainsi ce qu'il
ne nous appartient point de connaître,
reprit Horam ; car les pensées de Dieu ne

sont point nos pensées, et ses voies ne sont
pas nos voies; ce qu'il a promis, il le tiendra;
ce qu'il ordonnera, vous l'exécuterez. Gar-
dez seulement votre cœur droit et vos mains
pures; soumettez-vous sans réserve, et
l'Eternel saura bien trouver le moyen d'ac-
complir ses promesses.

En parlant ainsi, les deux voyageurs arrivèrent sur le bord du grand fleuve, dont
les eaux débordées inondaient les campagnes; soit qu'ils s'approchassent du torrent
de Jaser, soit qu'ils descendissent vers le lac
Asphalite, ils ne pouvaient trouver aucun
passage : Dieu nous aurait-il abandonnés,
s'écria Horam en élevant ses mains vers le
ciel? — Est-ce vous qui doutez, s'écria
Issachar surpris, et est-ce moi qui vous ap-
prendrai comment une foi sincère triomphe
d'un pareil obstacle? — Il dit, et se pré-
cipitant dans le fleuve, il se débat contre
les vagues qui le repoussent vers le rivage,
triomphe de la fureur des flots, atteint
l'autre bord, met le pied sur la terre de
Canaan, et rend graces à l'Eternel.

En l'apercevant sur la rive opposée,
Horam s'encourage à l'imiter; il lutte pé-
niblement contre le courant qui l'entraîne;

il arrive enfin, confus qu'un vieux ami de
Moïse se soit laissé devancer par un enfant
du désert. Prêt à livrer son cœur à l'envie,
il réprime bientôt ce vil sentiment ; il se
souvient qu'Issachar est destiné à être la
tige du sang royal de Juda, et se plait à
le voir s'élever par la beauté et le courage
au-dessus de tous les mortels.

La nuit commençait à étendre ses voiles
sur toute la nature, lorsque les deux israélites entrèrent dans Jéricho : troublés de
se trouver seuls, loin de leurs frères, au
milieu d'une nation idolâtre, ils ne savaient
ce qu'ils devaient faire, ni à qui recourir
pour demander l'hospitalité. Dans cet embarras, ils se tenaient à l'écart, près de la
porte de la ville, lorsqu'ils virent passer
près d'eux une jeune fille qui venait puiser
de l'eau à la fontaine. Un long voile retenait
une partie de sa blonde chevelure, l'autre
s'échappait sur un cou plus blanc que l'i-
voire. Elle était belle ; mais l'éclat de sa
beauté semblait terni par les larmes qui
coulaient sur ses joues. Pâle et abattue,
elle s'avançait, semblable au jasmin qui
incline doucement sa tête chargée de la
rosée du matin. A l'aspect des deux voya-

geurs, elle rougit, s'arrête et paraît incertaine; cependant, bientôt après, elle s'approche, et levant sur eux un œil timide,
elle dit : Etrangers, j'ignore quel projet
vous conduit dans nos murs; mais quel qu'il
soit, la maison de Rahab vous est ouverte,
venez vous y reposer sans crainte, vous
n'aurez point à vous repentir d'y être en-
trés. — Les deux israélites, charmés de sa
proposition, n'hésitent point à l'accepter.
Issachar sur-tout, ému de la beauté de cette
jeune fille et touché de sa pudeur, se sent
entraîné par une puissance invisible qui
agit sur lui à son insçu. Qui êtes-vous, lui
demanda-t-il, vierge charmante, vous dont
la charité ne dédaigne point deux malheureux voyageurs ? — Je ne suis point une
vierge, répondit-elle en soupirant amére-
ment ; les odieux prêtres de Baal abusèrent
de ma jeunesse et de mon innocence; et
quand je me souviens de ces jours d'égare-
mens, qui n'étaient qu'absynthe et que fiel,
mon ame demeure abattue en-dedans de
moi; ah! si le dieu d'Israël voulait prendre
pitié de mon repentir et me laver de mon
opprobre, je le prierais sur les hauts lieux,
et je m'offrirais moi-même en holocauste

pour appaiser sa colère. — Ah ! reprit vivement Issachar, puisque votre ame s'est conservée pure et que vous gémissez sur vos fautes, vous trouverez grace devant l'Éternel. — Oui, ajouta Horam à voix basse, si vous sauvez les fils d'Israël et les aidez dans leur entreprise, tous vos péchés vous seront remis et le Seigneur vous absoudra. — A ces mots, la jeune fille se rassura, ses yeux brillèrent d'un doux éclat, et elle se mit en devoir de conduire les voyageurs dans sa maison. Issachar lui prit la main. Tous deux marchaient à pas lents devant Horam en soupirant involontairement. La nuit était belle et fraîche ; un vent léger agitait le feuillage des palmiers ; les fleurs qui naissent sans culture autour de Jéricho exhalaient dans l'air leurs plus doux parfums ; on entendait les gémissemens de la colombe amoureuse ; et dans le lointain, l'impétueux Jourdain faisait retentir le bruit de ses flots. Issachar contemplait en silence la touchante timidité, la grace enchanteresse de la jeune Cananéenne, et il se sentait troublé d'un mal intérieur, comme si un feu ardent eût coulé dans ses veines. Il se disait en lui-même : C'est aujourd'hui

que Dieu a promis qu'il me montrerait l'é-
pouse qu'il me destine ; mais Dieu agréera-
t-il pour sa servante celle qui fut profanée
par l'impie? Oh ! puisse-t-il pardonner à
Rahab comme je lui pardonne ! — Dieu
d'Israël ! disait de son côté la jeune fille,
si un songe ne m'a pas trompée, un de tes
enfans est destiné à sauver mon ame, et
moi à sauver sa vie. Oh ! que ce soit celui-
ci, et je n'aurai pas imploré ton nom en
vain.

Cependant ils arrivent bientôt à la
maison de Rahab. Elle est simple et commode. On n'y voit point briller le marbre,
l'or ni la soie ; mais une jeune vigne en ta-
pisse le mur, en couvre le toît, et un épais
berceau de platanes et de citronniers en
ombrage l'entrée. Située près du rempart,
elle s'élève au-dessus et domine sur la campagne. Aussitôt que les voyageurs ont passé
le seuil de sa porte, la jeune cananéenne
s'empresse auprès d'eux et leur prodigue
tous les devoirs de l'hospitalité ; elle remplit
un grand vase d'airain d'une eau tiède et
odorante, afin de laver elle-même leurs pieds
fatigués ; elle couvre une table de gâteaux de
pur froment, de dattes, d'olives et d'un

rayon de miel doré, et verse dans des coupes
couronnées de fleurs, du lait pur et du vin
doux. Dans tous ses soins, dans tous ses
mouvemens, la jeune pécheresse a tant de
simplicité et d'abandon, le sentiment de ses
fautes imprime un caractère si touchant à
sa physionomie, qu'Issachar, de plus en
plus enflammé, lui donne déjà dans son
cœur le nom de sa bien-aimée ; mais soumis
à la volonté du ciel, il attend que le Seigneur ait parlé pour oser expliquer ses
vœux.

Avant que le sommeil vienne fermer la
paupière des voyageurs, Rahab, attentive
à tout ce qui peut leur plaire, prend un
cistre d'or, et mêlant sa voix mélodieuse à
l'instrument, elle chante un cantique sacré.
Horam et Issachar ont entendu souvent les
chœurs des filles d'Israël ; mais jamais une
si ravissante harmonie n'a frappé leurs
oreilles ; jamais la piété n'honora plus dignement le nom du Seigneur. Horam
étonné s'écrie : O fille de Canaan ! par
quel prodige, au printems de l'âge, sé-
duite par les plaisirs, plongée dans les
voluptés, au sein d'une nation idolâtre,
avez-vous eu connaissance du vrai Dieu et

avez-vous appris à chanter ses louanges au
milieu des cris blasphémateurs des infidèles ? Hélas ! reprit humblement Rahab,
sans doute que le Tout-Puissant a vu que
je péchais par ignorance, et qu'il n'a pas
voulu me laisser à jamais dans les ténèbres
de l'erreur. Je me souviens qu'un jour, la
tête couronnée de roses, je formais avec
mes compagnes des danses licencieuses autour des idoles de Baal, quand je fus saisie
tout-à-coup d'une froide sueur et d'un frémissement involontaire. Je ne vis plus le
temple qu'avec horreur, et je m'en éloignai
précipitamment. Je sortis de Jéricho, et
me mis à courir dans la campagne comme
une insensée ; sans prendre aucun repos
la nuit, et ne cherchant le jour que l'eau
de quelques fontaines, qui calmait à peine
la soif ardente et la fièvre intérieure qui me
dévoraient. Effrayée de mon état, je m'é-
criais, les yeux baignés de larmes : N'est-ce
pas à cause que le Dieu fort n'est pas avec
moi que ces maux-ci m'ont trouvée ? Enfin,
un jour, lasse d'errer dans les lieux sauvages, je vins m'asseoir sous les grands
sycomores qui ombragent le bord du fleuve,
et de là apercevant la pointe de Phasga, un

trouble confus s'éleva au-dedans de moi ;
mes sanglots redoublèrent , et l'Eternel
parla à mon cœur. C'est là qu'est le peuple
d'Israël , me disais-je , ce peuple aimé du
seul vrai Dieu , et destiné à régner sur l'héritage de nos pères ; c'est là que réside
l'éternel roi des siècles et la source de toute
lumière ; c'est là que Rahab voudrait être ,
non pour séduire les serviteurs de Dieu ,
comme l'ont fait les filles de Madian , mais
pour se convertir à sa parole, et retrouver
le repos qui la fuit. Alors je m'endormis ,
et durant mon sommeil , il me sembla qu'un
ange m'apparaissait. Rahab , me disait-il ,
tes cris ont été jusqu'au trône du Très-
Haut , et il t'a regardée avec compassion ;
non-seulement il t'excepte de la réproba-
tion dont il a juré d'envelopper tous tes
frères , mais il veut que de ton sang naisse
le Messie , qui doit apprendre au monde
qu'il y a plus de joie au ciel pour un pécheur qui s'amende, que pour dix justes qui
n'ont jamais failli. Purifie tes désordres
passés par une vie austère et chaste , et
prends confiance en la miséricorde divine.
Un jour , le plus beau des fils de Jacob te
prendra dans ses bras , et te nommera son

épouse.... A ces mots, Rahab ne put s'empêcher de lever les yeux sur Issachar ; mais
les baissant aussitôt, elle rougit comme la
nue transparente dont le soleil s'enveloppe
en quittant l'horizon. Sa voix tremblante
expira sur ses lèvres entr'ouvertes, et elle
n'eut pas la force d'achever son récit. A
cet instant, un bruit tumultueux se fit entendre à la porte. Ce sont sans doute les
envoyés du roi, s'écria Rahab effrayée.
Depuis long-tems on craint ici l'irruption
de vos frères ; on se tient sur ses gardes ; il
y a des espions par-tout, et la vue de deux
étrangers aura inspiré des soupçons. Mais
ne craignez rien ; je saurai vous sauver,
dussé-je perdre la vie. — En parlant ainsi,
elle les fait promptement monter au haut
de la maison, les couvre de paille de lin,
et court ensuite ouvrir aux troupes du roi.
— On a vu, lui dit le chef, deux israélites
entrer ce soir dans nos murs ; on sait qu'ils
sont chez vous, il faut les livrer sur-le-
champ. — Il est vrai, dit-elle, qu'à l'entrée
de la nuit, deux étrangers sont venus me
demander un asile ; mais sans doute ils ont
craint de ne pas y être en sûreté, car ils se
sont hâtés de quitter la ville avant l'heure

où l'on ferme les portes. — Rahab, reprit
le chef d'un ton menaçant, les yeux sont
ouverts sur vous ; on vous accuse d'honorer
en secret le Dieu d'Israël : tremblez si on
découvre que vous avez caché ces perfides
étrangers. — Je vous ai déjà dit, répondit-
elle tranquillement, qu'ils ne sont plus dans
ma maison. Sans doute ils ont pris la route
du grand fleuve, afin de se rendre à leur
camp. — Je cours à leur poursuite, s'écria le
chef ; mais s'ils nous échappent, tremblez !
vous dis-je, votre vie nous répond d'eux ;
et si la fuite vous dérobait à notre vengeance, votre famille entière, traînée au
supplice, expierait votre trahison. — Soyez
sûr que je ne l'oublierai pas, lui dit-elle en
croisant ses deux mains sur sa poitrine, et
baissant humblement la tête. — Alors le
chef la quitta. A peine Rahab l'eut-elle vu
s'éloigner avec sa troupe, qu'elle se hâta
d'aller délivrer ses deux captifs. — Le roi
est instruit de votre arrivée dans ces murs ;
dit-elle ; vous n'y êtes pas en sûreté ; fuyez,
prenez cette corde, glissez-vous dans la
campagne le long du mur. Tandis qu'on
vous cherchera au bord du fleuve, gagnez
la vallée de Janoé, traversez le torrent de

Carith , enfoncez - vous dans les cavernes
de Salim. Dans trois jours, je vous y porterai , avec quelque nourriture fraîche ,
tous les détails que votre général vous a
chargé de recueillir. — Non , charmante et
généreuse. Rahab, s'écria vivement Issachar, nous ne partirons pas sans vôus.
Venez dans les plaines de Moab recevoir
les bénédictions de nos frères, et montrer
aux filles d'Israël l'épouse que l'Eternel
destine à l'heureux Issachar. — Je ne puis
croire , reprit - elle en baissant les yeux ,
qu'une semblable gloire soit jamais le partage d'une pauvre pécheresse comme moi.
— L'Eternel l'a juré , interrompit Issachar : celle qui sauvera Israël , verra sa postérité régner sur toute la Palestine , et par-
tagera la couche d'Issachar. Venez donc
avec nous , ô Rahab ! venez, ne craignez
point la fatigue , ni le passage du fleuve impétueux, je vous porterai dans mes bras ,
heureux de marcher chargé d'un fardeau
si doux. — Non , reprit-elle, je n'abandonnerai point mon vieux père , ma mère et
mes sœurs à la colère du roi : il faut même
que vous me promettiez de respecter leur
vie quand vos frères entreront dans Jé-

richo. — Nous le jurons, ô généreuse fille!
s'écria Horam. Quand vous verrez Israël
en armes, ayez soin de lier un cordon
pourpre à la fenêtre que voici. Ensuite,
vous retirerez tous vos parens dans votre
maison, et quiconque y demeurera, son
sang sera sur nous, si un des nôtres le ré-
pand ; mais aussi, quiconque en sortira,
son sang sera sur lui, et il ne nous en sera
pas demandé compte. — Que ce soit ainsi
que vous l'avez dit, reprit Rahab. Maintenant, partez enfans de Jacob, profitez de
l'instant où la lune, obscurcie par les nuages,
vous dérobe aux espions qui nous environnent. — Mais, dit Issachar, qui sait si les
impies de Jéricho nous voyant échappés à
leurs poursuites, ne tourneront pas leur
colère contre vous ? Quoi! je vous aban-
donnerais à leur furie, vous, la libératrice
d'Israël, l'élue du Seigneur, la bien-aimée
d'Issachar! Non, non, viens avec nous, ô
la plus belle des filles! viens trouver le
bonheur sous ma tente. Je ne t'offrirai pas
la pourpre, les riches broderies, les mêts
exquis dont Jéricho s'enorgueillit ; mais
des fleurs fraîches comme ton teint et du
lait pur comme mon cœur. Ah ! tu n'as pas

besoin d'ornement pour être belle. Viens,
l'Eternel l'a dit, il n'est pas bon que l'homme
soit seul; consens donc à être mon épouse.
— O fils d'Israël! répondit Rahab émue, le
murmure subit d'une fontaine est moins
doux à l'oreille du voyageur altéré, que tes
discours ne le sont à mon cœur; et depuis
long-tems je soupirais après toi comme l'enfant nouveau né après le sein de sa mère.
Mais, je te l'ai dit, je n'abandonnerai point
pour ton amour ceux de qui je tiens la vie;
pars cependant sans inquiétude, et confie-
toi au Tout-Puissant; il veillera sur nous,
et saura bien me sauver de la main de l'impie. — Assurément, s'écria Horam, l'Eternel ne délaissera pas celle dont la foi est
si vive et si sincère. Mais nous, Issachar,
partons sans différer; notre présence accroît les dangers de notre libératrice; et
en nous livrant comme elle à la bonté du
Seigneur, nous mériterons d'être sauvés
comme elle. Horam ayant parlé ainsi, se
glissa le long de la corde et descendit
dans la campagne. Issachar le suivit à regret. Adieu Rahab, dit-il; je cède à la
crainte de nuire à ta sûreté; mais dans
trois jours tu viendras me rendre la vie

dans la vallée de Janoé. J'irai au-devant
de tes pas, je t'écouterai venir : ta vue sera
pour moi comme l'herbe tendre à l'agneau
affamé. O ravissante fille ! ne tarde pas à
nous rejoindre. Si je ne te voyais pas venir,
je croirais que les infidèles ont attenté à
ta vie, et je reviendrais mourir avec toi —
Généreux Issachar, reprit-elle en lui ten-
dant les bras, qui suis-je pour mériter un
pareil sacrifice ? Non, quoi qu'il m'arrive,
je t'ordonne de rejoindre tes frères et de
respecter tes jours : ils appartiennent au
Seigneur. — Adieu, adieu, s'écria-t-il de
loin en s'agenouillant devant Rahab et la
fixant avec extase ; adieu, ma bien-aimée ;
mon ame ne te quitte pas ; elle reste attachée aux lieux où tu es ; et si l'Eternel entend ses vœux, il veillera bien plus à ton
salut qu'au mien. — Rahab aurait voulu
répondre ; mais la douleur affaiblissait sa
voix, dont le son mourant ne frappait plus
que le vague des airs ; car Issachar, entraîné par Horam, dont l'effroi précipitait
la marche, était déjà loin dans la plaine.
Quelque tems elle le distingue encore ;
bientôt l'obscurité le dérobe à sa vue, et
ses regards inquiets se perdent dans la

vaste nuit. Elle retient son haleine, elle
prête une oreille attentive aux pas des deux
israélites, qui retentissent sourdement dans
le silence, peu-à-peu décroissent, se con-
fondent avec le bruit de l'air et se perdent
enfin tout-à-fait. Mais lors même qu'elle a
cessé d'entendre, elle écoute encore; et si
le vent, en s'élevant, agite dans le lointain
les flots du Jourdain, éperdue, il lui semble
qu'elle a reconnu les gémissemens de son
bien-aimé, que les soldats du roi surpren-
nent et arrêtent. — O Eternel ! s'écrie-
t-elle, la face prosternée contre terre et la
poitrine oppressée de sanglots, sauve l'ami
de Rahab ; que mes membres sanglans
soient déchirés par l'infidèle, mais qu'Issachar soit en sûreté. Hélas ! il fuit, et mon
bonheur s'éloigne avec lui. Parce que je ne
le vois plus, mes yeux versent des larmes
amères, et tout est en désordre et en feu
au-dedans de moi. Ah ! qu'il puisse trouver
sur sa route des fruits pour satisfaire sa
faim, une fontaine pour étancher sa soif, et
au pied des cèdres, un gazon frais pour
favoriser son sommeil. Puissant Dieu d'Israël ! que tous tes bienfaits tombent sur lui,
donne-moi toutes ses peines et donne-lui

tous mes plaisirs : car je l'aime plus que
le ramier n'aime la jeune couvée qu'il
réchauffe de ses aîles et de son amour. Tels
étaient les vœux et les sentimens de la
jeune cananéenne, qui, embrâsée d'un
feu profane, ne savait point encore que le
culte du Seigneur demande un cœur plus
épuré, dans lequel l'amour de l'homme ne
balance point celui du Créateur; mais au
sein d'une nation idolâtre, c'était encore
beaucoup que d'avoir su s'élever à la connaissance du vrai Dieu, de se dévouer avec
joie et résignation au salut d'Israël, et de
sacrifier une passion naissante à la sûreté
de ses parens. Aussi l'Eternel la regarda-t-il
avec complaisance, et du plus haut des
cieux, où il réside dans un océan de lumière dont le soleil du monde n'est qu'une
faible étincelle, il dit aux archanges qui
l'entouraient dans un respectueux silence en le couvrant de leurs aîles res-
plendissantes : En vérité, voici celle que
j'élèverai au-dessus de toutes les filles
d'Israël; car elle m'a connu et m'a invoqué
dans sa détresse. Aussi je me suis approché d'elle, et je bénirai son hymen et
les fruits de son hymen, qui donneront

des rois à mon peuple et un sauveur au
monde [1].

[1] De l'hymen de Rahab naquit une fille du même
nom qu'elle, qui épousa Salmon, fils de Naasson,
et qui donna le jour à Booz, père d'Obed; Obed le
fut de Jessé ou d'Isaï, et celui-ci eut pour fils le grand
David, premier roi d'Israël, de la tribu de Juda,
duquel descend, selon la chair, le Messie, fils de
Dieu et médiateur de la nouvelle alliance. (*Histoire
du peuple de Dieu*, t. 3, p. 46.

FIN DU SECOND CHANT.

CHANT III.

Ce fut par une protection divine qu'Horam
et Issachar échappèrent à la rencontre des
troupes qui les cherchaient dans les plaines
de Jéricho, depuis Engalim, sur les bords
du grand lac, jusqu'aux montagnes d'E-
phrem, à l'Orient d'Aï. Chaque fois qu'ils
s'approchaient d'elles, Dieu les entourait
d'une nuée épaisse; et sous cet abri céleste,
ils eurent bientôt gagné le torrent de Carith, qui sépare la vallée de Janoé des
cavernes de Salim. Horam voulait le traverser, afin de s'éloigner davantage du
danger; mais Issachar ne put se résoudre à
le suivre. Il disait : Non, je ne quitterai
pas la vallée; en restant ici je la verrai
plutôt, je saurai plutôt que Rahab est
sauvée. Allez, Horam, laissez-moi seul,
ne risquons pas qu'on nous découvre tous
deux, afin qu'un de nous du moins aille
rassurer Israël. — Faible enfant de Jacob,
répartit Horam, est-ce donc ainsi que vous
vous confiez dans le Tout-Puissant? Doutez-

vous donc que s'il veut sauver Rahab,
tous les efforts des infidèles ne feront pas
tomber un cheveu de sa tête? Celui qui
nous a soustraits à la mort d'une manière
si miraculeuse, n'aura-t-il pas le pouvoir
de fermer les yeux de l'impie sur les démarches de la fille de Canaan ? Je vous
ai vu plus résigné quand nous marchions
vers Jéricho. — Ah ! je ne craignais alors
que pour moi, répondit douloureusement
Issachar; mais c'est pour nous que Rahab
s'expose : l'aimable fille de Jéricho est en
danger et Issachar l'a abandonnée. Qui sait
si maintenant des barbares ne l'arrachent
pas de son asile pour la livrer à la vengeance du roi? Peut-être elle m'implore,
et je ne l'entends pas. Ah ! quand viendras-
tu ici, fille charmante? Je vais monter sur
le haut de la colline, au pied de ces oliviers sauvages ; et là je jure de ne prendre
ni repos ni nourriture, jusqu'à l'instant où
je t'apercevrai dans la plaine. Oh ! quand je
verrai tes regards timides se tourner autour de toi pour chercher Issachar; quand
ta douce voix fera retentir les échos de son
nom, et que tes pas légers se dirigeront
vers le lieu d'où il te répondra, quels

vœux lui restera-t-il à adresser au Seigneur?
— Est-ce bien vous que j'entends, s'écria
Horam indigné? Quoi ! l'amour d'une
femme remplit tous les vœux d'un serviteur de Dieu? Aveuglé par une beauté
fragile qui bientôt ne sera que poudre, il
oublie l'immortelle gloire promise à Israël ! Repentez-vous, Issachar ; car l'E-
ternel est un Dieu jaloux, qui ne veut point
qu'on lui préfère aucun objet terrestre ;
craignez que votre folle passion n'excite son
juste ressentiment, et que pour vous mieux
punir, il ne le fasse tomber sur Rahab. —
O Eternel ! prends pitié d'elle et ne châtie
que moi, s'écria Issachar dans un torrent
d'amère douleur. Si je t'ai offensé, ne la
rends pas victime de mon égarement. Ah !
si c'est un crime de vouloir l'amour de
Rahab, frappe moi, Seigneur ; car nul ne
fut plus coupable ni plus résolu à l'être
toujours. Fille trop chérie ! ton image me
consume jusque dans la moëlle des os,
et le sable d'Aram, que le soleil dévore,
est moins brûlant que mon amour. Viens,
viens, je suis altéré de tes caresses ; un
baiser de ta bouche humide peut seul calmer cette ardeur qui me dessèche comme

les rayons du midi flétrissent la fleur du
désert. — Adieu, je fuis, s'écria Horam en
s'éloignant précipitamment; je crains que
le seigneur, irrité de l'excès de ton délire,
ne fasse tomber sa foudre sur ta tête et
n'engloutisse tout ce qui t'entoure ; je vais
m'enfoncer dans les cavernes de Salim jusqu'à ce que Rahab, fidelle à sa promesse,
vienne nous donner les lumières qui doivent éclairer notre général ; je les recueil-
lerai de sa bouche, et j'irai les porter
au camp d'Israël ; et toi, si, subjugué
par le vil amour de la chair, enchaîné
aux pieds de ta cananéenne, tu refuses de
rejoindre avec moi les plaines de Moab,
nos frères ne te regarderont plus que
comme le violateur des ordres de Dieu, et
t'abandonneront à sa vengeance. Il dit et
s'éloigna. Issachar ne s'en aperçut pas ; à
peine l'avait-il entendu : l'image de Rahab,
empreinte dans son cœur, absorbait toutes
ses pensées. Couché sur la terre humide
durant la nuit entière, exposé tout le jour
à l'ardeur du soleil, il oubliait de se nourrir
et négligeait de se cacher ; sombre et rê-
veur, il parcourait en gémissant la riante
vallée de Janoé, sans se reposer sous ses

frais bocages, ni jouir de ses doux parfums ; appelant sa bien-aimée, prêtant l'oreille au moindre bruit, le murmure des insectes et le balancement de l'herbe faisaient palpiter son cœur d'une espérance trompeuse, qui, en s'évanouissant, le livrait à une tristesse plus profonde encore. Tel le passereau solitaire exhale ses tendres plaintes sur le palmier où il attend sa compagne : depuis qu'il en est séparé, il ne chante plus, il néglige son plumage, il dédaigne la figue succulente et la datte sucrée, il languit, il mourra si ses amours lui sont ôtées. Hé ! qui pourrait vivre sans aimer ? tout ne vit-il pas d'amour dans la nature, depuis l'humble fleur dont l'astre du jour ouvre le sein, jusqu'aux brillans séraphins qui brûlent éternellement pour Dieu en chantant ses louanges autour de son trône ?

Cependant, fidelle à sa parole, le troisième jour après le départ des deux israélites, Rahab remplit une corbeille d'osier d'un quartier d'agneau rôti, d'un pain de fleur de farine, d'un vase de lait frais, et la posant sur sa tête, elle s'achemine vers la retraite d'Issachar, instruite de ce qu'elle doit dire aux deux hébreux. Mais sa con-

duite a excité les soupçons du roi ; il l'a
entourée d'espions qu'elle ignore et qui la
suivent de loin : c'est donc elle qui va leur
indiquer l'asile de son bien-aimé et le
livrer à ses ennemis. O Eternel ! c'est ainsi
que tu permets à notre ignorance de nous
pousser dans l'abîme, afin de nous convaincre que, devant tous nos maux à nos
erreurs, et notre salut à ta bonté, nous re-
portions vers toi seul ce tribut d'adoration
et de reconnaissance que notre faiblesse
est souvent prête à accorder aux créatures
que tu as faites, et aux images taillées par
nos mains.

Rahab est parvenue à l'entrée de la vallée
de Janoé ; elle s'avance à l'ombre des palmiers ; elle parcourt des bosquets de myrte
et de grenadiers dont les fleurs rouges s'ef-
feuillent en passant sur sa blonde chevelure.
Bientôt elle entend une marche précipitée,
elle distingue des accens entrecoupés :
C'est lui, c'est lui, dit-elle, c'est mon bien-
aimé qui accourt ; et à cette douce pensée,
son sein se gonfle et s'abaisse comme les
ondes du ruisseau qu'agite la brise du
matin. Issachar, éperdu de joie, la presse
sur son cœur : O fille de Jéricho ! s'écrie-

t-il, est-ce bien toi que je vois? Ta présence me rend à la vie. Si tu avais tardé un jour de plus, Issachar allait mourir. Viens t'asseoir auprès de moi sur l'herbe fleurie; que mon amour te délasse. Voici des fruits préparés pour toi, manges-en, ma bien-aimée; ah! ne repousse pas mes caresses. Tu es si belle, Rabab, le lys de la vallée est moins blanc que toi; tes lèvres sont plus fraîches que la rose de Janoé, et ton haleine plus suave que son parfum. Quand tu me regardes, mon cœur bat avec tant de violence, qu'il me semble que je vais mourir; car tes yeux sont tendres comme ceux de la gazelle. Oh! dis-moi que tu m'aimes; dis-le, répète-le sans cesse, que j'entende de ta bouche ces mots plus doux que le premier songe d'amour. --- Issachar, répondit-elle en rougissant, je t'aime, et le ciel m'est témoin que je ne lui demande d'autre bonheur que ton amour et d'autre gloire que ton hymen; mais soumise aux lois du Seigneur, je ne veux approcher de toi que quand il l'aura permis. Ne me serre donc pas ainsi dans tes bras, fils de Jacob, attends que le titre sacré d'époux ait légitimé de si doux transports. Jusque-là, que

nos caresses soient innocentes et pures
comme celles que la chaste vierge reçoit
de son père. — Ne me le demande pas, ô la
plus belle des filles ! s'écria Issachar en versant de brûlantes larmes ; je voudrais en
vain t'obéir. J'allais mourir de ton absence ; et si tes baisers n'appaisent pas l'ardeur qui me consume, je vais mourir encore. Viens ; pose ta tête sur ma poitrine ;
caches-y ta modeste rougeur, et enlace tes
bras autour de moi comme le lierre flexible
s'attache au cèdre de la montagne. — Non,
non, reprit Rahab en le repoussant ; je
cours chercher Horam ; c'est lui qui re-
cevra les avis que le Seigneur me commande de donner à ton peuple, et que tu
refuses d'entendre. Elle dit ; et s'échappant,
légère comme une biche, elle rase le gazon
que son pied courbe à peine, tandis que le
vent, en se jouant dans les plis de sa
robe ondoyante, découvre de nouveaux
charmes à Issachar qui la suit. Elle fait
retentir la vallée du nom d'Horam. De
l'autre côté du torrent, Horam l'a entendu ;
il accourt, il paraît sur le haut d'une roche
escarpée, dont la pointe domine à pic sur
le Jourdain. Rahab, lasse de fuir son amant,

allait peut-être tomber dans ses bras, lorsqu'elle aperçoit Horam. Cette vue ranime
son courage ; elle demande des forces à
l'Eternel, et l'Eternel lui en donne ; elle
vole autour du rocher, le gravit légère-
ment, atteint bientôt le sommet où Horam
l'attendait ; et en arrivant près de lui, tombe
épuisée par la fatigue et le triomphe qu'elle
vient de remporter sur ses propres desirs.
Le grave Horam la soutient et lui dit :
Noble et courageuse fille de Jéricho, votre
salut est assuré, et malgré vos premières
erreurs, votre gloire parviendra jusque
dans la postérité la plus reculée ; car vous
avez résisté à l'attrait du plaisir, pour marcher fidèlement dans la voie du Seigneur.
Maintenant, parlez, dites-nous ce qu'Israël
peut espérer dans le siége qu'il médite ; et
vous, ajouta-t-il en prenant la main d'Issachar qui arrivait baigné de sueur et enflammé d'amour, écoutez avec respect les
paroles qui vont sortir de sa bouche. —
Alors l'esprit de Dieu s'empara de Rahab ;
et elle dit : « Fils de Jacob, je connais que
« l'Eternel vous a donné tout ce vaste pays :
« c'est pour vous que fleurit notre vigne,
« et que mûrissent nos moissons. Aussi la

« terreur de votre nom a-t-elle saisi tous
« les cananéens, et ils sont devenus lâches
« à cause de vous. Quand ils ont su que
« l'Eternel avait tari les eaux de la mer
« Rouge devant vous, et que vous aviez
« détruit les deux rois des amorrhéens, à
« Sihon et à Hog, leur cœur s'est fondu,
« leur courage s'est évanoui et ils ont
« tombé dans l'abattement. C'est pourquoi
« vous pouvez venir sans crainte ; car le
« Seigneur vous livre les cananéens. Ils
« n'ont plus de sagesse pour se résoudre,
« ni de courage pour agir , et leurs faibles
« murailles ne pourront les défendre des
« armes d'Israël. Allez donc rassurer vos
« frères contre la multiplicité de leurs enne-
« mis; pour les vaincre, il leur suffira de
« se montrer... » Rabab avait à peine achevé,
que des cris affreux partirent du pied du
rocher; et les espions du roi, armés de
javelots et d'épées, se découvrirent tout-à-
coup. Issachar , en voyant tous les chemins
coupés, ne tremble que pour Rahab ; et la
pressant étroitement dans ses bras : Fille de
Canaan, lui dit-il, livre-toi à ma foi et à
mon courage. En dépit de ces hommes, je
puis t'emmener encore au camp d'Israël.

Consens à abandonner ton pays : ne le veux-tu pas ? — Ne délibère plus, Rahab, s'écria Horam, ta vie en dépend. L'ennemi nous entoure : échappons à sa rage ; je vais t'ouvrir le chemin. Et sans se donner le tems d'achever, il s'élance le premier dans le Jourdain. Me suivras-tu ? ma bien-aimée, s'écrie vivement Issachar. Je veux te sauver ; j'ai de la force pour tous deux. Voici les soldats qui approchent : nous n'avons plus qu'un instant. Si tu restes, je reste aussi, et je meurs avec toi. — Fuis, Issachar, lui dit-elle, ils vont te saisir. Israël t'attend, Dieu t'appelle, sauve-toi, je te suivrai. — Il jette un cri de victoire, se précipite dans le fleuve, repousse d'un bras les vagues qui veulent l'entraîner, et tend l'autre à Rahab. Elle s'avance sur le bord du roc, elle fait un mouvement, elle va tomber ; mais les satellites du tyran, qui atteignent en ce moment le sommet du rocher, et qui tremblent de perdre leur dernière proie, crient en fureur : Rahab, Rahab, souviens-toi de ton père. — A ce nom, la vertueuse cananéenne frémit de son oubli, s'arrête, voit son sort et n'hésite pas. Tombant à genoux sur la pointe du rocher, les mains élevées

vers le ciel, elle offre sa vie à l'Eternel,
jette un triste regard sur son amant, qui se
débat contre le fleuve, lui crie un dernier
adieu, et tombe inanimée entre les mains
des farouches soldats qui la chargent de
chaînes en la menaçant. Cependant Issachar, en la voyant disparaître sans pouvoir
seulement tenter de la défendre, se sent
percé d'une si violente douleur, qu'il pâlit,
perd ses forces, et devient le jouet du fleuve
impétueux. Mais le Tout-Puissant veille sur
lui, et commande aux flots de le porter sur
la rive orientale où Horam l'attendait, et
où, à force de soins, il parvient à le rendre
à la vie.

L'infortuné Issachar arrive le lendemain
au camp d'Israël, la chevelure en désordre
et l'œil étincelant d'une sombre fureur. A
la vue de ses frères, il déchire ses vêtemens, il se jette le visage contre terre, et
couvre sa tête de poudre ; il conte ses aventures et le sort de Rahab. Ce funeste récit
excite l'indignation de toutes les tribus ;
elles poussent des cris de vengeance, et
demandent à Josué de les mener au secours de la libératrice d'Israël. Le saint
général les écoute, les arrête et leur ré-

pond : Si Dieu veut que Rahab périsse, vos
armes ne la sauveront pas ; et pour la délivrer, il n'a pas besoin de votre aide. Attendez donc, pour combattre, que l'Eternel
ait parlé ; et qu'il ne soit pas dit qu'Israël se
soit armé pour une femme. — J'irai donc
seul, s'écrie impétueusement Issachar ; car,
je le jure, par le Dieu vivant ! je ne la laisserai pas périr sans secours. A ces mots, il
se lève ; une partie de Juda se range auprès
de lui, impatiente de venger son injure.
L'austère Horam lui-même, touché du sort
de Rahab, s'avance à la tête d'Ephraïm.
Josué, qui voit les enfans d'Israël prêts à
se révolter contre lui, se prosterne devant eux dans la poussière, et s'écrie :
O Dieu ! prends pitié de ton peuple, car
il va t'abandonner et mériter ta colère. —
Alors on entendit un grand bruit ; l'Eternel
tonna du haut des cieux, la terre s'émut et
trembla, des nuées s'amoncelèrent auprès
du tabernacle, semblables à un pavillon de
ténèbres, et de leur sein, une voix écla-
tante comme l'orage, fit entendre ces mots :
Approche-toi, Josué, et écoute ces paroles
de l'Eternel, ton Dieu : Comme j'ai été avec
Moïse, je serai aussi avec toi ; que ces

hommes-ci s'arrêtent donc, te craignent et t'obéissent; que tout Israël, soumis et pénitent, se sanctifie aujourd'hui. Demain je lui ferai voir des choses merveilleuses. Voici l'arche d'alliance du dominateur de toute la terre; elle va passer à travers le Jourdain, et les eaux se reculeront devant elle avec respect. Dieu ayant parlé ainsi, dissipa d'un souffle les tourbillons dont il était enveloppé. Son visage parut comme une flamme ardente. Il étendit la main vers son peuple, qui demeurait le front attaché contre terre. Alors l'incrédulité et la rébellion abandonnèrent tous les cœurs; et l'Eternel ordonnant aux vastes cieux de venir à lui, ils s'abaissèrent pour le recevoir dans leur sein; et toutes les choses arrivèrent ainsi qu'il l'avait dit.

FIN DU TROISIÈME CHANT.

CHANT IV.

Le lendemain, Josué, inspiré par l'Eternel, envoya des hérauts dans toute l'étendue du camp, annoncer aux douze tribus de se préparer, selon qu'il l'ordonnerait, pour la cérémonie du passage du fleuve, afin que la pompe solemnelle et l'appareil magnifique présidassent au grand jour qui commençait. Les lévites, chargés de porter l'arche sacrée, ouvraient la marche, revêtus de longs habits de lin. Le saint pontife, Eléazar, marchait à leur tête. Autour d'eux, des chœurs de jeunes hommes et de jeunes filles chantaient des cantiques sacrés. Une foule innombrable de soldats rangés en colonnes, à droite et à gauche du Saint des saints, remplissait un espace de quatre mille coudées; et dans cet ordre admirable, Israël arriva tranquillement au bord du Jourdain.

C'était le tems où le fleuve grossissait par la fonte des neiges des montagnes du Liban; mais les lévites, loin d'être effrayés de son impétuosité, s'avancèrent sans crainte, chargés de leur précieux dépôt, et mirent le pied dans les eaux.

A l'instant, celles qui venaient de la source s'arrêtèrent et s'accumulèrent en une haute montagne qu'on apercevait de la ville d'Adom, tandis que les eaux inférieures continuèrent à rouler vers leur embouchure, et laissèrent un espace vide depuis le lac Asphaltite jusqu'au lieu où l'arche s'était arrêtée, tandis que tout le peuple traversait le fleuve.

Tout ceci se passait à la vue de Jéricho, sous les yeux des fils de Moab, d'Ammon et de Cham, sans qu'aucun osât troubler cette sainte marche. Le même Dieu qui avait suspendu les eaux du Jourdain, remplissait les infidèles d'une vive frayeur; et les israélites, environnés de nations belliqueuses et jalouses, agissaient avec la même sécurité que s'ils eussent fait chez eux les préparatifs d'un triomphe ou d'une fête religieuse. Dès que le peuple fut passé sur la rive occidentale, tandis que l'arche était encore au milieu du fleuve, Issachar éleva la voix, et demanda qu'on marchât droit à la ville; mais Josué s'opposa encore à son

desir. — O mon fils, lui dit-il, tu viens d'ê-
tre témoin de ce que peut l'Éternel pour
ceux qui se fient à sa parole ; s'il t'a promis
Rahab pour épouse, il saura te la conserver.
Mais Israël n'avancera pas vers la plaine
avant d'avoir dressé un monument en signe
de reconnaissance du prodige que Dieu
vient d'opérer en sa faveur, afin que dans
les siècles après nous, quand nos enfans in-
terrogeront leurs pères, et leur diront :
Que signifient ces pierres-ci ? ils puissent
leur répondre : — Quand Israël vint s'emparer de l'héritage qui lui était destiné,
Dieu fit tarir les eaux du Jourdain devant
lui, afin que tous les peuples de la terre re-
connussent que la main de l'Eternel est
forte, et que lui seul est le vrai Dieu du
ciel. — Viens, Issachar, prie avec tes
frères, et offre ta résignation au Seigneur :
elle sera plus efficace que tes armes ; car
l'Eternel est un Dieu de bonté qui n'afflige
ses enfans sur la terre, que pour leur épargner un jour un châtiment plus terrible. —
Issachar, vaincu par l'ascendant de Josué,
se soumit et s'humilia devant le Seigneur ;
mais le soir, quand le sacrifice fut achevé,
tandis que tous les hébreux reposaient dans

le camp de Galgal, il sortit dans la plaine
et s'avança seul vers Jéricho.

Si les portes de la ville eussent été ouvertes, Issachar eût bravé tous les dangers
pour pénétrer jusqu'à sa bien-aimée ; mais
la vue des israélites avait causé tant de
frayeur aux habitans de Jéricho, qu'ils se tenaient soigneusement enfermés dans leurs
murs, et il n'y avait personne qui en sortît
ni qui y entrât. Le jeune israélite, voyant
cela, fut s'asseoir sous le rempart au pied
de l'éminence où la maison de Rahab était
située, et levant les yeux vers cette fenêtre
par laquelle il avait fui avec Horam, il
aperçut le cordon pourpre. Aussitôt l'alé-
gresse s'empara de son cœur, et sa bouche
l'exprima ainsi : Elle vit encore, puisqu'elle
a placé autour de la maison le signe con-
venu entre nous ; quelle autre main l'eût
pu faire ? Sans doute Rahab respire tout
près d'ici ; et il écoutait s'il n'entendait pas
la voix de sa bien-aimée : mais il n'entendait rien, car on était au milieu de la nuit et
tout dormait sur la terre. — Tu dors, ô la
plus belle des femmes ! tandis que mon
cœur veille, que ma tête est pleine de rosée
et mes habits trempés de l'humidité de la

nuit. Mais voici la voix de ton bien-aimé
qui crie à ta porte : Ne te montreras-tu pas,
mon épouse , ma sœur ; me laisseras - tu
languir seul dans la solitude de la nuit ?
Comme le cerf altéré cherche l'eau des fontaines, ainsi mon cœur te désire , ô Rahab !
Mais si tu tardes à paraître , tu me cherche-
ras envain , tu ne me trouveras plus ; car
j'entends le bruit de la ronde par la ville ;
et si la garde des murailles m'apercevait ,
elle saisirait celui que tu aimes , et il ne pourrait plus te presser dans ses bras , ni recevoir tes baisers plus doux que le miel , et
parfumés comme la myrrhe. Adieu , ma bien-
aimée ; adieu ; quand l'Eternel des armées
permettra qu'Israël entre dans Jéricho , j'a-
bandonnerai le riche butin , les vases d'or
et les vêtemens de pourpre , je ne deman-
derai que toi ; je ne veux que toi ; à tes
côtés , quand ta bouche me sourira avec tendresse , je serai plus riche que les plus puis-
sans monarques ; car tu es belle comme le
grenadier en fleur , ta taille est semblable
à un palmier , tes vêtemens exhalent l'odeur
exquise des cèdres , et ton amour est délicieuse à mon cœur : fille tant aimée , quand
jouirai-je de ta présence et de tes regards ?

Oh ! qu'il vienne , qu'il vienne le jour où recevant ta main des mains de l'Eternel , je pourrai te nommer mon épouse à la face de tout Israël, et t'emmener dans l'enfoncement des lieux escarpés , là où fleurit le muguet de la vallée et où on n'entend que le chant de la tourterelle amoureuse. Ainsi durant toute la nuit se plaint le tendre Issachar : mais à peine voit-on l'aube commencer à blanchir la pointe du mont Hébal, qu'il retourne vers le camp de Galgal. C'est dans ce jour qu'il sait qu'Israël doit marcher contre Jéricho, et qu'il espère retrouver sa bien-aimée. Mais l'Eternel, qui se joue des vaines espérances de l'homme, en a ordonné autrement ; en ce jour il voulut élever davantage son serviteur Josué aux yeux de tout Israël , afin qu'il fût craint comme Moïse l'avait été pendant sa vie ; et il lui communiqua sa parole une seconde fois, disant : — Regarde , j'ai livré en tes mains Jéricho , son roi et ses hommes forts et vaillans : vous tous donc, gens de guerre, vous ferez le tour de la ville pendant six jours , et sept sacrificateurs porteront sept cors de béliers devant l'arche; mais le septième jour, qui est celui du sabbat, vous ferez

sept fois le tour de la ville , et les sacrificateurs sonneront du cor , aussitôt le peuple
jettera de grands cris de joie , la muraille
de la ville tombera , et tout le peuple mon-
tera vis-à-vis de soi.

Quand l'Eternel parlait, Issachar n'eût osé
désobéir; et quoique les sept jours qu'il fallait encore attendre pour entrer dans Jéricho pésassent sur sa poitrine , comme la
lourde pierre détachée du rocher , cependant il plia son cœur à la volonté du Très-
Haut ; et durant tout le jour , prosterné devant son tabernacle , les yeux noyés de
larmes , et les cheveux souillés de poussière,
il l'invoquait ainsi : — O Eternel ! écoute
ma prière , et que mon cri aille jusqu'à toi ;
châtie l'iniquité des superbes , mais saüve
leur humble servante de leur malice , afin
qu'elle puisse te bénir et chanter tes louanges à la tête des filles d'Israël , tandis que
je la couronnerai des roses nuptiales , sur
Jéricho en cendres. Dieu entendit et reçut
le vœu du jeune israélite ; et quand le septième jour fut venu , que tout Israël levé
avant l'aurore , eut fait sept fois le tour de
la ville , que les sacrificateurs qui portaient
la sainte arche eurent sonné du cor , et que

Josué, en voyant tomber les murs de la ville,
eut dit au peuple : Réjouis-toi, Israël, car le
Seigneur t'a livré Jéricho, l'impétueux Issachar s'élança un des premiers au milieu des
débris roulans et des pierres écroulées, et
traversa les rues de Jéricho en criant à haute
voix : Rahab, Rahab. —Il courut à la maison
de sa bien-aimée ; tous ses parens y étaient
réunis ; mais elle n'était point avec eux :
son vénérable père, vêtu d'un sac, la tête
couverte de cendres, versant de grosses
larmes, lui dit : Ils ont enlevé ma fille pour
la sacrifier à leur Dieu ; depuis deux jours
et deux nuits je prie le vôtre de la sauver ;
s'il exauce ma prière, je m'attacherai à jamais à sa loi. — A ces mots le cœur d'Issachar fut agité comme les arbres des forêts
que le vent ébranle : éperdu il court au
temple de Baal, les portes en sont déjà
brisées et les ornemens dispersés çà et là,
les colonnes de jaspe roulent à ses pieds,
des vases d'or et d'argent incrustés de to-
pazes, de sardoines, de chrisolytes et de
saphirs, et remplis des aromates les plus exquis, des vêtemens de fin lin d'Egypte tra-
vaillés en broderies, des tapis de pourpre
de Tyr sont étendus sous ses yeux ; il foule

aux pieds ces richesses , il les dédaigne , ou
plutôt il ne les voit pas ; sa bien-aimée seule
occupe sa pensée : il appelle Rahab , et Rahab ne répond pas ; dans son désespoir, il
se frappe la poitrine et se jette la face contre terre en versant des pleurs que l'amour
et la rage lui arrachent également. Mais à
cet instant il croit distinguer des gémissemens étouffés , il court de ce côté et arrive
devant une petite porte : il la pousse , elle
est fermée ; il entend , il reconnaît l'accent
de Rahab ; et l'excès de sa douleur lui prêtant des forces , il parvient à briser la fatale
porte qui lui cachait sa bien-aimée : il l'a-
perçoit au milieu des six prêtres de Baal
qui tenaient le couteau sur sa gorge prêts à
la sacrifier. A cette vue, Issachar jette un
cri terrible qui retentit dans tout le temple,
et porte le trouble et l'effroi dans l'ame des
sacrificateurs : ils s'arrêtent interdits; mais
bientôt , confus de s'être laissés effrayer par
un seul homme , ils veulent achever leur
sacrifice. C'est envain qu'ils le tentent , le
couteau mollit contre le sein de Rahab , et
leurs bras se roidissent comme enchaînés
par une puissance supérieure. Ce prodige
achève de les abattre ; ils défaillent et tom-

bent sans force au pied des autels. Issachar
lève son fer pour les immoler, mais la
douce Rahab le retient et lui dit : — O
mon bien-aimé ! si l'Eternel a ordonné que
ces hommes soient mis à mort, laisse remplir ce funeste soin à tes frères ; mais toi,
ne souille point tes mains généreuses du
sang d'un ennemi vaincu, sois clément après
la victoire comme terrible pendant le combat ; viens Issachar, éloignons-nous du car-
nage, qu'il ne soit pas dit que l'époux de
Rahab ait un cœur endurci aux cris des
misérables. — Quoiqu'Issachar sache bien
que Dieu a ordonné aux israélites d'exter-
miner tous les infidèles, et que les épargner
soit lui désobéir, néanmoins il cède au
vœu de sa bien-aimée et jette son glaive
loin de lui. — Que ton parler est gracieux !
fille de Canaan, lui dit-il, tes lèvres distil-
lent le miel ; viens avec moi, sortons de
Jéricho, montons sur la colline nous asseoir
sous la vigne en fleur, là tu me donneras
tes amours. — Il dit, et tandis que les
hébreux poursuivent et écrasent les malheureux habitans de Jéricho, Rahab
appuyée sur son bien-aimé, fuit cette
scène de sang et de désolation. Cependant

elle aperçoit de loin les torrens de fumée
qui s'élèvent de l'effroyable incendie de
Jéricho, et pleure sur ses frères. — Hélas !
dit-elle, je fus coupable comme eux ; que
ne se sont-ils repentis comme moi ? Eternel,
pourquoi ta grace n'est-elle tombée que sur
ma tête ? que n'as-tu disposé aussi leur
cœur à t'entendre ! ils vivraient encore, et
ton nom serait grand parmi eux. — Qu'oses-
tu dire, fille de Canaan, s'écrie Issachar,
murmures-tu contre le Seigneur ? Non, dit-
elle, je suis soumise à ses terribles arrêts ;
mais mes entrailles s'émeuvent aux cris de
ces infortunés, et s'il avait voulu les rache-
ter du péché, ils l'eussent adoré sans doute.
— Prends garde Rahab, ce n'est pas à
nous qu'appartient de juger l'Eternel ; s'il a
condamné tous les fils de Canaan à la mort,
quiconque les sauverait serait coupable.
— Hé ! tu vois bien que je ne les sauve
pas, s'écria la jeune cananéenne en pleu-
rant ; mais Dieu n'a pas défendu de les
plaindre. Ne t'étonne pas, Issachar, si je
m'attendris plus que toi sur leur sort ; le
pécheur doit compatir davantage à des
fautes qu'il partagea, que le juste qui en
fut toujours exempt. — Viens, viens, ma

bien-aimée, reprit Issachar, en la pressant
dans ses bras ; que mes baisers recueillent
les larmes qui coulent sur tes joues, comme
le soleil pompe la rosée qui tremble sur la
fleur naissante ; combien le jour me semble
plus beau quand je le vois avec toi, ô Rahab ! si je touche seulement ta main, je
me sens frémir, car ta peau est douce
comme le duvet de la colombe et parfumée
comme le baume de Ségor ; et quand je
te presse sur mon cœur il s'embrâse de
flammes si ardentes, que les eaux de la
grande mer ne pourraient les éteindre.
Ah ! que le grand Pharaon vienne et m'offre tous ses trésors pour ton amour, je lui
dirais : Remporte tes trésors, puissant monarque, tu n'en as point qui valent le cœur
de Rahab. — Mon bien-aimé, répondit-
elle en le repoussant doucement : Regarde comme les vengeances de Dieu sont
terribles ; craignons de les attirer sur nous,
si je recevais tes caresses avant de m'être
purifiée dans son temple des souillures de
l'idolâtrie ; éloigne-toi d'auprès de moi,
Issachar, demain je serai ton épouse, mais
aujourd'hui je ne suis encore que ta
sœur ; mon bien-aimé, ce jour-ci ne doit

pas être un jour de bonheur. Ah! qu'il en
pût être un de miséricorde! que nos prières
réunies puissent obtenir du Très-Haut la
grace d'un seul pécheur! à l'heure de la
mort, ce souvenir ne serait-il pas plus con-
solant à nos ames défaillantes, que celui
des plus douces voluptés de l'amour. —
Issachar, touché des paroles de Rahab,
triomphe de ses desirs et se prosterne avec
elle devant l'Eternel; ils passent la nuit
l'un auprès de l'autre en prières et en in-
vocations; et Dieu, satisfait de voir deux
amans au printems de la vie, embrâsés
des mêmes desirs, donner de pareils instans
à la charité et à la religion, écouta favora-
blement leurs vœux. — A cause d'eux, dit-
il, je sauverai une partie de Canaan; Ca-
phira et Beroth trouveront grace devant
moi, et les gabaonites seront appelés heureux et sages par toutes les nations de la
terre. Dieu dit, et son esprit descendit sur
Gabaon et Gabaon fut sauvé.

Le lendemain, sur les débris fumans de
Jéricho, Josué fait apprêter la fête de l'hymen — Issachar tenant par la main sa bien-
aimée Rahab vêtue de laine blanche et couronnée de roses, la montre à tout Israël,

qui la couvre d'applaudissemens et de bénédictions : elle baisse vers la terre ses
grands yeux remplis d'une flamme humide,
et se souvient avec humilité de son ancien
état, tandis qu'à l'innocence de ses regards
et de son maintien, on la prendrait pour
la plus chaste des vierges. Cependant des
milliers de mains s'occupent à élever des
colonnes de cèdre, on y suspend des dra-
peries écarlates brodées de turquoises, on
allume des parfums exquis dans des vases
richement sculptés ; et au milieu des torrens
d'encens qui fument sur cet autel que la
piété construit à la hâte, Josué dépose
l'arche d'alliance et bénit l'union d'Issachar
et de Rahab. L'huile, le miel et le lait
coulent à grands flots dans des coupes d'or
et d'ivoire. Le peuple boit, se réjouit et
loue le Seigneur. Deux chœurs chantent et
se répondent. L'un est composé des guerriers d'Israël armés de leurs piques étince-
lantes et de leurs formidables épées ; l'autre est celui des vierges vêtues de fin lin
et couronnées de fleurs des champs. — O
Eternel, que ton pouvoir est terrible, di-
sent les premiers ; tu donnes la victoire à
ton peuple et les infidèles s'évanouissent

devant ton nom, comme l'ombre légère se dissipe à l'approche du jour. — Que ta miséricorde est grande, Seigneur ! reprend le chœur des vierges ; car tu as tiré la fille de Canaan du péché, et l'as élevée au premier rang parmi nous, afin de montrer aux impies qu'un repentir sincère trouve toujours grace devant toi. O Dieu fort, reprennent à leur tour les guerriers, témoins de ta toute-puissance, la crainte de ton nom sera toujours présente à nos yeux. — Témoins de ta bonté, répond le chœur des vierges, ton amour vivra à jamais dans nos cœurs.

Ces chants religieux qu'accompagnent l'orgue mélodieux, la cymbale bruyante et les harpes divines, retentissent dans la vallée d'Harcor et sont répétés par les échos du mont Ephrem. Ils se prolongent jusqu'au soir ; mais quand la nuit vint jeter son manteau d'ébène sur toute la création, Israël rentra dans le silence, les vierges se retirèrent sous la tente de leurs mères ; le sommeil s'approcha de la couche des fils de Jacob pour les délasser de leurs rudes travaux ; et Rahab sur un lit de mousse, de violettes et de muguet, n'ayant pour ornement que sa beauté, pour voile que sa pudeur, et pour pavillon que le ciel, apprit dans les bras d'Issachar, que les seuls plaisirs vrais sont ceux qu'embellit l'innocence, que permet le devoir et que consacrent à jamais des sermens prononcés au pied des autels du Seigneur.

Par madame COTTIN.

NOTICE[1]

SUR

LE CARACTÈRE ET LES ÉCRITS

DU DUC DE LA ROCHEFOUCAULD.

———

FRANÇOIS, duc de la Rochefoucauld, auteur des *Réflexions morales*, naquit en 1613.

Son éducation fut négligée, mais la nature suppléa à l'instruction.

Il avait, dit madame de Maintenon, une physionomie heureuse, l'air grand, beaucoup d'esprit et peu de savoir.

Le moment où il entra dans le monde était un tems de crise pour les mœurs nationales : la puissance des grands, abaissée et contenue par l'administration despotique et vigoureuse du cardinal de Richelieu, cherchait encore à lutter contre l'autorité ; mais à l'esprit de faction avait succédé l'esprit d'intrigue.

[1] Cette Notice a paru, pour la première fois, à la tête d'une édition des *Réflexions morales*, imprimée à l'imprimerie du Louvre en 1779.

L'intrigue n'était pas alors ce qu'elle est
aujourd'hui ; elle tenait à des mœurs plus
fortes, et s'exerçait sur des objets plus im-
portans. On l'employait à se rendre nécessaire ou redoutable ; aujourd'hui elle se
borne à flatter et à plaire. Elle donnait de
l'activité à l'esprit, au courage, aux talens, aux vertus mêmes ; elle n'exige aujourd'hui que de la souplesse et de la patience. Son but avait quelque chose de
noble et d'imposant, c'était la domination
et la puissance ; aujourd'hui, petite dans
ses vues comme dans ses moyens, la vanité
et la fortune en sont le mobile et le terme.
Elle tendait à unir les hommes ; aujourd'hui
elle les isole. Plus dangereuse alors, elle
embarrassait l'administration et arrêtait les
progrès d'un bon gouvernement ; aujour-
d'hui, favorable à l'autorité, elle ne fait
que raptisser les ames et avilir les mœurs.
Alors, comme aujourd'hui, les femmes en
étaient les principaux instrumens ; mais
l'amour, ou ce qu'on honorait de ce nom,
avait une sorte d'éclat qui en impose encore,
et s'ennoblissait un peu en se mêlant aux
grands intérêts de l'ambition ; au lieu que la
galanterie de nos jours, dégradée par les

petits intérêts auxquels elle s'associe, dégrade et l'ambition et les ambitieux.

L'esprit de faction se ranima à la mort de
Richelieu. La minorité de Louis XIV parut
aux grands un moment favorable pour reprendre quelque influence sur les affaires
publiques. M. de la Rochefoucauld fut entraîné par le mouvement général; et des intérêts de galanterie concoururent à l'enga-
ger dans la guerre de la Fronde; guerre
ridicule, parce qu'elle se faisait sans objet,
sans plan, sans chef, et qu'elle n'avait pour
mobile que l'inquiétude de quelques hommes
plus intrigans qu'ambitieux, fatigués seulement de l'inaction et de l'obéissance.

Il était alors l'amant de la duchesse de
Longueville. On sait qu'ayant été blessé au
combat de Saint - Antoine d'un coup de
mousquet, qui lui fit perdre quelque tems
la vue, il s'appliqua ces deux vers connus
de la tragédie d'Alcyonée de Duryer :

Pour mériter son cœur, pour plaire à ses beaux yeux,
J'ai fait la guerre aux Rois; je l'aurais faite aux Dieux.

Lorsqu'il se brouilla ensuite avec madame
de Longueville, il parodia ainsi ces vers :

Pour ce cœur inconstant, qu'enfin je connais mieux,
J'ai fait la guerre aux rois; j'en ai perdu les yeux.

On voit par la vie du duc de la Rochefoucauld, qu'il s'engageait aisément dans
une intrigue, mais que bientôt il montrait
pour en sortir autant d'impatience qu'il en
avait mis à y entrer. C'est ce que lui reproche le cardinal de Retz, et ce qu'il at-
tribue à une irrésolution naturelle qu'il ne
sait comment expliquer.

Il est aisé, ce me semble, de trouver dans
le caractère de M. de la Rochefoucauld, une
cause plus vraisemblable de cette conduite.
Avec sa douceur naturelle, sa facilité de
mœurs, son goût pour la galanterie, il lui
était difficile de ne pas entrer dans quelque
parti au milieu d'une cour où tout était parti,
et où l'on ne pouvait rester neutre sans être
au moins accusé de faiblesse. Mais, avec
cette raison supérieure, cette probité sévère, cet esprit juste, conciliant et observateur, que ses contemporains ont reconnus
en lui, comment eût-il pu s'accommoder
long-tems de ces intrigues où le bien public
n'était tout au plus qu'un prétexte; où
chaque individu ne portait que ses passions
et ses vues particulières, sans aucun but
d'utilité générale; où les affaires les plus
graves se traitaient sans décence et sans

principes; où les plus grands intérêts étaient sans cesse sacrifiés aux plus petits motifs; qui étaient enfin le scandale de la raison comme du gouvernement?

L'esprit de parti tient à la nature des gouvernemens libres : il peut s'y concilier avec la vertu et le véritable patriotisme. Dans une monarchie, il ne peut être suscité que par un sentiment d'indépendance, ou par des vues d'ambition personnelle, également incompatibles avec un bon gouvernement; il y corrompt le germe de toutes les vertus, quoiqu'il puisse y mettre en activité des qualités brillantes qui ressemblent à des vertus.

C'est ce que M. de la Rochefoucauld ne pouvait manquer de sentir. Ainsi, quoiqu'il eût été une partie de sa vie engagé dans des intrigues de parti, où sa facilité et ses liaisons semblaient l'entretenir malgré lui, on voit que son caractère le ramenait à la vie privée, où il se fixa enfin, et où il sut jouir des charmes de l'amitié et des plaisirs de l'esprit.

On connaît la tendre amitié qui l'unit jusqu'à la fin de sa vie à madame de la Fayette. Les Lettres de madame de Sévigné nous apprennent que sa maison était le rendez-vous de tout ce qu'il y avait de plus distingué à la cour et à la ville par le nom, l'esprit, les talens et la politesse. C'est au milieu de cette société choisie qu'il composa ses *Mémoires* et ses *Réflexions morales*.

Ses Mémoires sont écrits avec une élégance noble et un grand air de sincérité; mais les évènemens qui en font le sujet ont beaucoup perdu de l'intérêt qu'ils avaient alors. On ne peut trop s'étonner que Bayle [1] ait donné la préférence à ces Mémoires sur les Commentaires de César; la postérité en a jugé bien autrement. Nous nous en tiendrons à ce mot de M. de Voltaire, dans la Notice des écrivains du siècle de Louis XIV: « Les Mémoires du duc de la Rochefou- « cauld sont lus, et l'on sait par cœur ses « Pensées. » C'est en effet le livre des *Maximes* qui a fait la réputation de M. de la Rochefoucauld. Nous ne le louerons qu'en citant encore M. de Voltaire : quels éloges pourraient avoir plus de grâce et d'autorité? « Un des ouvrages, dit ce grand homme [2], qui contribuèrent le plus à former le goût

[1] Dictionnaire critique, article César.

[2] Siècle de Louis XIV, chap. XXXII, DES BEAUX ARTS.

« de la nation, et à lui donner un esprit de
« justesse et de précision, fut le recueil
« des Maximes de François, duc de la Ro-
« chefoucauld. Quoiqu'il n'y ait presque
« qu'une vérité dans ce livre, qui est que
« *l'amour-propre est le mobile de tout*,
« cependant cette pensée se présente sous
« tant d'aspects variés, qu'elle est presque
« toujours piquante : c'est moins un livre
« que des matériaux pour orner un livre.
« On lut avidement ce petit recueil : il
« accoutuma à penser et à renfermer ses
« pensées dans un tour vif, précis et dé-
« licat. C'était un mérite que personne n'a-
« vait eu avant lui en Europe depuis la re-
« naissance des lettres. » Cet ouvrage parut
d'abord anonyme. Il excita une grande curiosité : on le lut avec avidité, et on l'attaqua
avec acharnement. On l'a réimprimé souvent, et on l'a traduit dans toutes les langues. Il a fait faire beaucoup d'autres livres ;
par-tout enfin, et dans tous les tems, il a
trouvé des admirateurs et des censeurs.
C'est là, ce me semble, le sceau du plus
grand succès pour les productions de l'esprit humain.

On a accusé M. de la Rochefoucauld de

calomnier· la nature humaine : le cardinal
de Retz lui-même lui reproche de ne pas
croire assez à la vertu. Cette imputation
peut avoir quelque fondement ; mais il nous
semble qu'on l'a poussée un peu trop loin.

M. de la Rochefoucauld a peint les
hommes comme il les a vus. C'est dans les
tems de factions et d'intrigues politiques
qu'on a plus d'occasions pour connaître les
hommes, et plus de motifs pour les observer : c'est dans ce jeu continuel de toutes
les passions humaines que les caractères se
développent, que les faiblesses échappent,
que l'hypocrisie se trahit, que l'intérêt personnel se mêle à tout, gouverne et corrompt
tout.

En regardant l'amour-propre comme
le mobile de toutes les actions, M. de la
Rochefoucauld ne prétendait pas énoncer
un axiôme rigoureux et métaphysique. Il
n'exprimait qu'une vérité d'observation,
assez générale pour être présentée sous
cette forme absolue et tranchante qui convient à des pensées détachées, et qu'on emploie tous les jours dans la conversation
et dans les livres, en généralisant des observations particulières.

Il n'appartenait qu'à un homme d'une réputation bien pure et bien reconnue, d'oser flétrir ainsi le principe de toutes les actions humaines. Mais il donnait l'exemple de toutes les vertus dont il paraissait contester même l'existence. Il semblait réduire l'amitié à un échange de bons offices, et jamais il n'y eut d'ami plus tendre, plus fidèle et plus désintéressé. « La bravoure person-
« nelle, dit madame de Maintenon, lui pa-
« raissait une folie, et à peine s'en cachait-
« il ; il était cependant fort brave. » Il donna des preuves de la plus grande valeur au siége de Bordeaux et au combat de Saint-Antoine.

Sa vieillesse fut éprouvée par les douleurs les plus cruelles de l'ame et du corps. Il montra dans les unes la sensibilité la plus touchante, et dans les autres une fermeté extraordinaire. Son courage ne l'abandonna jamais que dans la perte des personnes qui lui étaient chères. Un de ses fils fut tué au passage du Rhin, et l'autre y fut blessé. « J'ai vu, dit madame de Sé-
« vigné, son cœur a découvert dans cette
« cruelle aventure ; il est au premier rang
« de tout ce que je connais de courage,

« de mérite, de tendresse et de raison : je
« compte pour rien son esprit et ses agré-
« mens. »

La goutte le tourmenta pendant les dernières années de sa vie, et le fit périr dans
des douleurs intolérables. Madame de Sévigné, qu'on ne peut se lasser de relire et
de citer, peint d'une manière touchante les
derniers momens de cet homme célèbre.
« Son état, dit-elle, est une chose digne
« d'admiration. Il est fort bien disposé pour
« sa conscience; voilà qui est fait : mais du
« reste, c'est la maladie et la mort de son
« voisin dont il est question; il n'en est pas
« effleuré.... Ce n'est pas inutilement qu'il
« a fait des réflexions toute sa vie ; il s'est
« approché de telle sorte de ces derniers
« momens, qu'ils n'ont rien de nouveau ni
« d'étrange pour lui. »

Il mourut en 1680, laissant une famille
désolée et des amis inconsolables.

Il avait reçu de ses ancêtres un nom
illustre ; il l'a transmis avec un nouvel
éclat à des descendans dignes d'en accroî-
tre l'honneur. Il y a des qualités hérédi-
taires dans certaines familles. Le goût des
lettres semble s'être perpétué dans la maison

de la Rochefoucauld, avec toutes les vertus
des mœurs anciennes, unies à celles des
tems plus éclairés.

Charles-Quint, à son voyage en France,
fut reçu, en 1539, dans le château de Ver-
teuil, par l'aïeul du duc de la Rochefoucauld. En quittant ce château, l'empereur
déclara, suivant les paroles d'un historien
contemporain, « n'avoir jamais entré en
« maison qui mieux sentît sa grande vertu,
« honnêteté et seigneurie, que celle-là. »
Un successeur de Charles-Quint aurait pu
faire la même observation chez les descendans de l'auteur des *Maximes*.

Le dernier des descendans du duc de la
Rochefoucauld qui ait porté le titre de duc,
l'a honoré par ses vertus, et y a ajouté une
triste illustration par sa fin à jamais déplorable. Député de l'ordre de la noblesse aux
états-généraux, en 1789, il s'y montra ce
qu'il avait été à la cour du monarque, l'ami
sincère de la liberté, et le zélé défenseur
des droits du peuple ; il y donna sans effort
l'exemple de tous les sacrifices de fortune
et de distinctions que lui parut exiger l'intérêt public ; mais il eut bientôt à gémir de
l'inutilité de ces sacrifices, en voyant l'in-

trigue et l'esprit de faction déshonorer la plus belle des causes, et tourner à la désorganisation de la société toute entière, une révolution dont le but n'avait été d'abord que l'amélioration de l'état social.

Après la dissolution de l'assemblée constituante, il fut nommé à la présidence du département de Paris. La considération personnelle dont il était environné, et son inébranlable fermeté dans tout ce qui était bon et juste, ne pouvaient manquer de le rendre très-odieux aux vils brigands qui commençaient à s'emparer de la domination. « C'est une vertu trop incommode, » disait l'un d'eux avec une féroce naïveté. Sa mort fut résolue.

Il était allé à Forges joindre sa mère et sa femme, deux personnes que l'union des plus rares vertus met au-dessus de tout éloge ; il revenait avec elles par Gisors : c'est là qu'après avoir été arrêté par une troupe de sicaires envoyés de Paris, il fut massacré avec une cruauté sans exemple, publiquement, en plein jour, presque sous les yeux de sa mère, de sa femme et d'un ami, sans qu'aucune puissance humaine pût venir à son secours.

Cet ami, qui eut le malheur d'être témoin de cet horrible meurtre, a rendu à M. de la Rochefoucauld un hommage qui mérite d'être recueilli ici.

« Une perte qui intéresse les sciences et
« les lettres, et qui sur-tout a dû porter une
« sombre affliction dans le cœur de tous
« ceux qui cultivent les vertus morales,
« ranime toute ma sensibilité. Comment
« arracher de mon souvenir un assassinat
« commis sous mes yeux et presque dans
« mes bras, sous les yeux et presque dans
« les bras de sa mère et de sa femme?.... Je
« m'acquitterai envers sa mémoire de ce
« tribut d'estime et de vénération que ré-
« clament ses vertus ; je dirai que sa con-
« duite fut toujours d'accord avec les prin-
« cipes qu'il avait puisés dans une saine
« philosophie ; car il n'eut pas une pensée
« qui ne fût avouée par la raison et la jus-
« tice ; il n'eut pas un desir qui ne fût dirigé
« vers l'utilité publique ; il n'eut pas une
« intention qui ne fût pure, qui ne fût
« exempte de toute tache d'intérêt per-
« sonnel ; il ne se permit pas une action,
« il ne hasarda pas une démarche qui n'eût
« pour objet le plus grand avantage de son

« pays. Je pourrais me dispenser de le
« nommer : il n'est personne qui se mé-
« prenne sur cet homme qui porta sans or-
« gueil un nom illustre, qui renonça sans re-
« gret et sans ostentation aux distinctions
« les plus flatteuses , et qui força l'envie à
« lui pardonner une grande fortune , parce
« qu'il en jouissait avec simplicité et bien-
« faisance. Il n'est personne qui ne recon-
« naisse M. de la Rochefoucauld lorsque je
« parle de celui dont la vie privée fut une
« leçon de morale, comme sa vie politique
« fut une leçon de patriotisme éclairé... Son
« amitié m'honorait depuis vingt ans ; de-
« puis vingt ans je m'enorgueillissais de mes
« liaisons avec lui. Ses dernières paroles me
« furent adressées : il recommandait à mes
« soins sa mere et sa femme, présentes à cet
« affreux spectacle, et menacées de parta-
« ger son sort. Elles étaient les seuls objets
« de ses sollicitudes au moment où des
« hurlemens de cannibales préparaient le
« crime dont il allait être la victime, et en-
« courageaient sa consommation.... Sous
« le fer des assassins, il a conservé ce cou-
« rage tranquille qui n'appartient qu'à une
« vie irréprochable. Et qui plus que lui a

« jamais mérité de jouir de cet avantage
« d'une bonne conscience ? »

Celui qui a écrit le touchant éloge qu'on
vient de lire, est le célèbre Dolomieu, com-
mandeur de l'ordre de Malte, mais dont le
nom illustré dans les sciences, ne réclame
pas d'autre illustration. Il a enrichi l'histoire du globe par des observations neuves
et lumineuses. L'amour des sciences et l'attrait réciproque des vertus simples et pures
l'avaient uni intimement à M. de la Rochefoucauld. Si l'on se rappelle que le moment
où la vertu, les talens, l'amitié des hommes
proscrits étaient des titres de proscription,
fut celui où Dolomieu osa imprimer un tel
éloge de son ami, on honorera son courage
autant qu'on estimera ses talens [1].

Je terminerai cette notice par une réflexion. L'auteur des *Maximes* s'était en-

[1] Depuis que cette Notice a été écrite, Dolomieu
a terminé sa carrière. Toute l'Europe a retenti du
bruit de sa captivité en Sicile. A peine était-il échappé
des cachots de Messine, à peine était-il rendu à la
liberté, à sa patrie, à ses travaux, qu'une fièvre ma-
ligne l'a emporté, dans un âge peu avancé, laissant
après lui des regrets bien amers à ses parens, à ses
amis, à tous ceux qui s'intéressent aux progrès des
sciences.

gagé dans une guerre civile , et avait pris
les armes contre son souverain par un pur
esprit d'intrigue et de galanterie, sans aucune vue grande ni utile : il vécut tranquille
et honoré , et emporta en mourant la réputation d'un des plus honnêtes hommes de
son siècle. L'héritier de son nom, avec plus
de vertu que lui, prit une part très-active
à la révolution de 1789, dans la seule vue
de servir la cause de la liberté et de l'humanité : il périt sous les glaives des assassins, victime de cette révolution, comme
l'ont été la plupart de ses principaux chefs,
qui n'avaient eu ni assez d'habileté pour en
diriger le cours, ni assez de lumières pour
en prévoir les effets.

S.

NOUVELLES

CONSIDÉRATIONS

SUR LES MOEURS.

Adressées à un journaliste.

———

On m'a engagé à faire un livre. J'ai représenté que ce droit n'appartenait qu'aux
hommes que le génie presse de produire,
et auxquels il accorde la puissance d'annoncer des vérités nouvelles, ou de créer
de nouveaux plaisirs; qu'il était au moins
inutile de se tourmenter pour ne point instruire, peut-être ennuyer, et ne faire autre
chose que rajeunir par le style (supposé
encore qu'on pût avoir un style), ce qui
avait été pensé, dit ou redit jusqu'à sa-
tiété. On n'a pas assuré positivement que
j'avais du génie, mais on me l'a fait entendre. On m'a ensuite démontré que mon
objection n'arrêtait personne; qu'on se faisait une grande réputation avec un petit
ouvrage; qu'avec des prôneurs je serais
bientôt de plusieurs académies, et que, si

je n'acquérais pas la gloire, j'obtiendrais la célébrité. On m'a cité un grand nombre d'exemples : alors j'ai pris la plume, et j'achève en ce moment des *Considérations sur les Mœurs*.

On m'observera que par malheur mon livre est fait, et qu'on m'a tout pris, jusqu'à mon titre ; et l'on ajoutera que la confidence que je vous fais vous est aussi indifférente qu'à vos abonnés. Je crois qu'on se trompe sur tous ces points.

On met si souvent des titres nouveaux à des ouvrages anciens, que je pourrais bien faire, comme un autre, cette petite super-cherie au public ; mais je veux me servir de celui qui s'applique le mieux à mon sujet. Je connais bien le livre de Duclos ; et quoiqu'il soit plus piquant que profond ; qu'on y trouve plus de saillie que de suite, plus de finesse que de grâces ; que son style soit sec, son ton dogmatique ; et qu'en traitant des mœurs il n'ait pas dit un mot des femmes, qui ont une si grande in-fluence sur les mœurs, je ne déclare pas moins que ce livre est du petit nombre de ceux qu'on fait très-bien de relire. Mais il y a quarante ans qu'il a paru. Certainement,

si pendant cet intervalle le fond des mœurs;
que des siècles ne changent point, est resté
le même, les formes que Duclos a peintes
ont vieilli. Cet auteur a subi le sort commun
à tous les moralistes. Il n'y a que trop aujourd'hui de ces êtres vils et féroces, qui,
se jouant de ce qu'il y a de plus doux et
de plus sacré sur la terre, l'amitié et la
vertu, en prennent le masque pour porter
le désordre, la ruine et le désespoir dans
la famille de l'homme honnête, sensible et
confiant; mais ils n'emploient pas le langage du Tartuffe. On voit encore des
femmes qui tiennent bureau d'esprit, qui
fatiguent autant par celui qu'elles montrent
que par celui qu'elles exigent; qui veulent
qu'on en ait, ou plutôt qu'on en fasse sans
relâche. Elles ne causent point avec une
négligence aimable, elles dissertent avec
un pénible effort; elles agitent constamment des questions rebattues de littérature;
leur conversation est un travail; et ceux
qu'elles y admettent, sont des athlètes qui
s'observent avec inquiétude, qui font et
repoussent des attaques, et auxquels il n'est
jamais permis de déposer les armes. Ces
femmes cependant paraissent n'avoir rien

de commun avec *les Femmes savantes* de
Molière. Le *Financier*, qui a plus de ridicules, n'en a aucun de ceux de *Turcaret*.
Et ces portraits de *la Bruyère*, si vigou-
reusement peints, où le trait est si marqué,
et dont il avait sans doute les originaux
sous les yeux, ne se ressemblent plus. Je
suis persuadé que chez la nation la plus
mobile de la terre, qui a autant d'ardeur
que d'inconstance dans ses goûts, et qui
étend l'empire de la mode jusque sur les
vices et les vertus, on pourrait publier tous
les vingt ans des observations neuves sur
les mœurs. En méditant ensuite les écrits
qui les représenteraient avec fidélité, en
confrontant les différentes époques, en
établissant les analogies et les différences,
le philosophe parviendrait à marquer les
progrès ou la décadence de l'esprit humain
et à en faire l'histoire.

Vous conviendrez que, quand même
Duclos aurait fait un excellent livre, il suffirait que le mien fût autre pour n'être point
sans mérite. Il ne sera pas non plus sans
utilité, si mes moyens répondent à mes
vues. Enfin, je ne le crois pas sans intérêt
pour vous.

J'aime votre journal, tant par ce qu'il me donne que par ce qu'il me promet. Ce que je n'y trouve point aujourd'hui, je l'espère pour demain. Je désirerais seulement que ce que vous commencez à faire pour la métaphysique, vous le fissiez aussi pour la morale. Si l'on veut qu'elle ne soit pas stérile, il faut la présenter en peu de mots et dans un moment favorable. Vous lui assurerez ce double avantage : n'ayant que peu d'espace à remplir, l'auteur ne pourra être pesant, ni le lecteur inattentif. Ce qui est encore d'une grande importance, c'est l'heure à laquelle votre journal nous est remis. Je vais me servir d'une expression qui ne me plaît pas trop, parce qu'elle me semble néologique, mais que je n'effacerai pas, parce qu'elle rend mon idée : le matin est la *jeunesse* de la journée. L'ame est alors plus calme, plus pure, plus accessible aux sentimens honnêtes; elle n'est pas encore fatiguée par la dissipation, aigrie par la vanité, épuisée par les différens rôles qu'on a joués. N'est-il pas possible qu'on se rappelle le soir, lorsqu'on a de mauvaises dispositions, ce qu'on a lu à son réveil quand on en avait de bonnes ? Ne seriez-

vous pas enchanté qu'un de vos articles eût
préservé d'une faute, garanti d'un ridicule
et sauvé d'une perfidie ? Eh bien ! comme
la nature de mes occupations me conduit à
observer les mœurs que je veux peindre ;
si mon projet vous plaît, je puis vous aider
à l'exécuter. Il me prend même envie de
vous indiquer le texte de quelques chapitres qui sont finis.

Chapitre III. « De la nécessité de refon-
dre l'éducation, prouvée par le témoignage
que chacun peut se rendre à soi-même,
qu'il a été très-mal élevé. »

Chapitre IV. « Les jeunes gens, entrant
dans le monde sans avoir fini leurs études,
après s'être moqué de quelques maîtres, et
sans pouvoir comparer deux idées, n'est-il
pas juste qu'ils décident sur tout, ne dou-
tent de rien, parlent très-haut et n'écoutent
jamais ? »

Chapitre VI. « Humble remontrance
aux jeunes dames, pour qu'elles daignent
étudier l'orthographe de leur langue avant
d'apprendre l'anglais. »

Chapitre XI. « L'exagération de sensibilité n'est-elle pas une preuve certaine
d'égoïsme ? »

Chapitre XII. « Les fanfarons de vice font pitié, ou, en d'autres termes, l'homme le plus vil, après celui qui a de mauvaises mœurs, est immédiatement celui dont les principes sont encore pires que la conduite. »

Chapitre XVII. « Combien il est raisonnable de pardonner à ceux qui nous prêtent des vices, et d'être inexorables pour ceux qui nous refusent de l'esprit. »

Chapitre XX. « Dès que les applaudissemens du public sont communs, on doit en conclure que les talens sont rares. »

Chapitre XXII. « Jusqu'à quel point le bon ton peut altérer le bon goût, confondre l'homme qui a beaucoup d'esprit avec celui qui en a peu, rendre les conversations insipides, les ouvrages pauvres et les critiques ridicules. »

Si vous le souhaitez, je vous enverrai successivement des extraits de ces chapitres; et si on ne les lit pas avec plaisir, c'est qu'on n'aura pas autant d'envie de bien faire que j'en aurai eu de bien dire.

J'ai l'honneur d'être, etc.

Le Chevalier ETHICIEN.

LETTRE

D'UNE FEMME TRÈS-SENSIBLE.

Depuis quelques jours, mon ame est très-oppressée. C'est votre faute, ou plutôt celle de ce chevalier Ethicien. Puisque ses amis ont la rage d'avoir un livre de lui, qu'il le fasse ; mais pourquoi y mettre cet odieux *chapitre XI,* dont le titre seul me fait un mal inconcevable : *L'exagération de sensibilité n'est-elle pas une preuve d'égoïsme?* Voilà, je vous l'avoue, une bien impertinente question. Je le défierais bien d'établir l'affirmative. D'abord, qu'est-ce que cela lui fait ? Ensuite, je crois qu'un cœur essentiellement pur s'interdit l'examen de certains principes. Enfin, je vous prie de remarquer jusqu'où va la fureur du paradoxe ; car y a-t-il en morale rien de plus éloigné que l'égoïsme et la sensibilité ? La mienne est excessive ; il n'y a pas une heure du jour où je ne le dise, pas une occasion où je ne le prouve. Tous les sophismes du chevalier Ethicien n'affaibliront point cette vérité. Ils me sont donc fort indifférens ; ce qui ne me l'est pas, c'est votre opinion,

J'espère qu'après m'avoir entendue, elle sera invariablement fixée.

J'ai été mariée avec un homme beaucoup plus âgé que moi; il m'idolâtrait. La maladie qui me l'a enlevé a été très-longue; pendant sa durée, je me suis distinguée par des soins vraiment extraordinaires; je ne sortais de sa chambre que pour rendre compte à mes amis des souffrances inouies que ses maux me causaient. Je n'ai pas été une fois à l'Opéra qu'il ne me l'ait ordonné, ni soupé en ville qu'après avoir fermé moi-même ses rideaux. Les derniers huit jours, un anéantissement total ne me permit point de quitter mon lit. Lors de l'affreux évènement, on fit de moi ce qu'on voulut; on me transporta à ma terre, on trembla pour ma vie. Tous les jours, pendant six mois, à l'heure même où ma perte avait été consommée, je tombais en convulsion. L'amitié seule a pu me faire consentir à vivre; mais j'ai annoncé que le tems, loin de calmer mes regrets, les augmenterait. Ceux qui oseraient en douter peuvent voir dans mon parc une statue qui représente le Tems. On lisait au pied : *A celui qui console.* A la place de cette révoltante ins-

cription, j'en ai fait mettre une plus douce
pour les êtres sensibles : *A celui qui dé-
sespère*. Ce mot a transporté ma société,
et on l'a appelé *le sublime de la douleur*.

J'ai une mère infirme ; comme elle me
répétait souvent qu'elle n'entendait pas
ma langue, qu'il suffisait d'être exact à ses
devoirs, d'avoir de la justice, de la bonté,
de la reconnaissance ; qu'elle me tenait
d'autres propos communs à ceux dont la
vieillesse a desséché le cœur, et qui dé-
chiraient le mien, j'ai cessé de la voir ; mais
on sait que je donnerais mon sang pour elle.

Une de mes sœurs a éprouvé des infor-
tunes cruelles ; je vous en ferais le récit si
je n'étais pas sûre d'effacer chaque ligne
avec mes larmes. Dix fois je me suis mise
en route pour aller à une campagne peu
éloignée de Paris, où elle s'est retirée avec
ses enfans, et dix fois j'ai eu des sueurs
froides, des étouffemens, une espèce d'a-
gonie. Je n'ai plus d'espoir de faire mon
voyage. Il faut convenir que je suis bien à
plaindre.

Vous imaginerez aisément que, douée
du présent le plus doux ou le plus funeste
que la nature ait pu faire, j'ai encore plus

besoin de sentiment que de l'air que je respire : aussi suis-je entourée d'un grand
nombre de personnes, que je ne dirai pas
qui m'aiment, car je leur ferais injure,
mais qui m'adorent. Je suis assez heureuse
pour qu'il y en ait toujours quelqu'une de
malade ou d'affligée : vous n'avez pas l'idée
des sollicitudes dont elles sont alors l'objet.

Ai-je découvert un chagrin dans un
cœur qui m'appartient, je m'en empare, il
est à moi, je ne puis plus parler d'autre
chose ; j'ai le cœur gros, les yeux humides,
le teint effacé. L'amertume dont mon ame
est navrée, étonne même l'ami qui souffre,
et il sent qu'il me doit des consolations.

Vient-on me dire qu'un de mes amis est
indisposé ? je voudrais que vous pussiez me
voir, m'entendre et me suivre. Je vole chez
lui. Que je connaisse, ou non, sa famille,
peu m'importe ; les grands intérêts font
taire les petites considérations. Je m'établis
dans sa chambre ; j'appelle un médecin ; s'il
m'a précédée (ce qui est rare) je lui fais
connaître la vie ordinaire, le tempérament,
le moral sur-tout du malade ; je l'avertis de
ce qu'il doit faire et de ce qu'il doit éviter ;
c'est avec moi qu'il faut qu'il consulte ; il

me rassure envain ; ma frayeur ne peut se
modérer, je la répands dans toute la maison. Je fais les bulletins ; je ne laisse entrer
que les parens les plus proches ; je les avertis de se tenir loin du lit, de parler bas ; je
dispose de l'air, du jour, du ton de la voix.
Si le danger augmente, mes gens ne dor-
ment plus ; ils vont d'heure en heure chercher des nouvelles ; ils me les remettent à
mon réveil, et je me livre de nouveau à
mes pénibles fonctions.

Je pourrais ajouter qu'à la représentation de plusieurs drames, il m'est souvent
arrivé d'interrompre les acteurs par mes
sanglots ; que mon cabinet est rempli de
devises, de portraits, d'urnes ; que je n'ai
pas un seul bijou où il n'y ait des cheveux.
Mais il est une observation dont je dois avi-
ser ceux qui n'en seraient pas assez frappés : c'est qu'en parlant de sensibilité, il ne
m'est pas échappé un mot de cette passion
qui en fait le tourment, le charme et le
triomphe. Que ne dirais-je pas si je pouvais
rendre tout ce que j'éprouve ? mais votre
langue est si pauvre, qu'elle ne me fournit
pas une seule expression qui puisse peindre
l'amour. Celles que j'ai lues dans les ro-

mans me font pitié ; elles me suffisent à peine pour l'amitié.

Actuellement, que l'on me dise de bonne foi si j'ai l'ombre d'une prétention, si je songe à faire effet, si je n'existe pas absolument pour autrui, si je ne fais pas au sentiment un sacrifice continuel de mes plaintes, de mon amour-propre, de ma santé ; si je ne suis pas sans cesse dévouée, et si l'on peut profaner du soupçon de personnalité, une telle abnégation de soi-même. Vous me ferez cependant plaisir, si vous déterminez le chevalier Ethicien à supprimer son chapitre. Il ne faut pas sur des matières graves donner des prétextes de scandale aux faibles, ni des sujets d'épigramme aux méchans.

J'ai l'honneur d'être, etc.

L. M. D*******.

Les deux morceaux précédens sont de M. DE-VAINES.

LETTRES

D'UNE FEMME

RETIRÉE A LA CAMPAGNE.

LETTRE PREMIÈRE.

Vous me plaignez, mon ami, d'être obligée de rester à la campagne quand la saison devient tous les jours plus rigoureuse, quand la nature n'est plus couverte que d'un voile de tristesse. Vous regrettez de ne pouvoir vous éloigner de Paris pour venir abréger par votre tendresse et votre conversation la longueur de mes soirées. Combien, en effet, je goûterais vivement le plaisir de causer quelques heures avec vous au coin de mon feu ! Privée, depuis long-tems, de toute communication intime, mon imagination aime à se reposer sur le souvenir des heures que nous avons passées ensemble dans l'abandon réciproque de tous nos sentimens, dans ces épanchemens dont les délices ne peuvent être senties que

par des ames qui, en se montrant l'une à
l'autre sans réserve, en dédaignant tout
déguisement qui leur semblerait une usurpation de l'estime et de l'amitié, enchaînent et éternisent leurs sentimens par la
confidence de leurs faiblesses mêmes, parce
qu'elles n'en laissent voir aucunes qui les
dégradent aux yeux l'une de l'autre : mais le
bonheur, que j'ai souvent goûté l'hiver dernier, ne charmait un moment mes ennuis que
pour pénétrer ensuite mon cœur de tristesse. Il me semblait quelquefois que j'étais
seule dans le monde : votre seule présence
l'aurait repeuplé et aurait transformé ma
solitude en élisée. Mais je dois me presser
de vous rassurer, de vous consoler. Ces
soirées que je trouvais, il y a peu de tems,
si longues, si tristes, s'écoulent maintenant
de la manière la plus intéressante. J'ai fait
une découverte admirable : j'ai trouvé un
vrai trésor dans cette solitude; puisque j'y
ai trouvé un sage, un ami, un homme d'une
sagacité d'esprit prodigieuse, d'un sens
juste et profond, d'une imagination vive
et forte, d'une ame grande et élevée. Quand
il parle, je ne sais si je suis plus frappée
de la justesse de ses idées et de la beauté

de ses sentimens, que des expressions
vives, précises et figurées avec lesquelles il
les rend. Enfin il me paraît un de ces
hommes rares, que la nature semble avoir
produits pour être à jamais les instituteurs
et les modèles de leurs semblables. Je vous
entends d'ici vous récrier : « La voilà bien
« avec son exagération, son enthousiasme !
« Jamais on ne lui plaît médiocrement ;
« vous verrez que l'ennui de la solitude
« aura transformé en homme de génie quel-
« que campagnard de bon sens et peut-
« être ennuyeux. » Non, mon ami, jamais
la solitude la plus absolue n'opérera sur
moi de semblables métamorphoses.

Mais, pour en revenir à mon philosophe,
je vous dirai qu'une apparence de sévérité
dans sa physionomie me donna d'abord une
sorte d'éloignement pour lui. Vous savez
que j'ai toujours pensé que la vertu, celle
qui était vraie et sans système, n'emprun-
tait point un extérieur propre à éloigner
d'elle. Eh ! quel est l'homme qui n'a point
à redouter la sévérité ! Quel est celui qui en
descendant dans son cœur n'y trouve point
des faiblesses qui réclament son indulgence
pour celles de ses semblables ! L'indulgence

me semble le fruit des lumières autant que
de l'expérience de la vie, et j'aime à croire
qu'elle est la justice de celui qui nous a
formés et qui connaît toute notre imperfection. Mais plus j'ai examiné mon philosophe, plus je me suis convaincue qu'il est
grave plutôt qu'austère ; toujours sérieux,
ils n'est jamais triste ; si ses principes sont
sévères, ses sentimens sont toujours pleins
de bonté et d'humanité.

J'ai remarqué en lui ce contraste dès les
premiers jours de notre connaissance. Il
me montrait tour-à-tour l'homme qui a
puisé les règles de sa conduite dans ces
principes d'un ordre moral qui ne sont à
l'usage que d'un petit nombre d'êtres supérieurs, et l'homme qui descendant dans son
cœur y découvre les sentimens de la nature
et en fait la base de ses actions et de ses
vertus.

Mon philosophe aime la retraite et la
campagne. Il étudie la nature en observateur, il l'admire en enthousiaste, il m'en
trace des tableaux dignes du pinceau de
Buffon ; mais il emploie, sur-tout, le loisir
qu'elle lui laisse à perfectionner son ame et
sa raison.

On dit sa fortune immense. Sans doute il
l'emploie à soulager le malheur ; car il n'a
de faste d'aucune espèce ; son caractère est
de la plus grande simplicité, quoiqu'il soit
d'un âge où l'on fasse cas des commodités,
des aisances de la vie. Il me disait hier
que le lit sur lequel il couchait était si dur
qu'on n'y remarque pas l'empreinte de son
corps : *j'aime encore mieux*, ajouta-t-il,
être mal que mollement. Sa frugalité est
extrême. J'ai honte de mon intempérance
quand je le vois se contenter souvent de
pain et de fruits; il prétend qu'un régime,
que je crois ne devoir pas suffire à sa subsistance, suffit même à la volupté; vous
imaginez bien qu'il n'entend pas par ce mot
cette volupté fugitive des sens qui demande
sans cesse à être reproduite, et que la volupté dont il parle n'est pas à la portée de
beaucoup de monde. Je suis sûre que vous
croirez lui avoir quelque obligation, s'il me
communique un peu de cette sobriété que
vous me prêchez si souvent, et pour laquelle j'ai si peu de disposition. Je ne le
quitte jamais sans former à cet égard les
plus fermes résolutions, qui, tous les soirs,
me consolent des fautes de la journée, par

l'espérance d'être plus raisonnable le lendemain. Adieu, mon ami; je vous parlerai
plus au long de mon philosophe dans ma
première lettre.

LETTRE II.

Que d'obligations j'ai à mon philosophe,
mon ami! il m'adoucit votre absence par
l'intérêt de ses entretiens; il console et fortifie mon ame par sa raison; il abrège les
heures de ma solitude, et la rend souvent
délicieuse. Il me trouva, l'autre jour, dans
une grande tristesse de tout ce qui manquait à mon cœur. Je pensais à vous, à
quelques amis qui, comme vous, sont séparés de moi pour long-tems encore.
Comme je lui laisse toujours voir la disposition de mon ame, il me releva de mon
abattement. « Ne peut-on pas, me dit-il,
« voir ses amis quoiqu'absens (je vous
« rends, autant que je puis, ses propres
« paroles), et les voir aussi souvent, aussi
« long-tems qu'on le veut? C'est dans le
« cœur qu'il faut posséder son ami : là, ja-
« mais d'absence; nous vivrions trop à l'é-
« troit sans l'imagination à qui rien n'est
« fermé. » Cette manière de voir paraîtra
bien exaltée à la plupart des hommes;

mais elle me plaît, et mon esprit se met
naturellement à l'unisson des idées et des
sentimens de mon nouvel ami. Combien de
fois en effet, j'ai senti que le bonheur des
affections consistait sur - tout dans cette
occupation continuelle qu'elles donnent à
l'ame et à l'imagination, et que ce serait
borner la vie à bien peu de momens que de
n'y pas comprendre le charme des souvenirs et des espérances! Combien je jouirais
peu de votre tendresse, si, pour en goûter
les douceurs, j'avais toujours besoin de
votre présence!

Ces heures, que j'ai si souvent passées
à vous espérer, à vous attendre, n'étaient
pas perdues pour mon cœur. Le cours du
tems n'en bornait pas la durée : mon imagination les remplissait de souvenirs intéressans; souvent une seule lettre de vous
efface tout-à-coup l'impression de tristesse
que je reçois de votre absence, et il me
semble que le sentiment, empreint et
comme fixé sur le papier, laisse dans l'ame
des traces plus profondes et plus reten-
tissantes que les paroles fugitives de la
conversation. Oui, dans ce moment même,
mon imagination vous rend tout entier à

mon cœur. C'est là le plus doux intérêt des affections tendres, et le plus grand charme de l'amour lui-même. N'est-il pas aussi dans cet entretien éternel de nos pensées et de nos sentimens avec son objet, dans cette aimable illusion qui nous place sans cesse sous ses yeux, comme les ames religieuses vivent sous ceux de la divinité?

Mon sage fortifia aussi ma raison sur l'inquiétude que me donnait votre silence de quelques jours. Vous savez que mon imagination est prompte à l'interpréter par mille fâcheux accidens. Votre tendresse, l'assurance qu'elle me donne que vous m'épargnerez toujours une peine quand vous pourrez me l'éviter, tout, jusqu'à mon estime, ajoute alors à mes inquiétudes. « Nous allons au-
« devant des maux, me disait mon philo-
« sophe, et je ne sais comment il arrive
« que ce sont les chimères qui nous cau-
« sent le plus de trouble. La réalité porte
« sa mesure avec elle ; mais un malheur
« vague ouvre un champ illimité aux éga-
« remens de la peur. L'homme est victime
« de l'excellence même de la perfection
« de ses facultés. La mémoire ressuscite ses
« craintes, la prévoyance les anticipe,

« comme si le présent ne suffisait pas à ses
« malheurs.... » Ah ! combien il est vrai que
la vie est sans cesse empoisonnée par des
terreurs imaginaires ! Je pourrais, comme
bien d'autres sans doute, avouer que la nature m'aurait accordé la mesure du bonheur qui peut être le partage de l'humanité,
si mon imagination ne m'eût sans cesse
montré tous les maux que j'avais à redouter,
tous les biens que je pouvais perdre. Cette
faculté, quand elle est active, s'empare
toujours d'une situation pour nous promettre plus de bien et nous faire craindre
plus de maux que la nature n'en rassemble
jamais à-la-fois. Combien il est important
de fortifier la raison de bonne heure contre
ces terreurs et ces illusions! Combien de
fois, accablée d'un malheur qui me semblait
plus fort que mon courage, me mena-
çait-elle encore de malheurs plus affreux!
Eh quoi! me disais-je alors, je pourrais
donc être plus malheureuse encore? Et je
restais comme accablée de cette pensée et
de la destinée de l'homme, que je voyais
condamné à des maux sans bornes et sans
mesure.

Mon philosophe parle de l'amitié en

homme qui en connaît tous les devoirs et
qui en sent tout le bonheur. « C'est l'amitié,
« me disait-il hier, pour laquelle on meurt et
« pour laquelle on consent à vivre. On ne vit
« pour soi qu'en vivant pour un autre. Sans
« doute la bienveillance universelle mérite
« nos premiers hommages, parce qu'elle
« unit tous les hommes entr'eux, et qu'elle
« établit une même morale pour tout le
« genre humain; mais sur tout, parce qu'elle
« conduit à cette association plus intime
« des ames, à la sainte amitié. Oui, ajou-
« tait-il, ayez beaucoup de rapports avec
« l'homme, et vous les aurez tous avec
« votre ami. »

N'est-ce pas donner à l'amitié un caractère sacré, que de la faire éclore ainsi d'une
bienveillance universelle et de l'humanité?
Cependant il me semble que le besoin
d'aimer précède dans l'homme l'amour de
nos semblables. Mais l'idée de mon philosophe est vraie sans doute pour ceux qui
ont assez vécu pour connaître le malheur,
et je crois que l'homme dont la raison est
exercée, et qui ne s'associe point par ses
vœux à tout ce qui peut améliorer la condition humaine, qui peut, sans être ému,

voir l'homme victime et des fléaux de la
nature et des institutions sociales, peut
difficilement connaître l'amitié, puisqu'il
manque même d'humanité.

Mon sage me disait que, dans une maladie longue et douloureuse, il avait dû à
ses amis les plus douces consolations. « Il
« me semblait, disait-il, que je ne mourrais
« point, puisqu'ils vivaient encore. Je son-
« geai que je vivrais, sinon avec eux, au
« moins par eux; je ne croyais pas rendre
« l'ame, mais la leur transmettre. » Je ne
change rien à ses paroles; n'expriment-
elles pas, avec énergie, les sentimens qu'é-
prouvent les ames tendres au moment où la
vie leur échappe; elles ne se résignent et ne
se consolent que par l'espérance de vivre
dans le souvenir de ceux qu'elles ont aimés.

Adieu, mon ami. Plus je vous parlerai
de mon philosophe, plus vous serez disposé, je crois, à partager ma vénération et
mon enthousiasme pour lui.

LETTRE III.

JE vous ai dit, mon ami , que mon philosophe aimait la campagne ; et pour qui n'a-
t-elle pas des charmes, quand la Nature est
parée de tous ses trésors? Qui n'a pas senti
ses peines s'adoucir, ses agitations se calmer, à la vue de l'ordre et du repos de la
Nature? Pour moi, je ne l'ai jamais revue
au printems sans sentir que j'étais faite pour
elle. C'est en me laissant aller à l'impression
paisible des objets qu'elle présente , que
j'ai aperçu que le bonheur pouvait être
facile. Ces biens dont elle est prodigue,
qu'elle accorde presque toujours à un travail modéré, je sens qu'ils pourraient nous
suffire, qu'on s'inquiète trop d'un superflu ,
qui, s'il ajoute à nos jouissances, nuit à
notre vrai bonheur. C'est à la campagne
qu'on secoue ces chaînes dont les conven-
tions sociales nous ont enveloppés et qui sont
si pesantes aux ames faites pour les jouissances du sentiment et de la raison. C'est
près de la Nature que le cœur sent la force
de ses affections , et en savoure tout le bon-

heur. C'est là qu'on les fortifie par la rêverie, qu'on les nourrit par les souvenirs, que les conversations deviennent plus intimes, et les épanchemens plus délicieux. C'est là aussi qu'une ame déchirée par les grandes pertes du cœur, qui ne veut vivre qu'avec sa douleur, fuit solitaire, et trouve dans le vaste silence de la Nature, le seul écho qu'elle veuille entendre de ses plaintes. Mais, c'est là aussi, et là seulement, ce me semble, qu'on peut goûter cette paix de l'ame que laisse le silence des passions, qu'animent les affections douces, que nourrissent les goûts de l'esprit. Voyez avec quels charmes nos plus aimables poëtes ont peint les tranquilles délices que leur offrait la campagne : soit qu'ils la regrettent comme Lafontaine, soit qu'ils en jouissent comme Chaulieu, c'est toujours là qu'ils voient le bonheur. Ecoutez mon poëte chéri, le poëte des jardins, qui m'accompagne dans toutes mes promenades solitaires, qui embellit la Nature par la richesse des tableaux qu'il en trace et par la beauté des couleurs dont il les anime.

Et quand les Dieux offraient un élisée aux sages,
Étaient-ce des palais ? C'étaient de verds bocages,

C'étaient des prés fleuris, séjour des doux loisirs,
Où d'une longue paix ils goûtaient les plaisirs.

Mais je ne sais comment j'ai le courage
de la louer, aujourd'hui qu'elle a perdu tous
ses charmes, et que je suis *en proie à la*
Nature au lieu d'en jouir. Je ne peux plus
l'envisager que par les avantages qu'elle
offre à ma raison. J'éprouve, mon ami, que
c'est dans la retraite sur-tout qu'on peut
établir un plan de vie, suivre des goûts dont
on fait son bonheur, goûter le calme satisfaisant qui résulte de l'accord de nos projets
et de nos principes avec notre conduite.

Mon philosophe n'aime la retraite que
pour y méditer avec plus de liberté sur ses
devoirs, et les suivre avec moins d'effort.
La retraite, selon lui, « n'est point une
« école d'innocence, ni la campagne une
« école de frugalité; mais quand il n'y a
« plus de témoins ni de spectateurs, ces
« vices, dont la récompense est de se mon-
« trer, se calment insensiblement. L'ambi-
« tion, le luxe, la prodigalité demandent
« un théâtre; les cacher, c'est les guérir. »

Mais il m'a étonnée quand il m'a parlé
des dangers du monde, qu'il semble craindre encore, lui qui ne vit que pour la sa-

gesse. « J'avoue ma faiblesse, me disait-il,
« je n'en rapporte jamais les mœurs que
« j'y avais portées. J'avais établi un ordre,
« il est changé; chassé un vice, il est de
« retour. On se range aisément du parti le
« plus nombreux. Si le commerce d'un
« homme nous amollit, que sera-ce donc si
« tout un peuple nous livre un assaut gé-
« néral? il faut ou l'imiter, ou le haïr. »

Je suis toujours frappée de la profonde
justesse d'esprit de mon philosophe, de ces
tournures vives, précises et figurées, qui
font entrer la vérité dans l'ame par tous les
sens. Ce sont des traits de lumière qui jail-
lissent à-la-fois de tous les côtés.

Il m'engage à profiter, pour ma raison,
du loisir que me laisse l'absence absolue du
monde. « Ce tems, me dit-il, qu'on vous
« enlevait, qui vous échappait, il faut le
« recueillir. Ramassez toutes les heures,
« saisissez-vous du présent, vous dépen-
« drez moins de l'avenir. Ce tems seul est
« à nous; tout le reste est d'emprunt; et la
« perte la plus honteuse est celle qui nous
« vient de notre négligence. Une grande
« partie de la vie se passe à mal faire, une
« autre à ne rien faire, la totalité à faire autre

« chose que ce que l'on devrait ; enfin , la
« vie se passe à la remettre. »

Hélas ! mon philosophe a raison , *la vie
se passe à la remettre ;* c'est pour demain
ou pour un tems plus éloigné, que nous
faisons des projets de raison et de sagesse.
Presque toute la vie se consume à se consoler de ses fautes par la résolution de n'en
plus commettre : *elle se passe à la remettre.*
Nous ne disposons point de nous ; nous
nous laissons entraîner par le mouvement
qui nous entoure , nous agite et nous égare
loin de nos projets, de nos goûts, de notre
bonheur. « Le sage seul dispose de son sort,
« dit mon philosophe ; les autres ne vont
« pas, ils sont entraînés. » Mon ami , le
sage seul me paraît heureux ; car , quoi de
plus heureux que de connaître la route
qu'on doit suivre et de ne point s'en écarter ! Rien ne m'a jamais paru plus misérable , plus petit, que d'abandonner sa vie
à une suite de mouvemens sans but, et
d'agitation sans intérêt. Cette vie déclare
assez le vide de l'ame et l'absence de toute
passion noble et intéressante. Ce n'est point
dans un homme dissipé par choix, que je
choisirais un ami. Cette succession de ta-

bleaux mobiles et variés qui distrait l'ame
sans l'attacher, qui est à l'esprit ce que la
lanterne magique est aux yeux, nous enlève
tout pouvoir de juger sainement et de sentir vivement. Car, peut - on apprécier et
sentir ce que l'on ne voit qu'en courant?
L'ame s'use et se fatigue vainement en s'é-
parpillant ainsi. Les gens dissipés ne sentent
point la vie. « Leur ame, dit mon philoso-
« phe, est un vase sans fond, d'où s'écou-
« lent et s'échappent tous les plaisirs. » —
L'ame, dit aussi Vauvenargues, *aime à*
se reposer sur les objets que la Nature
embellit. J'ai souvent senti cette vérité;
j'aime à revenir sans cesse sur les objets
qui m'ont émue. Un beau spectacle, un
bel ouvrage, un beau tableau de la nature
ou de l'art, me rappellent souvent à eux,
et, en me découvrant de nouvelles beautés, m'offrent de nouvelles jouissances.
Je ne sais si c'est lenteur ou incapacité
d'esprit; mais il me faut du tems pour
apprécier le mérite des choses et des
hommes. Le sentiment cependant est plus
prompt que la pensée, et acquiert un tact
rapide par l'habitude de s'exercer. Je me
rappelle, par exemple, que je devinai

presque tout ce que vous valez, la première
fois que je vous vis. L'accord de vos accens
et de votre langage, de vos manières et de
votre physionomie, m'annonça un homme
aussi honnête que je le trouvais aimable, et
l'intérêt de vos regards me promit un ami.
Il faut que ce soit là des indications justes
de l'ame et du caractère, puisque vous
m'avez tenu parole en vertus comme en
amitié.

LETTRE IV.

Vo u s commencez à croire que je ne vous ai point exagéré le mérite de mon philosophe. Vous êtes frappé comme moi de la profonde justesse de ses idées, et de l'énergique éloquence avec laquelle il les exprime. Vous êtes impatient de le connaître. Mon ami, vous le connaîtrez : un bien que je ne pourrais partager avec vous ne serait pas un vrai bien pour moi. Mon philosophe est d'ailleurs accessible à tout le monde, quoiqu'il n'aille au-devant de personne. Peut-être même l'avez-vous rencontré quelquefois ; mais prévenu, comme je l'étais d'abord moi-même, par son apparente austérité, vous vous en serez éloigné. Combien je me sais gré de n'avoir pas cédé à cette première impression ! quelle douceur et quelle force je puise dans son entretien ! je ne le quitte jamais sans me sentir plus de courage dans mes privations, plus de patience pour les contradictions, et plus d'indulgence pour tout ce qui m'entoure. Aussi

ai-je pour son entretien une sorte de passion
qui me fait aspirer avec impatience au moment où je jouirai, sans distraction, de sa
raison et de ses lumières. C'est une de ces
ames actives, qui, lorsqu'elles dirigent leur
énergie vers le bien, étendent les facultés
de l'homme et présentent l'exemple et le
modèle de la hauteur où il peut s'élever.
Quoiqu'il doive beaucoup de ses vertus au
soin qu'il a pris de les perfectionner, il croit
que la nature en a jeté les semences dans
toutes les ames. « Le vice, selon lui, est une
« plante étrangère, qui périt aisément, si
« l'on veut se donner quelques peines pour
« l'extirper ; la vertu s'y trouve dans son
« terrain naturel et s'enracine de plus en
« plus ; elle est dans l'ordre de la nature.
« Le vice, au contraire, en est l'ennemi. »
Combien j'aime cette philosophie, qui se
borne à haïr le vice sans calomnier la nature
humaine ! en effet, je crois que l'homme,
en cédant aux passions malfaisantes, les
déteste toujours ; car toujours il est malheureux tant qu'il s'y abandonne. Il est
très-disposé au contraire à se passionner
pour la vertu. Un des premiers sentimens
des ames jeunes et bien nées, c'est de s'en-

flammer pour elle, au moment même où
elle est assaillie par les passions les plus
fortes ou les plus séduisantes. C'est à cet
âge, sur-tout, que le récit d'une belle action fait répandre des larmes délicieuses,
et qu'on aspire à s'élever au niveau de tout
ce qui est grand. Le monde, sans doute,
amortit cette ardeur généreuse ; mais ne
croyez-vous pas qu'on pût l'entretenir par
d'heureuses institutions ? Ne voyons-nous
pas dans l'antiquité un peuple entier, les
Spartiates, remplacer tous les sentimens de
la nature et le goût des voluptés, par la
passion artificielle du patriotisme . . . . .
Mais je vous demande pardon, mon ami,
je sens que j'aimerais mieux vous entendre
parler sur ce sujet que de vous en entretenir. . . . . Parlons plutôt de mon philosophe, qui n'a point laissé assoupir dans son
cœur cette généreuse flamme de la vertu,
et qui serait capable de la rallumer dans
toutes les ames qui en conservent encore
les étincelles. Sa passion dominante est la
perfection ; cette passion n'est pas conta-
gieuse. Il convient que pour y atteindre,
il faut des efforts et des combats, et, ce qui
est plus pénible encore, de la persévérance :

mais l'inaltérable paix de l'ame est le prix
de la victoire. « Proposez-vous, me disait-
« il l'autre jour, un but vers lequel vous
« tendiez constamment, il sera pour vous
« comme ces étoiles qui dirigent la course
« des navigateurs. » Je m'affligeais de n'a-
voir point cette constance, cette uniformité qu'il désire, et il me consolait en me
disant : « L'homme le plus vertueux ne
« marche pas toujours du même pas, mais
« dans la même route. »

Je vois, par un conseil qu'il me donnait
hier, que rien de ce qui pouvait perfectionner l'ame ne lui est échappé : « Faites-
« vous un témoin qui assiste à toutes vos
« pensées, et qui sanctifie vos plus se-
« crettes. Heureux celui qui respecte assez
« un autre homme pour rentrer dans l'ordre
« à son seul souvenir ? Mais il faut travail-
« ler à vous rendre telle que vous n'osiez
« commettre de faute en votre propre pré-
« sence. » Ah ! sans doute l'homme qui a
pu concevoir une pareille idée serait, après
Dieu, le témoin le plus saint et le plus imposant. Avant que mon bonheur m'eût
donné des amis aussi vertueux qu'aimables,
combien de fois j'avais désiré d'être con-

temporaine de Fénélon. Je n'aurais osé
aspirer à son amitié : il me semblait qu'elle
aurait été un trop grand bonheur. Je n'aspirais qu'à vivre sous les yeux du modèle
de vertu le plus touchant que nous offrent
les mœurs modernes. Il me semble que
j'aurais pu l'aimer comme il aimait Dieu,
pour lui-même et sans intérêt ; que son ap-
probation eût été la plus douce de mes ré-
compenses. Vous savez que son portrait
m'accompagne par-tout. Toutes les fois que
je le contemple, il me semble que la nature,
en le douant de la physionomie la plus digne
de peindre la vertu, ait voulu réunir en lui
tous les moyens de la faire adorer. C'est à
ce propos que mon philosophe, qui ne croit
guères à ces rapports de l'ame avec la physionomie, me disait : « Que la vertu n'avait
« pas besoin de décoration ; son plus bel
« ornement, ajouta-t-il, c'est elle : le corps
« est consacré par sa présence. » Je restai
frappée de la majesté qu'il donne à la vertu,
et presque honteuse d'avoir pu lui désirer
une décoration étrangère. C'est cependant
un grand bienfait de la nature que d'en avoir
reçu une de ces physionomies heureuses,
qui vont droit et rapidement au cœur, qui

inspirent d'un coup d'œil la confiance et
l'amitié, comme la beauté inspire l'amour ;
et qui dispensent l'honnête homme de passer par cette longue route de l'estime, pour
obtenir l'intérêt que méritent des qualités
aimables et solides.

L E T T R E V.

Vous me priez de continuer à vous parler
de mon philosophe. Eh ! de quoi pourrais-je
vous entretenir, puisqu'il est, dans votre
absence, ma seule consolation ? Chacun de
ses entretiens mériterait une lettre : presque tout ce qu'il dit me semble digne d'être
recueilli. Attendez-vous encore à de la
morale ; car mon philosophe fait son étude
principale de tous les devoirs de l'homme.
Vous n'êtes point étranger à cette sorte
d'étude, quoique vous viviez dans le monde,
où elle est presque un ridicule ; mais ce n'est
que dans la retraite qu'on en sent le besoin
et qu'on peut en recueillir les fruits ; car
vous le savez, mon ami :

> Le grand monde est léger, inappliqué, volage :
> Sa voix trouble et séduit. Est-on seul, on est sage.

J'ai aussi un goût naturel pour la morale ;
mais non pour celle d'observation qui se
borne à rechercher les vices et les travers
de mes semblables ; je n'ai jamais pu lire
en entier un ouvrage qui ne me montrait

l'homme que sous les traits de la méchanceté
et du ridicule : j'en suis trop importunée
dans la société, pour en aller chercher des
portraits dans les livres. J'aime la morale
qui, bien plus vraie et plus étendue, descend dans le cœur humain pour y découvrir
les vertus que la nature y a placées, et pour
y diriger les passions qui peuvent devenir
des vertus. J'aime les moralistes qui, en me
parlant de mes devoirs, ne me laissent
point de besoin plus impérieux que celui de
les suivre, et ne m'offrent d'autre image de
félicité que celle que je puis trouver dans
ma fidélité à les remplir.

Mon philosophe est un moraliste de ce
genre; sa manière d'exprimer ses idées, si
frappante de justesse et de précision, recueille l'ame toute entière sur les vérités
qu'il exprime; s'il établit des principes qui
quelquefois paraissent sévères, il vous
échauffe du désir de les suivre; il vous
avertit de vos forces; il vous presse de les
essayer; il vous fait espérer la joie d'un
triomphe.

Il m'entretenait hier du bonheur qui est
au pouvoir de l'homme. Il le fait consister
dans la perfection de notre raison. Il pense,

« qu'il n'y a de bien véritable que celui qui
« ne peut se détruire, qu'il n'y a d'homme
« heureux que celui qui ne peut jamais être
« dégradé. Ne cherchez le bonheur, me
« disait-il, que dans ce qui est à vous ;
« donnez tous vos soins à votre ame, c'est
« un bien qui s'améliore en vieillissant ». Il
n'approuve point ces accès de joie que vous
aimez à me voir, peut-être parce qu'ils
contrastent avec mon caractère naturellement sérieux. « Je veux, me disait-il, na-
« turaliser en vous la joie et la faire éclore
« de votre propre fond : la gaîté n'a que des
« accès passagers qui dérident le front sans
« pénétrer le cœur. C'est une chose sé-
« rieuse que le bonheur. Occupée de vous
« perfectionner, vous connaîtrez cette joie
« véritable dont je prétends vous mettre
« en possession. Croyez-moi, une chose
« aussi importante que le bonheur n'entre
« point dans une ame corrompue. Quels
« en sont les fondemens ? Une bonne cons-
« cience, de l'honnêteté dans les projets,
« de la droiture dans les actions, de la
« liaison, de l'uniformité dans la conduite :
« l'épreuve la plus sûre de vos progrès,
« c'est de savoir si vous voulez aujourd'hui

« ce que vous vouliez hier. Le changement
« de volonté annonce une ame flottante,
« portée çà et là comme au gré des vents; et
« il n'y a point de vent favorable pour qui
« ne sait pas dans quel port il veut entrer. »

Je ne puis vous dire quel deux sentiment
j'ai éprouvé en entendant mon philosophe
m'assurer que le bonheur n'entrait point
dans une ame qui en était indigne. Il me
semblait qu'en accordant à la vertu seule
des titres au bonheur, il la faisait rentrer
dans tous ses droits et la remettait en possession de son patrimoine.

Mon philosophe me fait souvent éprouver
la vérité d'un sentiment qu'il m'exprimait
encore, c'est que nous devenons meilleurs
en présence d'un homme de bien. En effet,
on est bon et heureux quand on se sent auprès de la bonté et de la vertu. Il semble
qu'elles nous communiquent une partie de
cette sérénité qui est leur partage. Toutes
les petites passions s'appaisent, les douleurs
s'adoucissent, l'ame se relève et se calme
dans leur entretien. C'est une impression
que j'ai souvent éprouvée auprès de notre
cher et bon Condordet [1]. Le charme que je

---

[1] Qui depuis..... mais alors, etc.

trouve auprès de lui, tient bien moins encore à cette prodigieuse fécondité d'idées
qui embrasse à-la-fois les sciences physiques
et les sciences morales, tous les objets de
la raison, de l'imagination et du goût; à
cette sagacité d'esprit, ce coup-d'œil pénétrant qui démêle un homme tout entier dans
un mot qui lui échappe, tandis qu'il se ferme
toujours sur les défauts de tout ce qui approche de son cœur. Non : la douceur que
je goûte auprès de lui tient à ce sentiment
de sa bonté aussi constante qu'inaltérable,
et qu'on peut comparer à une source abondante qui s'épanche toujours sans jamais
s'épuiser; elle tient à cette prévenance,
cette complaisance facile pour tous vos
desirs, qui touchent d'autant plus, qu'en
s'oubliant toujours il ne semble jamais faire
un sacrifice; à cette touchante indulgence
qui enhardit à lui montrer mille petites faiblesses qu'il plaint autant que s'il pouvait les
partager; elle tient à cette simplicité parfaite qui ne paraît jamais soupçonner l'intérêt qu'inspirent ses vertus et l'étonnement
que causent l'étendue et la supériorité de
son esprit; à cette facilité, cette condescen-
dance naturelle, qui, en s'abaissant aux in-

térêts des esprits les plus médiocres, ne
paraît jamais descendre de sa hauteur; à ce
calme de l'ame pour tout ce qui n'intéresse
que lui, tandis qu'il est tout mouvement,
toute activité dès que le malheur ou l'amitié
réclame son secours; à cet amour si vrai
pour l'humanité qui le dispose toujours à y
sacrifier son tems, ses facultés et même sa
gloire; elle tient à cette indifférence pour
toute injustice qui lui est personnelle, tandis
qu'à la simple apparence d'injustice pour
les objets de son affection, il montre une
énergie que la douceur naturelle de son
caractère ne ferait jamais soupçonner, et
dont l'excès n'a pu obtenir l'indulgence de
ses amis mêmes, que parce qu'il tenait en
lui à l'excès d'une vertu : je ne lui ai connu,
depuis quinze ans, qu'une grande injustice
de ce genre; elle m'a profondément affligée,
parce qu'elle me blessait dans un sentiment
bien cher à mon cœur; mais que ne par-
donne-t-on pas à cet heureux assemblage
de vertus douces, faciles, et tellement naturelles, que le respect qu'on leur doit se
perd dans l'intérêt qu'elles inspirent!

Adieu, mon ami; j'ai un peu oublié mon
philosophe; mais c'est pour un autre que je

préférerai toujours à ma nouvelle connaissance ; car quand l'habitude n'use pas les
affections, elle les fortifie par la reconnaissance de tout le bonheur qu'elles ont répandu sur la vie.

LETTRE VI.

Mon philosophe, mon ami, fait toujours le charme de mes soirées. Nous continuons de parcourir ensemble les vérités les plus intéressantes de la morale. Il les fait pénétrer dans mon cœur, parce qu'il parle d'après le sien. La vertu est en lui une véritable passion; il y cherche, il y trouve, je crois, tout son bonheur. Il dédaigne tous les biens dont la fortune l'a mis en possession. « La philosophie, si je « l'en crois, est la représentation des ri- « chesses : elle les donne en les rendant « inutiles. » Bien différent de quelques hommes d'esprit, que l'étude des lettres et de la philosophie n'a point garantis des besoins du luxe et de la mollesse, il sent que la véritable dignité de l'homme est dans ce sentiment qui le met au-dessus de tous les besoins des petites âmes. Depuis que je l'ai écouté, je me sens encore plus blessée d'apercevoir en eux d'autres besoins que ceux de l'indépendance; les fa-

cultés que la nature leur a données; me
semblent le plus riche comme le plus glo-
rieux des héritages. Oh! vous philosophes,
hommes de lettres; vous, les véritables
enfans gâtés de la nature; vous pour qui
les connaissances, l'étude et la réflexion sont
une source variée de pures et nobles jouissances; vous, qui en portant notre pensée sur
tous les tems, en la fixant sur tous les objets,
agrandissez la destinée de l'homme et envi-
sagez dans toute sa magnificence les merveilles de la création; vous, pour qui la nature n'est jamais muette, et à qui elle étale
toutes ses pompes, à qui elle découvre
tous ses trésors, à qui elle laisse arracher
ses secrets; vous, en qui une imagination
vive et féconde multiplie les jouissances
en reproduisant les tableaux de la nature
et des arts; vous, hommes vraiment privi-
légiés, à qui le génie se manifeste dans
toute sa grandeur, à qui il porte ces impressions ravissantes qui font répandre de
si belles larmes; vous tous, créateurs des
arts, des talens, de la raison, qui semez
de fleurs si charmantes et si variées les
routes pénibles de la vie et portez la lumière sur le bord des précipices dont cette

route est par-tout semée ; vous, qui em-
brassez dans vos vœux le bien des générations présentes et futures, à qui l'espérance
d'améliorer la condition de vos semblables
cause des palpitations si délicieuses ; ah !
soyez dignes d'une si belle destinée ! Vous
avez développé toutes les forces, toute l'é-
nergie de votre esprit ; vous avez montré
tout ce qu'il y a de plus grand dans l'homme ;
vous avez étendu son empire ; vous avez
enrichi votre ame et la nôtre de toutes les
impressions qui l'élèvent, l'attendrissent et
l'éclairent : voilà vos trésors. Ah ! n'enviez
point les richesses ! imitez mon philosophe.
Tous ses biens sont avec lui, en lui, et personne ne peut les lui enlever. Vous ne pouvez imaginer, mon ami, à combien peu se
réduisent ses besoins. Il lui suffit de n'a-
voir ni faim, ni soif, ni froid : « La nature
« exige peu, dit-il, l'opinion désire tout. »
Il m'engage à prendre des intervalles de
quelques jours, où bornée au pur nécessaire, je puisse me dire : *Voilà donc ce qui
fait tant de peur !* « Ainsi familiarisée avec
« l'indigence, ajoute-t-il, le sort ne vous
« prendra jamais au dépourvu. » Quelle
force d'ame de se réduire à un état qui n'a

I. 12

pas à redouter la pauvreté! Pénétrée du
bonheur qu'une pareille force donnerait à
l'homme, j'ai fait un essai un peu court,
mais suffisant pour espérer que mon ame
ne serait pas trop abattue par la perte de
ma fortune; que la nature, mon cœur et
l'amitié m'offriraient encore une foule de
jouissances. Je continuerai cependant à
goûter les douceurs que m'offre ma situation. Car, dit mon philosophe, « l'homme
« sage ne va pas au-devant de la pauvreté;
« mais il s'y prépare comme à un état sup-
« portable. »

Il ne tiendra pas à lui de me délivrer de
toutes les craintes qui empoisonnent la vie
et qui dégradent l'ame. Il m'ôterait, je
crois, la crainte de la mort, si ma vie en
était troublée; mais je n'y pense et ne la re-
doute que lorsqu'elle se présente inattendue
et avec un appareil qui frappe l'imagination
de terreur, comme une chute dans une voiture au fond d'un précipice, le danger où
l'on se trouve quelquefois sur l'eau, les al-
larmes du feu, etc. J'ai passé par toutes ces
épreuves, et j'avoue qu'il n'y a rien au-
dessous de moi dans ces occasions. Mais la
mort qui suit une maladie aiguë, celle que

la nature nous prépare par l'affaiblissement
de tous nos organes, ne me paraît point un
mal. La vue d'un tombeau ne m'offre que
l'idée du repos de celui qu'il renferme. Je
me dis : « Voilà un être qui ne souffrira
« plus. » Eh! qui peut consentir à vivre,
lorsque la nature nous a condamnés aux
infirmités et aux dégradations ? Qui con-
sentirait à vivre pour n'être plus qu'un fardeau à ceux qui nous ont le plus chéris ?
Ah ! puissé - je mourir toute entière encore , et digne des larmes de mes amis ,
digne des vôtres sur-tout, à qui pourtant
je ne voudrais pas en faire répandre de trop
amères ! Ce n'est point d'être enlevé à la vie
qui est un mal ; c'est de se voir enlever par
la mort ceux avec qui seuls on voudrait
vivre. Aussi Fénélon disait-il qu'il faudrait
que les bons amis se donnassent le mot pour
mourir le même jour : souhait d'une ame
tendre et sublime , qui , s'il était réalisé ,
ôterait à la vie sa plus grande amertume.
Mais pour en revenir à mon philosophe :
« Un mal, dit-il, n'est pas grand, quand il
« est le dernier de tous ; et la perte la moins
« terrible, est celle qui ne peut être suivie
« de regrets. » Il considère la vie comme

une action dramatique. « Ce n'est pas sa
« durée, mais la manière dont elle est con-
« duite qui nous importe. Rendons à Dieu
« une vie meilleure que nous ne l'avons
« reçue, et laissons sur la terre un modèle
« de vertu. Quand on est parvenu à la sa-
« gesse, on a frappé le but. » Mon philosophe, dans ce cas, a achevé sa carrière ; il
laissera sur la terre le modèle de l'homme
de bien. Mais ce qui le rend si ferme c'est
l'idée de la nouvelle vie qui l'attend ; c'est
« qu'il regarde le jour de sa mort comme
« le jour de sa naissance pour l'éternité. »
Je voudrais pouvoir vous transcrire tout
ce que lui inspire cette sublime vérité de
l'immortalité de l'ame ; mais je vous en en-
tretiendrai quand je serai près de vous.
Demain, je vous dirai le nom de mon philosophe, et je vous promets que dans la
première visite que vous me ferez, vous le
trouverez en tiers entre vous et moi.

LETTRE VII.

Mon philosophe, mon ami, me traçait hier le portrait de l'homme vertueux, et je pourrais en emprunter les traits pour vous tracer le sien propre. Il me montrait cet homme, qu'il appelle un sage, s'élevant par sa vertu seule au-dessus des passions, des opinions et presque des besoins de l'humanité. Il rend à un être si élevé une sorte de culte qui le rapproche de la divinité, et dans un enthousiasme religieux, il s'écrie : « Cette « ame, si supérieure et si bien réglée, qui « se rit de nos desirs et de nos craintes, sans « doute elle est *mue* par une impulsion di- « vine. Sans l'appui d'un Dieu, ce bel édifice « ne peut se soutenir. Le sage ne quitte « point le ciel pour en descendre ; son ame « y reste attachée ; Dieu habite avec elle « sur la terre dans le sein de tout homme « vertueux ; j'ignore quel Dieu, mais il ha- « bite un Dieu. » Oui, Sénèque, un Dieu sans doute habitait en toi lorsque tu nous traçais ainsi sa plus belle image ; un senti- ment surhumain peut seul inspirer ces idées

sublimes, et la vertu a fait de ton ame le
temple le plus digne de la divinité. Oui,
mon ami, voilà ce trésor, ce sage, cet ami
à qui je dois des soirées dont la douceur ne
peut être surpassée que par l'amitié qui
m'entend et qui me répond ; c'est Sénèque.
C'est dans ses lettres à son ami Lucilius que
j'ai puisé tant de consolations. Dès les premières pages, je me sentis attachée par ce
génie profond et élevé, par cette ame à-la-
fois douce et vigoureuse qui peint la vertu
avec un charme qui pénètre et qui persuade.
A mesure que j'avançais, je m'étonnais de
n'avoir entendu parler de cet homme rare,
par des personnes mêmes dont le goût doit
inspirer de la confiance, que comme d'un
rhéteur, d'un esprit sec et subtil : je ne
pouvais m'empêcher d'accuser au fond de
mon cœur ce goût trop sévère, qui m'avait
privée long-tems d'une lecture aussi utile
qu'attachante ; j'éprouvais la joie d'une personne qui vient de faire une découverte intéressante pour son bonheur. C'était avec
délices que j'entrais en possession de ce
nouveau bien. Je n'aspirais pendant la journée qu'au moment d'être seule pour me pénétrer des idées et des sentimens de mon

philosophe; je me sentais élevée de sa force.
Touchée de l'image nouvelle d'un bonheur
dont tous les moyens étaient en moi, il me
semblait qu'un génie bienfaisant et éclairé
venait d'écarter tout-à-coup de la route de
ma vie tout ce qui pouvait me la rendre fâ-
cheuse et pénible; qu'il ne laissait à la destinée d'autre pouvoir sur moi que celui de
m'arracher les objets de mes affections, et
que, si toujours vous m'accompagniez dans
cette route, si toujours je pouvais vous en
adoucir les sentiers, et y rencontrer souvent
ceux que j'aime avec vous, j'y marcherais
avec courage et même avec joie; et quand
je ne devrais à mon philosophe que ces tou-
chantes émotions qu'éprouve l'ame quand
elle embrasse une belle et noble espérance,
j'avouerai que je lui dois les plaisirs les plus
purs et les plus doux..... Est-ce bien toi,
Sénèque, dont le nom ne m'était parvenu
que souillé d'un crime qui d'avance me re-
poussait de tous tes ouvrages! Non, grand
homme, jamais ton ame n'a pu concevoir
ni approuver un forfait. Tes écrits, où les
plus belles impressions du cœur humain
sont sans cesse tracées par le talent le plus
rare, ne peuvent être le produit d'une

ame hypocrite. Le génie peut bien découvrir
les principes de la vertu ; mais il n'appartient qu'à elle-même de se faire adorer. Ces
écrits déposent de ton innocence ; et l'amour
de tout ce qui t'approchait, de tout ce qui
t'appartenait, devait t'absoudre aux yeux
de la postérité, à qui tu n'ás laissé qu'un
grand exemple de courage et des principes
de vertu qui te rangent pour toujours parmi
les bienfaiteurs du genre humain. Combien
tu m'intéresses en me parlant de ton père !
« Dans une maladie cruelle, dis-tu, je fus
« tenté souvent de rompre avec la vie ; mais
« je fus retenu par la vieillesse d'un père
« qui m'aimait tendrement. Je songeais
« moins à la force que j'avais pour me
« donner la mort, qu'à celle qui lui man-
« quait pour en supporter la douleur. »
L'amour seul de ta chère Pauline serait une
réponse victorieuse aux détracteurs de ta
vertu. Comment ce doute peut-il naître,
quand on voit une femme jeune et belle recevoir de ta vieillesse un bonheur que la
jeunesse donne si rarement ? Ah ! sans
doute, c'est le privilège seul de la vertu
d'attacher à elle, dans un âge avancé, par
des liens aussi forts que ceux de l'amour.

Que j'aime ta reconnaissance pour sa tendresse ! « Persuadé, dis-tu, que sa vie tient
« à la mienne, je commence par égard pour
« elle, à veiller sur ma santé ; je songe que
« dans ce vieillard existe une jeune femme,
« et ne pouvant obtenir d'elle de m'aimer
« avec plus de courage, elle obtient de moi
« que je m'aime avec plus de faiblesse. »
Ah ! n'appelle point faiblesse ce sacrifice
que tu fais de tes vertus courageuses à sa
tendresse ! Le stoïcisme n'a pu détruire
l'homme en toi, et c'est lorsque tu me le
montres le plus que tu m'intéresses davantage. Ton ame n'était pas seulement née
pour les vertus qui élèvent l'homme ; elle
était remplie de celles qui le font chérir.
Si j'avais un talent digne de te célébrer, je
vengerais ton génie méconnu et ta vertu
outragée. Mais si j'ai rappelé l'ame de mon
ami à l'estime et à l'admiration que tu m'as
inspirées ; s'il te doit quelques-unes de ces
heures délicieuses que tu m'as procurées,
et un goût plus vif pour les vertus nobles et
douces qui sont dans son ame, je croirai
t'avoir offert l'hommage le plus digne de
toi. J'irai souvent chercher dans tes écrits
la résignation aux contradictions et aux

maux de la vie, l'indépendance sur-tout de
tous les faux biens; et je dirai de toi ce que
tu disais toi-même en sortant de la lecture
de Sextius : « Jamais je ne le quitte qu'avec
« plus de confiance en moi-même : il peint
« le bonhéur de la vertu et donne l'espoir
« d'y parvenir. »

A.

La personne qui a écrit les lettres qu'on vient de
lire , ne connaissait encore de Sénèque que ses
Lettres à Lucilius, qui est en effet son meilleur
ouvrage. Lorsqu'elle a lu depuis les autres écrits
de ce philosophe , elle a senti s'affaiblir un peu l'enthousiasme qu'avaient fait naître en elle ses premières lectures.   (*Note de l'éditeur.*)

VOYAGE
DANS LES FORÊTS
ET LES RIVIÈRES
DE LA GUYANE.

En voyageant sur l'ancien continent, on rencontre par-tout la main des hommes et la poussière des générations qui ont précédé celle qui vit sur cette terre. Ces villes, ces forêts, ces canaux sont leur ouvrage ; les montagnes et les plaines présentent les monumens de leur industrie. Le soc de la charrue soulève leurs ossemens, et les fleuves coulent encore entre les digues qu'elles ont élevées, sous les ponts qu'elles ont construits. Le travail de la nature, ses productions spontanées, ses œuvres primitives ont presque disparu sous les pénibles efforts des habitans de l'ancien continent.

Au milieu même des déserts de l'Afrique, de magnifiques ruines attestent qu'il y eut là une immense population, des arts, des

richesses , des maîtres et des esclaves :
ailleurs on découvre des cités dans les entrailles de la terre. Par-tout le sol a été bou-
leversé, les plantes exotiques sont mêlées
aux plantes indigènes : ici de nouveaux lits
ont été creusés pour les fleuves et les torrens ; là des remparts s'élèvent contre l'O-
céan, et des ports que ses flots ne pouvaient
atteindre s'ouvrent pour les recevoir. Ainsi
les hommes de l'hémisphère oriental ont
perdu jusqu'à la tradition de leur première
habitation. C'est à l'occident qu'on retrouve
le monde primitif, la terre et les hommes,
dans leur état naturel. Là se fait entendre
dans la solitude la voix du Créateur, et l'on
sent de toute part la puissance de son bras
invisible. Là vous découvrez la forme na-
tive du globe et ses traits originaux, l'union
intime de la terre et des eaux , et leur séparation progressive. Ce ne sont point les
hommes qui ont chassé l'Océan de cette
plage, et qui la couvrent de plantes, d'arbustes et d'arbres divers ! Ces dômes de
verdure supportés par des colonnes entre
lesquelles les lianes se dessinent en festons,
cette superbe architecture des forêts est
descendue du ciel pour me rendre témoi-

gnage de son auteur...... Telle est la première impression qu'on éprouve en entrant
dans les bois de la Guyane.

Je parcourus 'toute la côte du nord au
sud, et je remontai dans toutes les rivières
depuis l'Oyapock jusqu'au Marony ; visi-
tant les postes, les habitations, les villages
indiens, je laissais ma goëlette à l'embouchure des rivières que je remontais dans
une pirogue indienne, et je traversais à
cheval les parties de forêts ou de savannes
que je voulais visiter. C'est là que la nature
sauvage étale toute sa magnificence. Nous,
qui ne savons rendre la terre productive
qu'avec des bras et des charrues, comment
n'éprouverions-nous pas un sentiment d'admiration au milieu de ces déserts immenses,
où s'exerce sans bras et sans charrues, la
puissance d'une éternelle végétation ; où
l'homme, véritablement étranger à cette
multitude d'êtres animés qui y vivent en
propriétaires, représente, au milieu d'eux,
un monarque détrôné!

C'est pour un européen un autre uni-
-vers que ce continent ; c'est sous d'autres
formes et dans d'autres proportions, qu'il
retrouve les quadrupèdes, les reptiles, les

oiseaux, les insectes. En général, les quadrupèdes y sont plus faibles et les plantes
plus robustes ; les reptiles énormes, les insectes plus variés et d'une effroyable fécondité. Les bois y ont plus de majesté ; ils y
représentent, par leurs différens âges, la
succession des siècles. La terre qu'ils couvrent de leur ombre impénétrable se re-
compose de leurs débris. Leurs espèces
tantôt semblables, et tantôt mélangées, in-
diquent la qualité du sol, selon que leurs
racines pivotent ou s'étendent horizonta-
lement. Le grand ordonnateur de ce vaste
jardin semble s'être soumis aux règles de
la perspective dans la distribution des sites,
des plantations, des claire-voies, des massifs : on dirait que la nature du sol, le cours
des eaux ont été consultés pour l'empla-
cement des prairies, et que chaque famille
de végétaux a cherché, avec intelligence,
le terrain qui lui était propre. Les beaux
fleuves qui arrosent cette contrée à dix et
quinze lieues de distance les uns des autres,
sont les limites de chaque district. On trouve
véritablement dans ces forêts, et j'y ai recueilli moi-même de la salsepareille : j'ai
vu des arbustes à épices, fort inférieurs au

cannelier, mais qui en avaient le goût et
l'odeur. Il n'y a au surplus, que la bota-
nique et l'histoire naturelle qui puissent
s'enrichir de ces découvertes. C'est à de
plus utiles cultures qu'une terre aussi féconde invite les hommes industrieux ; mais
lorsque de ces bois magnifiques je passais
sur les terrains qui en avaient été dépouillés
par la culture, je ne trouvais, le plus souvent, qu'un sol usé, infertile, sablonneux.
C'est dans les plaines d'Ouanany, d'Aprouague, de Kan, de Mahoury, qu'on aperçoit le sol précieux dont on pourrait attendre les plus riches récoltes ; et c'est en suivant ces différentes indications de la nature,
ou en y résistant, qu'on trouve la différence
d'un bon à un mauvais établissement co-
lonial.

La distribution des terres qui bordent
cette côte depuis l'Amazone jusqu'à l'Oré-
noque, présente tous les caractères d'un
déluge récent. J'ai parlé ailleurs des palituviens, de leur naissance rapide dans la vase
de mer, de leur disparition subite, par
l'apport des sables, ou la retraite de l'eau
salée. Un rideau de palituviens s'étend à
une ou deux lieues dans les terres, sur le

bord de la mer et sur les rives des fleuves,
où remontent les marées. Tout cet espace
de terre est une vase de mer sur laquelle se
promène l'eau salée. La terre s'élève ensuite
et n'est plus accessible qu'aux eaux douces.
Ce sont les savannes noyées, les pinotières
qui s'étendent en plaines, d'une à quatre et
cinq lieues de profondeur jusqu'aux grands
bois, lesquels se sont placés dans un étage
plus élevé ; et l'on pourrait dire que c'est
là seulement que commence l'ancien continent. Mais cette ancienneté de la terre-
ferme n'est que comparative avec celle de la
terre vaseuse qui la précède. On voit, sur
le premier plan, l'action uniforme du mouvement et de la retraite des eaux qui dis-
posent les premières couches de sable et de
limon. Ce dépôt s'élève graduellement, et
s'enrichit des débris des végétaux et de la
dépouille des montagnes, entraînées par les
torrens : ainsi se composent ces plaines pro-
ductives, connues sous le nom de pinotières.
C'est une pâte molle, qui n'a point encore
subi l'épreuve des feux souterrains ; tandis
que les terres dominantes et la surface des
eaux en ont été bouleversées. Le mélange
désordonné du sable et de l'argile, des ma-

tières vitrifiées, des roches de grès, la coupe des montagnes, tout annonce les efforts désastreux de la nature, qui maintenant se repose sur cette partie du continent, où l'on ne connaît ni les volcans, ni les tremble-mens de terre si fréquens dans la partie occidentale.

Les côtes basses de Macouria, Kourou, Sinnamary, jusqu'au fleuve du Marony, ont été couvertes de sables imprégnés de sel marin et susceptibles, par cette raison, de végétation jusqu'à ce que les sels en soient épuisés ; ce qui arrive en dix ou douze ans. En remontant de Cayenne à Kau, de là à Aprouague et à Oyapock, les terres s'é-lèvent de plus en plus ; et à mesure que les masses augmentent, on trouve le sol plus homogène : mais le climat excessivement pluvieux est alors un obstacle à la culture de ces terres inclinées, parce que la plupart des plantes, se présentant obliquement à la chûte perpendiculaire de la pluie, sont dans leur jeunesse couchées par le vent et des-souchées par la rapidité des eaux courantes. En supposant un bon sol, les plantes n'y prospèrent que sur les plates-formes, ou sur les pentes douces non exposées aux

vents du nord. Dans les portions du continent, coupées par grandes masses, dont les
chaînes se recourbent en arcs ou se prolongent parallèlement à la côte, on voit ces
vastes bassins de terres basses contiguës
entr'eux, lorsque la direction des montagnes en permet la communication, comme
dans la partie du sud, ou resserrées, mor-
celées, sans suite ni proportion, lorsque le
continent n'étant plus ni plaine, ni montagne, présente la forme triviale, mais ex-
pressive, d'un plat d'œufs au miroir,
comme dans l'île de Cayenne, ou la partie
du nord.

Le desséchement des bassins contigus qui
ont un échappement libre à la mer, ou dans
les rivières, me parut dès-lors praticable,
et se trouve démontré par des opérations
subséquentes.

Je vis là, l'histoire de la Guyane, de sa
misère actuelle, de sa richesse possible, et
la destination naturelle de ses différentes
parties : celle du nord, en petites cultures
et ménageries; celle du sud, en grands établissemens, dans un espace trois fois plus
considérable que la colonie de Surinam.

Quel fut mon étonnement dans ces déserts

de rencontrer les ressources et les jouissances d'une active industrie ; tous les efforts
d'un travail opiniâtre sur un sol dont l'apparente fertilité trompe bientôt les espérances du propriétaire !

Je remontais la rivière de Kau, tout
était brute et sauvage autour de moi; nous
prolongions une de ces plaines vaseuses
que j'ai décrites. On me fait entrer dans un
canal qui la traverse en droite ligne et nous
conduit au grand bois. Là , sur une éminence
j'aperçois un hameau au milieu duquel s'élèvent la maison du maître et sa manufacture :
Plus loin des plantations de cannes, de caffiers, de cacaotiers, une allée de cannelliers
entremêlés de grands ananas , des touffes
de bananiers, une haie de citroniers, forment l'entourage de la savanne, et les grands
arbres de la forêt terminent ce beau païsage. Nous sommes chez M. Boutin, con-
seiller au Conseil supérieur de Cayenne.
Sans autre secours que celui de son atelier
composé de cinquante à soixante nègres ou
négresses, il a creusé le canal que j'ai parcouru , il a construit ses bâtimens et un
moulin à eau. Il faut se placer sur ma pirogue indienne, au milieu des singes, des

perroquets, pour concevoir combien je fus
ravi du premier aspect de cette habitation.
Je voyais, pour la première fois, dans ce
vaste désert, l'industrie et le luxe européen, car M. Boutin réunissait chez lui
toutes les commodités d'un propriétaire
aisé. Sa maison de bois revêtue en plâtre,
était ornée d'une galerie, et posée sur une
terrasse couverte de briques et encadrée
dans un mur de quatre ou cinq pieds d'élévation : l'intérieur bien distribué était dé-
cemment meublé. Un jardin garni de fruits
et de légumes, une basse-cour bien pour-
vue, une abondance de poisson, de gibier,
annonçaient la bonne chère qu'on nous des-
tinait ; et la sérénité, l'air robuste et satisfait
des nègres, me prouvaient aussi que chacun
dans ce séjour participait à l'aisance du
maître. Voilà donc, me disais-je, ce que
je cherchais ; le produit du travail et de
l'intelligence : voilà un site magnifique,
une terre féconde, une famille heureuse,
et qui mérite bien de l'être ; car monsieur
et madame Boutin, sa fille et son gendre,
sont les plus dignes gens du monde. Après
un excellent dîner, M. Boutin, que j'ac-
cablais de questions et de complimens,

me mena dans ses possessions, et ne m'en
paraissait pas aussi content que moi. Il y a
six ans, me dit-il, que j'ai commencé cet
établissement, et je crains déjà d'être bientôt forcé de l'abandonner. Vous allez voir
que ce sol est presque épuisé ; les premières récoltes suffisent pour le dépouiller
de cette couche de terreau qui nous donne
d'abord de grands produits, sur-tout en vivres ; mais les plants chevelus ou à racines
pivotantes périssent au bout de quelques années. J'ai essayé de varier mes plantations :
vous verrez des pièces de canne, de caffiers,
de cacaotiers : tout cela vient bien pendant
deux ou trois ans ; mais aussitôt que la
plante rencontre le tuf, elle jaunit et
meurt.

Pendant ce triste récit, je n'étais que trop
convaincu de son exactitude : j'aperçus
bien quelques plants vigoureux dans les
veines de terre franche ; mais la majeure
partie des caffiers et des cannes annonçait
une fin prochaine. C'était, me dit M. Boutin, le troisième établissement qu'il avait
formé depuis vingt ans. Mais, lui dis-je,
après des essais aussi décisifs, comment
persistez-vous dans ce système ambulatoire

qui vous épuise en frais de construction, et
en travaux préparatoires. Le canal que vous
avez pris la peine de creuser dans la plaine
vaseuse que je viens de traverser, ne vous
indiquait-il pas la facilité de dessécher et
de mettre en valeur cette terre qui me paraît
de la meilleure qualité, et sur laquelle il
vous eût été facile de former un établissement permanent.

Ce que vous croyez facile, me répondit
M. Boutin, pourra le devenir, sur-tout
avec les secours et les encouragemens que
vous nous annoncez ; mais jusqu'à présent nous manquons de lumières et de
moyens. Je sais fort bien que les hollandais
nos voisins, ne se sont enrichis que par la
culture des terres basses, et je ne manque,
comme vous le voyez, ni d'industrie, ni
d'activité. Je suis loin de la répugnance ou
des préventions de nos colons contre ce
genre de culture ; mais nous n'avons ni modèles, ni artistes, ni capitaux : il faudrait
commencer mes travaux sur le bord de la
rivière, à deux lieues de la terre-ferme.
Comment à cette distance du bois et de l'eau
douce, entreprendre sans de grands moyens
des constructions telles que celles que j'ai

faites ici à très-peu de frais , parce que tous
les matériaux sont sous ma main ! Il faut
vous dire aussi , qu'il n'y a rien de plus séduisant et d'un aussi prompt rapport qu'un
défrichement dans le grand bois ; et comme
il s'y trouve des veines d'un sol profond et
homogène , si dans le premier examen du
terrain on en rencontre de cette qualité , c'en
est assez pour nous fixer dans le lieu qui
nous présente d'ailleurs toutes les apparen-
ces de la fécondité ; et sous bien des rapports , cette terre nous tient parole. Je vis
ici pour rien : j'ai plus de gibier, de poisson, de volailles, de graines et de légumes,
que je n'en peux consommer. Cette huile
que vous avez trouvée excellente , est faite
avec des amandes sauvages : voilà de la cire,
du miel, des fruits, des meubles, des cor-
dages qui viennent de la forêt. Je resterai
donc ici , en faisant de nouveaux défri-
chemens , jusqu'à ce que mes plantations se
trouvent à une trop grande distance de mes
bâtimens.

Les explications de M. Boutin, et celles
de M. Arthur son gendre, et le séjour que
je fis dans leur habitation , m'en apprirent
plus sur la Guyane que tout ce que j'avais

vu et lu jusqu'alors. Je leur fis part de
mes vues et de mes espérances : ils pro-
mirent de les seconder, et m'ont tenu
parole. Je les quittai le surlendemain, pour
me rendre dans la rivière d'Aprouague. A
peine eus-je quitté ma goëlette à l'embouchure de la rivière, que je me vis exposé à
un danger imprévu qui me saisit d'effroi.
J'avais lu dans le voyage de la Condamine
la description de ces *ras de marée* particuliers à la côte du Brésil, et qu'on rencontre
aussi, mais rarement, sur celle de la
Guyane. La mer était parfaitement calme;
il n'y avait pas un souffle de vent, et ma pirogue à rames me conduisait rapidement à
l'entrée de la rivière, lorsque l'indien qui
était au gouvernail et qui avait les yeux fixés sur l'horizon du coté du sud, parla avec
émotion à ses camarades. Au premier mot
ils se levèrent tous comme dans un temps
d'exercice, et se jetèrent tous ensemble à la
mer. Qu'on se figure ma surprise à cette
manœuvre. J'étais interdit, ainsi que les
personnes qui m'accompagnaient. L'interprête, aussi pâle que moi, me dit alors:
n'ayez pas peur, monsieur, ils nous sau-
veront; et les indiens nageant d'une main,

soutenaient en riant la barque de l'autre.
Tout cela se faisait sans que je susse encore
ce dont il était question ; mais j'entendis
bientôt le mugissement d'une vague unique
qui courait comme un torrent le long de la
côte, et grossissait en s'approchant. Le bruit
était affreux. Cette montagne d'eau, qui se
roulait en fureur sur une mer tranquille, et
qui paraissait chercher dans cette vaste
étendue ma pirogue pour l'engloutir, se
présentait à moi comme le spectre de l'O-
céan qui me poursuivait. Je me crus sub-
mergé, lorsque je vis le volume d'eau fondre
sur ma pirogue ; mais mes indiens, après
avoir tenu ma barque en équilibre, avaient
sauté dedans et étaient occupés à la vider,
avant que je fusse bien sûr d'être hors de
tout danger. Ces hommes, qui sont naturellement mélancoliques, riaient à gorge dé-
ployée de mon air épouvanté, et sur-tout de
l'embarras que me causaient mes vêtemens
mouillés : ils s'estimaient sûrement plus
heureux et plus sages que moi, en compa-
rant ma toilette à la leur, et leur sauvage
agilité à ma lourde civilisation. Je chargeai
l'interprête de leur faire mes remercîmens,
et de leur dire que je leur donnerais tout

ce qu'ils me demanderaient. Leurs vœux se bornèrent à une petite provision de taffia, à laquelle j'ajoutai quelqu'argent, qu'ils ne dédaignent pas, mais sans y mettre autant d'importance que nous.

Je descendis au poste qui est en même tems la paroisse du quartier, et ce quartier consiste dans une trentaine d'habitations fort inférieures à celles de M. Boutin. Les mêmes causes produisent toujours les mêmes effets. Ainsi la nature du sol et sa distribution une fois connues, je ne pouvais rencontrer de différence dans les produits et dans l'aisance des habitans, que celle qui existait dans leurs moyens et leur intelligence. J'en vis donc de fort misérables; et dans le nombre, l'un des plus laborieux, M. Rochelle, était arrivé riche à Cayenne, et avait déjà perdu la moitié de sa fortune. Je le trouvai travaillant comme un nègre sur sa mauvaise terre, et privé de toutes les ressources que son éducation et son aisance passée lui rendaient nécessaires. En général, cependant, le plus grand nombre avait abondamment les moyens de subsistance; mais de quel intérêt pour la métropole serait une colonie qui ne pourrait que faire

vivre ses habitans ? L'institution de celle-ci
a donc été manquée, et les frais de son
administration sont une dépense stérile, tant
qu'on n'adoptera pas un autre plan. Celui
dans lequel on faisait entrer la civilisation
des indiens, m'imposait l'obligation de
multiplier mes recherches sur cette espèce d'hommes, leurs mœurs, leur population. Je me rendis au village qu'habitent
ceux de la rivière d'Aprouague. On m'avait
prévenu qu'il y régnait une maladie épidé-
mique. J'ordonnai au chirurgien du poste
de s'y transporter avec des remèdes, du
vin et des vivres. Je trouvai ces malheureux indiens dans leurs hamacs, ayant à
peine la force de parler. Ils étaient atta-
qués d'une dyssenterie affreuse. Il n'y avait
debout que le chef et deux de ses femmes.
Je lui proposai de faire transporter ses
malades à l'hôpital du fort, où on en prendrait soin. Il me répondit fort gravement
que ce n'était pas la peine, qu'ils mour-
raient là aussi tranquillement que dans le
fort d'Aprouague, et qu'ils n'auraient pas la
peine du transport. Je lui répliquai qu'ils
seraient voiturés commodément dans des
canots ; que l'eau ou l'air de son canton était

empesté, et qu'il n'était pas raisonnable à
lui d'y rester. Hé bien! me dit-il, demandez
aux malades; s'ils le veulent, je le veux
bien, nous les embarquerons quand vous
l'ordonnerez. J'allai moi-même dans les
cases, je fis faire mes propositions par l'interprête, et tous répondirent comme le
chef : « Ce n'est pas la peine, autant vaut
mourir ici qu'ailleurs. » Effectivement, ils
moururent tous en trois semaines sans vouloir se soumettre à aucune espèce de régime, ni prendre un seul remède. Ils
avaient à côté de leur hamac de l'eau, de
la cassave dont ils usaient tant qu'ils pouvaient s'aider eux-mêmes; et quand ils n'en
avaient plus la force, l'inaction, le défaut
de secours accéléraient leur fin. Je reviendrai sur ces hommes si peu connus, et dont
même aujourd'hui on se forme des idées
fausses. On m'a demandé plus de détails : je
dirai tout ce que j'en sais, tout ce que j'en
pense; mais je poursuis d'abord le cours de
mon voyage.

En revenant au poste, j'eus à prononcer
provisoirement sur une question de droit
d'un très-grand intérêt, et sur laquelle je
n'ai point été de l'avis du gouverneur et des

magistrats de Cayenne. La femme de N....
avait attaqué son mari en séparation pour
mauvais traitemens. Ses preuves n'ayant
pas été jugées suffisantes, elle avait succom-
bé, et son mari l'avait ramenée dans son
habitation d'Aprouague, où il avait huit
ou dix nègres et un fort mauvais établissement. Il en projetait un autre, suivant l'u-
sage du pays; et il voulait emmener sa
femme dans les hauts de la rivière, à vingt
lieues de toute habitation. Elle vint me
trouver, et me représenta qu'elle ne con-
sentirait jamais à suivre dans les bois un
homme connu pour être très-violent, qui
l'avait battue plusieurs fois, et la tuerait
peut-être quand il la verrait privée de
toute protection. Le mari, informé de la
démarche de sa femme, vint aussi plaider
sa cause. Je lui observai que, d'après la
division publique qui subsistait entre sa
femme et lui, et leurs mauvaises dispositions
réciproques, leur isolement était dangereux; que cependant, puisqu'il avait été
autorisé par un jugement à continuer d'habiter avec sa femme, je n'entendais pas les
séparer; mais que la permission du gouvernement lui étant nécessaire pour aller

s'établir ailleurs, je la lui refusais, et que le commandant du poste empêcherait son émigration s'il voulait l'effectuer à une plus grande distance que deux ou trois lieues d'un canton habité.

Un mari, en Angleterre, ne peut emmener sa femme malgré elle, hors des limites de la Grande-Bretagne : je me fondai sur cette loi pour en provoquer une qui permît aux femmes de la Guyane de ne pas suivre malgré elles leurs maris dans les déserts. J'obéissais sur ce point à un sentiment de justice naturelle, et à une autre impulsion qui me portait à poursuivre par tous les moyens possibles cette pernicieuse habitude des colons qui, les dispersant dans les bois à de grandes distances les uns des autres, les privait de toutes les ressources de la police et de la sociabilité.

La rivière d'Aprouague, qui reçoit près du poste celle de Kouvrouei, se trouve au milieu des plus précieuses terres de la Guyane. C'est là que des travaux bien conçus, bien dirigés, paieront avec usure les avances de l'entrepreneur [1].

[1] *Voyez* les plans et les mémoires de la collection.

La rivière d'Oyapock n'offre pas moins de ressources, et ses terres hautes sont en général de meilleure qualité ; mais les habitans qui y sont établis n'ont pas même pris la peine de choisir en ce genre ce qu'il y avait de mieux. J'avais donné rendez-vous au fort, au contre-maître charpentier que j'avais envoyé dans les forêts pour reconnaître les bois propres à la marine. Le compte qu'il me rendit de sa mission était on ne peut pas plus satisfaisant : en moins de deux mois il avait marqué plus de deux mille arbres de la plus grande beauté ; et ce que je voyais moi-même sur les bords de la rivière d'Ouanary, s'accordait avec son récit. N'est-il pas bien bizarre que toutes les entreprises possibles et utiles dans la Guyane, soient précisément celles qu'on a dédaignées pour s'attacher de préférence, et persévéramment à celles qui ne pouvaient promettre aucun succès. Qui empêche, me disais-je, en me promenant dans ces forêts, que je n'établisse ici un atelier de charpentiers, de scieurs de long, et que je n'envoie à Brest, à Toulon, des cargaisons d'excellens bois de Grignon, Coupi, Courbari, Balata, etc..... Mais je n'avais pas de moyens, je ne pouvais que les solliciter.

Le quartier d'Oyapock contient quelques habitans de plus que celui d'Aprouague, mais les cultures y sont aussi désordonnées; et si les habitans ne veulent pas se subordonner à des plans plus sensés, mon avis est bien de ne pas les contraindre dans leurs fantaisies, mais de ne pas en payer les frais.

La rivière d'Ouanary qui décharge ses eaux dans celles d'Oyapock, arrose des terres de la meilleure qualité. La montagne Lucas, qui la domine, est indiquée par la nature comme chef-lieu d'un établissement immense. C'est là que je projetai celui de la compagnie [1].

A six lieues du poste d'Oyapock, je trouvai sur un îlet placé au milieu du fleuve qui forme dans cette partie une magnifique cascade, un soldat de Louis XIV, qui avait été blessé à la bataille de Malplaquet, et avait obtenu alors ses invalides. Il avait 110 ans en 1777, et vivait depuis 40 ans dans ce désert. Il était aveugle et nud, assez droit, très-ridé; la décrépitude était

[1] *Voyez* les plans et procès-verbaux, 5.ᵉ vol. de la collection.

sur sa figure, mais point dans ses mouvemens; sa démarche, le son de sa voix étaient
d'un homme robuste : une longue barbe
blanche le couvrait jusqu'à la ceinture. Deux
vieilles négresses composaient sa société et
le nourrissaient du produit de leur pêche et
d'un petit jardin qu'elles cultivaient sur les
bords du fleuve : c'est tout ce qui lui restait
d'une plantation assez considérable et de
plusieurs esclaves qui l'avaient successivement abandonné. Les gens qui m'accompagnaient l'avaient prévenu de ma visite, qui
le rendit très-heureux ; car il m'était facile
de pourvoir à ce que ce bon vieillard ne
manquât plus de rien et terminât dans une
sorte d'aisance sa longue carrière. Il y avait
vingt-cinq ans qu'il n'avait mangé de pain
ni bu de vin; il éprouva une sensation délicieuse du bon repas que je lui fis faire. Il
me parla de la perruque noire de Louis XIV,
qu'il appelait *un beau et grand Prince,*
de l'air martial du maréchal de Villars, de
la contenance modeste du maréchal de
Catinat, de la bonté de Fénélon, à la porte
duquel il avait monté la garde à Cambrai.
Il était venu à Cayenne en 1730; il avait été
économe chez les jésuites, qui étaient alors

les seuls propriétaires opulens, et il était
lui-même un homme aisé, lorsqu'il s'établit
à Oyapock. Je passai deux heures dans sa
cabane, étonné, attendri du spectacle de
cette ruine vivante. La pitié, le respect, en
imposaient à ma curiosité ; je n'étais affecté
que de cette prolongation des misères de la
vie humaine, dans l'abandon, la solitude et
la privation de tous les secours de la société.
Je voulus le faire transporter au fort ; il s'y
refusa : il me dit que le bruit des eaux dans
leur chûte était pour lui une jouissance, et
l'abondance de la pêche une ressource ; que
puisque je lui assurais une ration de pain,
de vin, et de viande salée, il n'avait plus
rien à désirer.

Il m'avait reçu d'abord avec de grandes
démonstrations de joie ; mais lorsque je fus
prêt de le quitter, son visage vénérable se
couvrit de larmes ; il me retint par mon
habit, et prenant ce ton de dignité qui sied
si bien à la vieillesse, s'apercevant malgré
sa cécité, de ma grande émotion, il me dit :
attendez ; puis il se mit à genoux, pria
Dieu, et m'imposant ses mains sur la tête, il
me donna sa bénédiction.

Je terminai là mes courses dans le sud,

et me rendis dans la partie du nord, en re-
passant par Cayenne.

Le quartier de Macouria, qui s'étend
jusqu'à la rivière de Kourou, est le mieux
habité; la maison de madame Dallemant me
rappela celle d'un riche propriétaire de
St-Domingue : il n'y avait de différence que
dans les plantations. Le vice radical des
terres hautes est encore plus sensible dans
la partie du nord. C'est un plateau de sable,
depuis Macouria jusqu'au Marony, mais
presque toujours précédé d'une bordure de
palétuviers, à la suite desquels s'étendent
jusqu'aux grands bois, des savannes naturelles, très-propres à la nourriture des
bestiaux. Je trouvai donc sur les habitations
de la plus belle apparence, tous les signes
d'une dégradation croissante dans les cultures et les produits. Quoique les propriétaires, tels que MM. les chevaliers de
Béhagues, de Coux, le baron d'Hauvigts,
ne manquassent ni d'activité ni de lumières,
je ne fus pàs content de leur obstination à
tourmenter inutilement une mauvaise terre;
mais ils me reçurent chez eux avec tant
d'égards et de politesse, que, sans leur dissimuler tout-à-fait mon opinion, je ne pus

me résoudre à les tourmenter eux-mêmes
par mes censures et mes pronostics.

C'est à M. de Préfontaine à qui je ré-
servai toutes mes confidences; sa gaîté, sa
jeunesse dans un âge avancé, me mettaient
plus à l'aise. Cet homme, que M. de Fiedmont m'avait peint comme un fou, et qu'on
regardait en France comme l'auteur de la
catastrophe de Kourou, n'était ni l'un ni
l'autre. Il m'attendait dans la rivière de
Kourou, où il était propriétaire et commandant. J'étais empressé de voir le théâtre
célèbre d'un grand désastre, et celui qui
était accusé de l'avoir provoqué. J'avais
déjà eu avec lui une conférence qui m'en
donnait une autre idée.

L'entrée de la rivière de Kourou est
plus difficile qu'aucune autre de celle de
cette côte, par l'étendue et l'élévation de la
barre qui la traverse; mais ce ne serait pas
un invincible obstacle à la navigation de
ces rivières, qui ont toutes beaucoup d'eau
quand on a passé la barre. Des machines à
curer y ouvriraient facilement un canal
suffisant pour le passage des vaisseaux, si
les cultures devenaient assez importantes
pour y attirer le commerce et pour motiver

des travaux de ce genre. En attendant, la rade des îles du Salut, où l'on peut faire un bon port à peu de frais, suffit au mouillage des vaisseaux qui atterrent sous le vent de Cayenne.

Le bourg et la paroisse de Kourou n'ont rien de remarquable que l'étendue du cimetière, où douze mille hommes ont été enterrés en moins de dix-huit mois.

Nous étions dans la saison de la sécheresse, lorsque je traversai ces sables brûlans qui présentaient à peine quelques traces de végétation. Qui a pu donc vous décider, dis-je à M. de Préfontaine, à proposer dans ce lieu-ci l'établissement d'une nouvelle colonie? Venez vous reposer chez moi, me répondit-il en riant, et quand je vous verrai mieux disposé à m'entendre et à me juger, vous me trouverez prêt à subir un interrogatoire et à répondre à toutes vos questions.

Il faut remonter la rivière à deux lieues du poste pour arriver chez M. de Préfontaine. Sa maison est sur un mornet qu'il a terrassé : il a fait pour y monter des escaliers de gazon, avec des repos et la forme

élégante d'un perron. La sucrerie, les cases
à nègre, sont au pied du mornet, d'où la
vue s'étend sur la rivière et sur une plaine
de plusieurs lieues, distribuées en savannes
naturelles environnées de forêts. D'autres
mornets au milieu des bois s'élèvent en
amphithéâtre. Ils sont couverts d'arbres de
grandeurs et de teintes diverses. On croit
voir dans le lointain des clochers, des maisons. Des bouquets d'arbres isolés, quelques
animaux errans dans la savanne, animent
ce païsage qui présente en réalité toutes
les beautés du désert et celles d'un magnifique jardin anglais. Mon hôte, qui me
voyait enchanté du tableau que j'avais sous
les yeux, me dit : « Etes-vous étonné maintenant que j'aie désiré d'établir ici soixante
familles de pasteurs élevant des bestiaux et
cultivant seulement des vivres et des fourrages? Eh bien! c'est le seul plan dont je sois
l'auteur. Je demandai au duc de Choiseul
une avance de cent mille écus, pour fournir
à chaque famille une case à son arrivée et
quatre esclaves. Voilà mon mémoire; voici
la réponse de M. Accaron, premier commis
du bureau des colonies. On se dépêcha de
me renvoyer ici avec la croix de Saint-

Louis, le brevet de lieutenant-colonel. Je
préparai modestement quelques baraques
pour les premières familles, et je vis arriver M. de Chanvallon avec deux mille
hommes, ensuite trois mille, ensuite tous
les malheurs que vous connaissez. »

Quoi ! lui dis-je, vous ne fûtes pas averti
de ce qu'on préparait ? « Pardonnez-moi,
je sus avant mon départ, que des gens plus
accrédités que moi s'étaient emparés de
mon projet; qu'on l'avait fort agrandi ; que
la cour avait sur la Guyane des vues d'une
profonde politique. On ne voulait point
d'objections. On me renvoyait comblé de
graces. J'ignorais ce qu'on voulait faire;
que pouvais-je empêcher?

Voilà cependant ce que c'est qu'un gouvernement absolu : il a beau être aimable et
doux, il arrive un moment où l'ivresse du
pouvoir commande des désastres, et l'on
ne sait qu'obéir.

Je traversai la rivière avec M. de Préfontaine, pour aller visiter les bois. Au
milieu d'une savanne unie à perte de vue,
j'aperçus un monticule qui paraissait fait
de main d'homme. Il m'apprit que c'était
une fourmilière. Quoi ! lui dis-je, cette

construction gigantesque est celle d'un misérable insecte... Il me proposa de me mener,
non pas à la fourmilière, où nous aurions
pu être dévorés, mais sur la route des travailleurs. Effectivement, en approchant
du bois, nous rencontrâmes plusieurs colonnes dont les unes allaient et les autres
revenaient de la forêt, rapportant des
brins de feuilles et des débris de graines et
de racines. Ces fourmis noires étaient de la
plus grosse espèce ; mais je ne cherchai
point à les observer de trop près. Leur
habitation, que je n'approchai pas à plus
de quarante pas, me parut avoir quinze ou
vingt pieds d'élévation sur trente à quarante de base. La forme était celle d'une
pyramide tronquée au tiers de sa hauteur.
M. de Préfontaine me dit que, lorsqu'un
habitant avait le malheur de rencontrer une
de ces redoutables forteresses dans ses dé-
frichemens, il était obligé d'abandonner son
établissement, à moins qu'il n'eût assez de
forces pour faire un siége en règle. Cela lui
était arrivé lors du premier campement de
Kourou. Il voulut en former un second un
peu plus loin, et il aperçut sur le terrain
une butte semblable à celle que nous

voyons. Il fit creuser une tranchée circu-
laire, qu'il remplit d'une grande quantité
de bois sec; et après y avoir mis le feu sur
tous les points de la circonférence, il attaqua la fourmilière à coups de canon.
L'ébranlement des terres et l'invasion des
flammes ne laissaient aucune issue à l'armée
ennemie, obligée de traverser dans sa retraite, une tranchée remplie de feux. Quelle
peut être la cause de cette immense réunion
de fourmis dans un même lieu et dans une
même direction de travail, d'approvision-
nement et de co-habitation, lorsqu'elles
peuvent disposer de la plus vaste étendue
de terre et de nourriture? Il me paraît vraisemblable qu'apercevant dans le désert une
multitude d'ennemis parmi les oiseaux, les
reptiles et même les quadrupèdes, tels que
le fourmilier, contre lesquels leurs peuplades dispersées ne peuvent rien, les meilleures têtes de la nation ont conçu le plan
d'une confédération tellement puissante et
harmonique, que les curieux même qui se
présentent sur les limites de leur empire,
ne sont pas tentés de les franchir. C'est de
cette population que l'on peut dire qu'elle
se lève en masse contre tout assaillant; car

l'homme ou l'animal le plus robuste qui approcherait de la fourmilière, serait en un instant couvert et dévoré par des myriades de fourmis. J'en ai vu depuis à Cayenne, une autre espèce non moins merveilleuse, et plus utile en ce qu'elle peut être en paix et en alliance avec l'homme, et qu'elle poursuit seulement les mouches, les lézards, les chenilles, les scorpions, les rats et les souris. Je les ai vu arriver de la campagne en colonnes, entrer dans la ville par la porte, parcourir les maisons où on les laisse aborder sans effroi, et s'en retourner, après leur exécution, dans le même ordre et par la même porte. Je laisse aux naturalistes le soin de classer et de décrire les espèces : c'est la partie morale des animaux qui m'intéresse. S'il y avait une académie qui pût nous en expliquer les prodiges, avec quel empressement j'irais à son école !

Je trouvai M. de Préfontaine dans la même situation que M. Boutin quant à sa terre, à la culture. Je cherchai à l'émouvoir sur le sort de la colonie, mais il n'avait point d'enfans ; le peu de sucre et de taffia qu'il fabriquait suffisait à sa dépense, et il était

heureux dans son hermitage, qu'il appelait
un château, parce qu'il avait des canons sur
sa terrasse. Voilà mon parc, me disait-il,
en me montrant la forêt ; ne suis-je pas bien
logé, bien servi ; vous avez trouvé mon
cuisinier bon ; que puis-je désirer à 64 ans,
si ce n'est de terminer tranquillement ma
carrière ; si j'étais à votre âge et à votre
place, je tenterais tout ce que vous voulez
tenter, mais je suis trop vieux pour me
lancer au milieu des contradictions, et des
difficultés que vous allez essuyer. J'aime ce
local, ce païsage : ma terre est mauvaise,
je le sais ; mais le plaisir d'abattre du bois,
de faire de nouvelles plantations, sur une
couche de terreau qui nous donne une ou
deux belles récoltes, ce bonheur là vous est
inconnu, et vous verrez combien nos colons
y sont attachés, et quelle peine vous aurez
de les accoutumer aux travaux des terres
basses. Pour moi bien décidément j'y renonce, mais mes vœux et mes bénédictions
vous suivront ; je prêcherai les autres en
blâmant ma paresse, et si je peux vous faire
des prosélytes, comptez sur mon zèle et
mon dévouement ! .... C'est tout ce que je
pus en obtenir, et cependant nous nous

séparâmes fort bons amis ; je suis même
persuadé qu'il m'est resté fidèle.

Je voulais aller visiter les indiens de la
rivière Kourou, mais leur chef Augustin
prévint ma visite qu'il redoutait. Il me dit
que toute sa peuplade était partie pour une
grande chasse, et qu'il n'y avait renoncé
lui-même que pour avoir le plaisir de venir
à ma rencontre. C'était un mensonge que
je découvris quelques jours après. Augustin
portait une petite croix pendue à son cou.
Il parlait français, faisait profession de dévouement aux blancs, et particulièrement
à M. de Préfontaine, qui me dit que c'était
un rusé coquin, mais d'un ton de plaisanterie dont je fus dupe. Ce ne fut qu'au bout
de quelques mois, que j'appris qu'Augustin
était un vrai brigand ; ses communications
fréquentes avec Cayenne l'avaient corrompu, on lui avait appris à aimer l'argent ; il
était avide, hypocrite et voleur ; il s'était
fait despote de son village au nom du gouvernement, et vexait ses pauvres indiens au
point qu'ils l'abandonnèrent et se retirèrent
au Marony ; car il est difficile au despotisme
de prendre racine dans les bois.

Je me rendis à Sinnamary, dont les sa-

vannes nourrissent la majeure partie des bestiaux de la colonie. J'y vis un superbe trou-
peau de buffles devenus sauvages, qu'on
fait encore sortir du bois au son d'une corne,
en leur jetant quelques paquets d'herbes de
Guinée. La ménagerie de M. de la Forest,
subdélégué de l'intendance, est la seule qui
soit soignée avec intelligence; il avait fait des
plantations de fourrages, et nourrissait ses
animaux au parc dans les mauvais tems. Ces
précautions indispensables pour assurer la
multiplication des bêtes à cornes, lui avaient
parfaitement réussi, mais n'étaient imitées
par aucun autre propriétaire. Des soldats
congédiés, et une vingtaine de paysans qui
ont survécu à la destruction de la nouvelle
colonie de Kourou, forment la population
de ce quartier et des anses d'Iracubo qui en
font partie. Je parcourus leurs plantations,
j'entrai dans leurs cases, et sur cinquante
ou soixante familles j'en trouvai trois seulement dans une véritable aisance, ayant un
bon jardin, des vaches, des volailles, des
cochons, des carrés de terre bien entrete-
nus. Je me proposai de procurer des nègres
à ces braves gens; mais pour les paresseux,
les misérables, ceux dont la santé languis-

santé ne pouvait suffire à leurs travaux, je
leur destinai d'autres secours, avec le projet
de les renvoyer en France, car une colonie
ainsi délabrée est une plaie pour l'état, qu'il
faut guérir de manière ou d'autre; et après
avoir reconnu que cette partie de la Guyane
et plusieurs autres sont propres à l'éducation des bestiaux, il ne suffit pas de les jeter
dans les savannes, de les distribuer à dès
hommes sans moyens. L'institution des ménageries doit être une entreprise combinée,
qui exige de l'ordre, des travaux, des
avances, comme toute autre entreprise. Le
plan que me présenta M. de la Forest, pour
un établissement de ce genre au compte du
roi, me satisfit d'autant plus qu'il l'avait
réalisé pour son compte. C'est dans les savannes d'Iracubo, que j'eus le plus étonnant, le plus effroyable spectacle qu'on
puisse voir, et quoiqu'il ne soit pas nouveau
pour les habitans de la Guyane, je ne sache
pas qu'aucune relation de voyageurs en ait
jamais fait mention. Nous étions dix hommes
à cheval, dont deux en avant pour sonder
les passages; car j'aimais à parcourir le terrain dans plusieurs directions, et à me rap-
procher dés grands bois. Un des nègres qui

formait l'avant-garde, revint sur nous au
galop et me cria d'assez loin : Tenez, monsieur, venez *voir serpens en pile*. Il me
montrait de la main quelque chose d'élevé
au milieu de la savanne qui avait la forme
d'un faisceau d'armes. M. de Préville me dit
alors : c'est sûrement un de ces rassemble-
mens de serpens qui s'entassent les uns sur
les autres après un grand orage ; j'en ai ouï
parler, mais je n'en ai jamais vu : allons
avec précaution, il ne faut pas trop approcher. Nous cheminions pendant qu'il me
parlait, j'avais les yeux fixés sur la pyramide,
qui me paraissait immobile. Quand nous
fûmes à dix ou douze pas, l'effroi de nos
chevaux ne nous aurait pas permis de passer
outre, et je n'en avais nulle envie. Tout-à-
coup la masse pyramidale s'agita, il en
sortit d'horribles sifflémens ; et un millier
de serpens roulés en spirale les uns sur les
autres, élançant hors du cercle leurs têtes
hideuses, nous présentaient leurs dards et
leurs yeux étincelans. J'avoue que je fus un
des premiers à reculer ; mais quand je vis
que la redoutable phalange restait à son
poste et paraissait plus disposée à se défendre qu'à attaquer, j'en fis le tour pour

voir dans tous les sens son ordre de bataille
qui faisait face à l'ennemi de tous côtés. Je
cherchai alors, comme pour la fourmilière,
quel pouvait être le but de ce monstrueux
rassemblement, et je conclus que cette
espèce de serpens avait à redouter comme
les fourmis, quelque ennemi colossal qui
pouvait bien être la grande [1] couleuvre ou
le cayeman, et qu'ils se réunissent ainsi
quand ils l'ont aperçu, pour l'attaquer ou
lui résister en masse. J'hasarderai à cette
occasion une opinion que je fonde sur plusieurs autres observations, c'est que les
animaux, dans le nouveau monde, sont plus
avancés que les hommes dans le développement de leur instinct, et dans les combinaisons sociales dont ils sont susceptibles;
le silence et la solitude des bois laissant la
plus grande liberté à tous leurs mouvemens,
les individus des mêmes espèces se rappro-
chent plus facilement, et les espèces les
mieux organisées éprouvent sans doute

---

[1] Les gens du pays m'ont assuré qu'il y en avait
de trente à quarante pieds de long et de quatre à cinq
de circonférence. Celle que j'ai portée en France, et
que je n'ai pas vu vivante, a vingt et un pieds de
long et douze à treize pouces de diamètre. Elle doit
être au Muséum. J'en fis présent à M. de Buffon.

cette impulsion d'un intérêt commun qui
annonce et provoque pour une même fin ,
le concours de tous leurs moyens ; mais
après avoir reconnu dans les animaux divers
degrés d'intelligence, tels que la mémoire,
la délibération, la volonté, nous en sommes
réduits aux conjectures sur leurs moyens de
communication. Il est certain que les espèces pourvues de l'organe de la voix, ont
des cris d'alarme, de ralliement, d'amour
et de colère; et ne doivent-elles pas en avoir
aussi pour combiner leurs chasses , distribuer les postes d'attaque et de défense, les
travaux divers de leurs constructions communes , ainsi que les approvisionnemens de
leur co-habitation ? Peut-on concevoir que
les castors coupent de grands arbres, les
traînent sur la rivière, en forment des pilo-
tis , broient du mortier , bâtissent leur loge
sans se parler et s'entendre ! Là où il y a des
rôles différens et une direction commune ,
il y a police, gouvernement. Nous ne con-
naissons point encore le pouvoir législatif
des abeilles, mais bien leur pouvoir exé-
cutif; et qui sait si leur bourdonnement,
monotone pour nos organes grossiers , n'a
pas la variété d'accent nécessaire à la pro-

mulgation et à l'exécution de leurs lois ?
Quant aux espèces qui sont ou paraissent
muettes, comme les fourmis, il me suffit
d'avoir vu les dimensions de leur vaste capitale, pour être convaincu que leur population, qui doit être une fois plus considérable que celle de Pekin, s'entend, se con-
certe et se gouverne infiniment mieux que
l'empire de la Chine. Il est difficile que le
spectacle de tant de merveilles ne nous rappelle pas un sentiment religieux à leur
divin auteur, qui a voulu qu'au milieu de
tous les êtres animés, il y en eût un supérieur à tous les autres, et marqué d'un sceau
céleste, celui de la conscience.

Je ne voulus pas quitter les anses d'Ica-
roubo, sans avoir vu une pêche de tortue,
qui consiste à les épier quand elles viennent sur le sable déposer leurs œufs, et à les
tourner sur le dos avec des pieux. Quand
j'arrivai sur le bord de la mer, on en avait
tourné deux de moyenne grandeur, et on
n'en apercevait plus. Cette pêche n'est pas
assez abondante pour devenir un objet de
commerce, comme on le prétendait. Celle
du Lamantin, dans la baie de Cassipour,
est bien d'une autre importance ; et en gé-

néral, toute cette côte est tellement pois-
sonneuse, que, si elle était habitée, ce
genre d'industrie deviendrait très-profi-
table en établissant des saloirs.

Je revins à Sinnamary sur l'habitation de
M. de la Forest, qui est la seule qu'on puisse
citer depuis Kourou jusqu'au Marony. Elle
est située sur une éminence, à une portée
de fusil du fleuve, dont les inondations ne
peuvent l'incommoder, et qui forme, dans
cette partie, un magnifique canal, dont les
deux rives sont couvertes de bois entrecoupés de savannes naturelles. M. de la Forest n'avait point négligé, en faisant son
abattis, de laisser çà et là des massifs et des
arbres isolés qui variaient la scène et présentaient de loin une agréable perspective. Ses
plantations, ses animaux étaient en bon état.
Il y avait plus d'ordre et de soin dans ce petit établissement que dans aucun de ceux
que j'avais vus. Mais c'était, comme les autres quartiers, des travaux à *fonds perdus*.
Il n'y avait à compter que sur la ménagerie;
et je trouvai le propriétaire moins attaché
que M. de Préfontaine au charme de ses
bois. Il était actif, intelligent; et je voyais
par ce qu'il avait fait, ce qu'il était en état

d'entreprendre. Je convins avec lui de lui acheter son établissement pour le compte du roi, à condition qu'il en emploierait le prix en dessèchement de terres basses. J'avais deux objets dans cet arrangement; celui d'établir en grand un modèle de ménageries, et d'accréditer l'abandon des anciennes pratiques de culture, par l'exemple d'un habitant qui avait toutes les qualités requises pour réussir [1].

Nous nous embarquâmes le lendemain matin, pour remonter la rivière et visiter les indiens établis à dix lieues du poste. Je m'arrêtais pour examiner les bois et la nature du terrain, lorsque je trouvai un abord facile sur le rivage, qui est souvent marécageux. Ces différentes relâches m'aymit fait perdre du tems, je me trouvai au coucher du Soleil à plus de deux lieues du village où je me proposais de passer la nuit. La lune était dans son plein, le tems parfaitement beau, mes indiens excellens pagayeurs. Je ne balançai pas à continuer ma route. Nous observions tous un profond silence, qui semble être pendant la nuit, et

[1] On voit dans ma correspondance quelle a été la suite de ces dispositions.

sur-tout dans le désert, le vœu de la nature.
Le courant de l'eau, et son refoulement
par le sillage de la pirogue, la chûte cadencée des rames, le frémissement des
feuilles, qu'un souffle de vent agitait dans
la forêt, formaient un concert mélancolique
auquel se mêla tout d'un coup une voix humaine qui s'adressait à nous du rivage. Elle
était douce, suppliante; l'écho la répétait :
nous allâmes chercher la voix. C'était un
jeune indien et sa femme dont la pirogue
s'était ouverte. Ils regagnaient par terre
leur village, qui était à quatre ou cinq jour-
nées de là, et se trouvant la nuit engagés
dans la forêt, qu'ils ne connaissaient pas, ils
avaient de fort loin entendu le bruit des
rames et accouraient pour demander asile.
Ils furent reçus dans la pirogue avec leur
équipage, qui consistait dans un hamac, un
arc et une callebasse contenant de la farine
de maïs. Il était près de minuit lorsque
nous abordâmes au Carbet, que nous aurions dépassé si le chant d'un coq ne nous
avait indiqué une habitation. Deux chiens
se présentèrent en aboyant à notre débar-
quement : c'étaient les seuls habitans du
Carbet. Notre indien passager nous apprit

que ceux-ci n'ayant plus de filles à marier,
avaient été en chercher dans un village
dont ils étaient anciennement séparés. Cet
indien était un jeune homme d'une assez
haute taille. Il était beau comme un modèle,
mais d'une figure triste et sévère. Sa femme,
de seize à dix-sept ans, était l'indienne la plus
animée et la seule jolie que j'aie vue. Des
torches de pain nous éclairaient en entrant
dans le grand Carbet, où toute la caravane
se réunit. Nos gens se dispersèrent ensuite
pour abattre du bois, allumer des feux et
préparer à manger; mon hôte ne prenait
aucune part au service. Il s'était assis vis-à-
vis de moi entre son petit équipage et sa
femme, qui avait un bras appuyé sur son
épaule et le regardait tendrement. Nouvelle
épouse, elle n'avait point encore senti le
joug, porté de lourds fardeaux, ni proba-
blement entendu la voix du maître. Elle ne
connaissait de l'hymen que les plaisirs; un
abri sûr, une nuit tranquille lui en promet-
taient le renouvellement : elle était heureuse,
son mari ne l'était pas; ses yeux étaient
fixés sur moi. J'avais parlé à la jeune femme,
je la regardais, j'étais pour elle un homme
dangereux. Il observait tous mes mouve-

mens : je m'en aperçus, je lui fis proposer de se retirer dans une case où on lui
porterait à manger ; il répondit qu'il était
bien, et il resta immobile. Il se croyait plus
en sûreté dans la salle commune. Je m'en
éloignai alors, d'autant qu'un bruit étrange
excitait ma curiosité. Le mouvement de
vingt personnes qui abordent au milieu
de la nuit dans un bois, l'abattis des arbres
pour faire le feu, le retentissement des
haches, le pétillement des flammes avaient
jeté l'épouvante dans une peuplade immense
de singes qui habitaient la forêt, et qui,
avant notre arrivée, dormaient tranquillement sur les arbres. Les premiers éveillés
jetèrent un cri d'alarme qui fut bientôt ré-
pété par des milliers de voix, dont les tons
se variaient à l'infini, et semblaient se partager en plusieurs chœurs lointains. C'était
tantôt une psalmodie bruyante à l'unisson,
tantôt des cris aigus qui avertissaient d'un
danger, d'une découverte. Nous entendions
au-dessus de nous le mouvement des postes
avancés qui sautaient de branches en branches, s'approchaient pour observer l'ennemi, et fuyaient ensuite en jetant des cris
affreux, tandis que les bataillons épars à

une plus grande distance de la scène n'a-
percevant pas le danger, semblaient dialo-
guer tranquillement sur la cause qui le pro-
duisait. Ce tapage dura, sans interruption,
toute la nuit. Les coups de fusil, loin de le
faire cesser, augmentaient le désordre ; il
fallut prendre son parti ; nous soupâmes,
on tendit des hamacs. Le jeune indien ayant
vu mes dispositions rassurantes, étendit sa
couche nuptiale dans la salle commune ; je
n'étais pas encore retiré dans la mienne
lorsque sa femme et lui sautèrent dans leur
hamac, dont les deux pans repliés sur eux
leur servaient d'alcôve et de rideaux. Aussitôt que le jour parut, j'étais impatient de
voir les manœuvres des singes, dont j'entendais toujours le bruit. J'allai dans les
bois. Les indiens m'y avaient précédé. Il y
avait parmi eux des chasseurs que j'em-
ployais à tuer des oiseaux et des quadrupèdes que je faisais empailler ; mais ce
jour-là, c'était pour leur compte qu'ils faisaient la guerre aux singes, dont ils man-
gent volontiers la chair. Lorsque j'arrivai
sur le champ de bataille, il y avait déjà des
tués et des blessés, dont les cris douloureux
m'émurent au point que je fis cesser le feu.

Les blessés, suspendus par la queue à des branches d'arbres, lavaient leurs plaies avec leur urine. Les femelles, portant leurs petits sous le bras, étaient dans l'égarement du désespoir. Ceux qui avaient échappé au péril fuyaient et revenaient auprès de leurs camarades mourans. Ils nous regardaient, nous parlaient avec indignation ; et les pauvres bêtes ne pouvant faire mieux, cassaient des branches, arrachaient des feuilles et nous les lançaient au visage. Leurs cris, leurs gestes, leurs accens divers exprimaient le sentiment d'une juste colère ; et quoique je n'entendisse pas leur langue, ma conscience me disait qu'ils nous traitaient d'assassins ; qu'ils nous demandaient compte de ces meurtres non provoqués ; et qu'ils avaient, non les moyens, mais le droit et le desir de se venger. Les indiens, qui n'éprouvaient pas mes scrupules, avaient reçu l'ordre de cesser de tirer comme une annonce du départ. Ils se dépêchèrent en conséquence de se saisir de leur proie, qu'il fallut aller chercher au sommet des arbres, où les morts et les mourans restaient toujours suspendus. Je vis alors des hommes, aussi lestes que des singes, embrasser comme

eux le tronc lisse des *courbasy*, et s'élancer
de branche en branche pour décrocher leur
gibier.

Le singe est sûrement à une grande distance de l'homme; mais quelques traits de
ressemblance avec notre espèce nous imposent l'obligation de la pitié; et tout animal
qui la sollicite par ses cris, ses larmes, son
effroi, devrait-il trouver l'homme insen-
sible? L'empire que nous exerçons sur les
animaux peut être légitimé par nos besoins,
mais non par nos caprices. J'ai une telle
aversion pour le despotisme, que je ne voudrais pas même y soumettre les bêtes.

Je me rapprochai des bords de la rivière,
où j'aperçus mon jeune indien armé de son
arc et décochant une flèche. Je crus qu'il
tirait un oiseau : c'était un poisson qu'il avait
tué. La femme veut se jeter à l'eau pour
aller chercher la flèche et le poisson; mais
un autre indien la devance. Ils accouraient
tous à l'embarcadaire dont ils m'avaient vu
prendre la route; et comme ce nouveau
genre de pêche me parut très-curieux et
que le poisson était abondant, j'excitai l'é-
mulation des chasseurs, qui tiraient à balles
sur les carpes et manquaient rarement leur

coup. Ces carpes de la rivière de Sinnamary
sont le plus délicieux poisson que je connaisse. Elles ressemblent beaucoup, pour
le goût, à l'ombre-chevalier du lac de Genève. Il y en a de quinze et vingt livres.

Après le dîner, je laissai au Carbet les
présens que je destinais aux absens. Les
deux jeunes indiens, que j'avais aussi enrichis de quelques bagatelles, prirent congé
de moi, et je m'embarquai pour retourner
à Sinnamary.

Comme il ne peut être question dans ce
voyage de détails d'administration, je terminerai là le récit de mes voyages dans la
colonie ; car mes courses dans l'île de
Cayenne, dont les habitans et les établissemens sont plus nombreux et plus rappro-
chés que sur le continent, ne présentent
rien d'intéressant. On y trouve de bonnes
terres pour le cacao, le coton, le rocou,
dont les cultures sont assez soignées ; mais
la sucrerie des jésuites, qui est le seul établissement considérable et bien conçu,
quant aux bâtimens, n'offre plus qu'une
terre usée et impropre à la culture des
cannes, à moins qu'on n'en renouvelle le sol
par des engrais.

J'arrive à l'histoire des indiens, sur laquelle on m'a demandé des détails, des observations, que plusieurs opinions contraires à la mienne rendent indispensables.

Une histoire des indiens, telle qu'on m'invite à la faire, ne pourrait être qu'un roman; car il n'y a ni mémoires, ni traditions constantes qui nous éclairent sur les différentes peuplades qui habitaient la Guyane avant l'arrivée des européens, c'est-à-dire, sur leurs forces ou la distribution de leurs bourgades ou hameaux. Quant à leurs mœurs, elles n'ont pas changé, et nous les voyons aujourd'hui ce qu'elles étaient alors. L'invasion des premiers colons donna lieu à quelques combats dans lesquels la supériorité des armes à feu mit promptement en fuite les naturels du pays. Il est certain qu'ils occupaient l'île de Cayenne et les bords de la mer sur le continent. On conçoit que l'avantage de la pêche leur rendait ce séjour préférable à celui de l'intérieur des terres, où nous les avons forcé de se retirer. Mais en quel nombre se présentèrent-ils pour défendre leur territoire? quelle était la population présumée de la Guyane, il y a deux et trois

siècles? et en quoi consistaient toutes les
nations dont on nous parle encore aujour-
d'hui? C'est sur quoi il n'y a aucun docu-
ment authentique dans les plus anciennes
correspondances des chefs de la colonie ou
des supérieurs des missions. Celle de Saint-
Paul, la plus considérable qu'aient établie
les jésuites français, n'a jamais compté que
mille à douze cents têtes d'indiens baptisés.
Quant à ce qui en reste, les voyageurs que
j'ai consultés, Meu, Patril, Mentel et
Brodel, le chasseur Alexandre, qui ont
pénétré le plus avant dans l'intérieur de
la Guyane, évaluent à trois, à quatre,
et jusqu'à dix mille, la totalité des différentes nations subsistantes dans une étendue
de cent vingt lieues de côte jusqu'à cent de
profondeur. M. de Fiedmont, qui était passionné pour les indiens, qui en a toujours
eu chez lui de différentes nations, n'esti-
mait qu'à six cents guerriers la réunion de
ceux dispersés sur notre territoire ; et parmi
une douzaine de chefs que j'ai pu voir et
interroger, aucun ne m'a dit que sa nation
excédât trois cents individus, ni qu'il en
connût une plus nombreuse. Le plus grand
nombre de leurs villages était de vingt à

cinquante familles. En réunissant à ces ren-
seignemens ceux que j'ai pris à Surinam,
mon opinion est que, dans tout l'espace
de terre enfermé entre l'Amazone et l'Oré-
noque, on ne rencontrerait pas, et on
pourrait encore moins réunir vingt mille
indiens ; et que sur ce nombre, nous, français, ne pourrions pas disposer de trois
mille.

Voilà tout ce que je peux dire de plus
positif sur la population des *galibis*, des
arouaca et des vingt autres peuples ou
nations dont parle M. Lescalier, et sur
lesquels M. Duchêne fonde l'espoir d'une
nouvelle république dans les montagnes de
la Guyane.

J'ai écrit dans mes Mémoires que le baron
de Besner avait le premier conçu un grand
projet de civiliser les indiens ; et pour cela,
il avait commencé par supposer la possi-
bilité d'en réunir cent mille, ce qui valait
la peine d'une tentative ; car une grande
population suppose toujours un commencement de civilisation. C'est ce que les jésuites ont trouvé dans plusieurs parties du
Paraguay. Ils se sont attachés d'abord aux
tribus les plus nombreuses et qui avaient

déjà vaincu la répugnance, naturelle alors
à tous les sauvages, pour la culture des
terres. Aussitôt qu'ils ont pu les soumettre
aux lois de la religion et leur rendre familière la pratique de plusieurs de nos arts,
on conçoit que cet exemple d'ordre, de
travail et de jouissances, a pu se propager
de proche en proche; et qu'aidés par les
naturels civilisés, ils ont pu aborder les
naturels sauvages, les attirer à eux, les
fixer dans leurs bourgades et multiplier
ainsi leurs établissemens. Mais dans la
Guyane française, la matière manque pour
ce développement de progrès et de succès.
Les missionnaires ne pourraient jamais atteindre que des hameaux placés à des distances immenses les uns des autres; et l'espèce de missionnaires dont nous pourrions
disposer, est d'une classe très-inférieure à
l'ordre des jésuites, qui destinaient à cet
emploi les jeunes gens les plus distingués
par leurs talens, et qu'ils avaient soin de
perfectionner dans l'étude de tous les arts
utiles à des hommes nouveaux. Ils avaient
parmi eux et ils envoyaient au Paraguay
d'habiles ingénieurs, en état d'exécuter les
machines et les travaux les plus compli-

qués, des dessinateurs, des musiciens, etc.
On sait qu'ils avaient un plan de conduite
et de régime, qu'ils suivaient avec la persévérance et l'habileté qui caractérisaient
cette société, dont le talent, au surplus, était
de faire des esclaves civilisés.

Arrêtons-nous maintenant aux détails de
cette vie sauvage qui nous paraît si misérable. Nous y trouverons peut-être le degré de
civilisation qui convient aux indiens et qui
suffit à leur bonheur. Premièrement ils sont
véritablement dans un état de société, ils
vivent en famille, ils ont une association
nationale; car leur village est pour eux la
cité; ils ont un magistrat ou chef qui les
représente dans leurs relations de voisinage,
qui les commande à la guerre; ils n'ont pas
besoin du code civil, n'ayant ni terres, ni
procès; mais leurs usages, les costumes de
leurs pères sont religieusement observés.
La communauté délibère, le chef exécute;
la paix ou la guerre, une alliance, un changement de domicile, une chasse commune,
voilà toutes les délibérations de leur conseil.
Cette égalité que nous avons si douloureusement cherchée sans pouvoir y atteindre,
ils l'ont trouvée, ils la maintiennent sans

effort ; la plus parfaite indépendance est pour eux le plus précieux supplément de tout ce qui manque, selon nous, à leur civilisation, et l'on ne peut pas dire qu'ils en jouissent sans en connaître le prix. Rien n'est plus frappant pour un européen que leur indifférence, l'éloignement même que leur cause le spectacle de nos arts, de nos mœurs, de nos jouissances. Les plus apathiques du continent sont ceux de la Guyane ; mais quelque bornés qu'ils soient, ils ont en général un sens droit ; ils raisonnent peu, mais ils rendent avec précision le petit nombre d'idées sur lesquelles leur jugement s'exerce ; et depuis la baie d'Hudson jusqu'au détroit de Magellan, ces hommes, si différens entre eux de tempérament, de figure, de caractère, les uns doux, les autres féroces, tous s'accordent en un seul point, l'amour de la vie sauvage, la résistance à la civilisation perfectionnée ; et si l'on considère combien de fatigues, de périls et d'ennui cette vie sauvage leur impose, il faut qu'elle ait un charme prédominant qui ne peut être que l'amour de l'indépendance, caractère distinctif de tous les êtres animés.

Ainsi, l'homme sauvage et l'homme civi-

lisé sont également hors de la véritable
route du bonheur, soit en se livrant avec
brutalité à cet instinct de la nature, soit en
l'outrageant dans leurs institutions. C'est
pour ne porter aucune espèce de joug que
l'indien végète tristement dans les bois ;
c'est en voulant asservir à ses passions tout
ce qui l'entoure, que l'homme civilisé em-
poisonne, pour eux et pour lui, les bienfaits de la civilisation. Ces deux excès ne
peuvent être les conditions inévitables de
notre destinée. Les lumières de la raison,
les préceptes de la religion, les bienfaits de
la liberté, voilà sans doute pour tous les
hommes les seuls moyens de bonheur. Mais
est-ce des cités dans les bois ou des bois
dans les cités que cette triple alliance éten-
dra plus facilement son empire ? La situation et les mœurs des indiens, philosophi-
quement observées, ne peuvent que nous
éclairer sur cette discussion.

En réunissant tout ce que j'ai vû de
cette espèce d'hommes, tout ce qu'on m'en
a dit et tout ce que j'ai lu, je les trouve
dans un état de société *naturelle*, tandis
que nous sommes parvenus à l'état de société *politique* : l'une est le résultat des

besoins de l'homme , et l'autre , celui de
ses passions. Dans l'état de société *naturelle,*
la famille d'abord et la réunion de plusieurs familles composent une force sociale
contre les animaux et contre les hommes
ennemis. Voilà un premier but de la nature
rempli. Celui de la reproduction de l'espèce
ne l'est pas moins par les mariages et dans
cette union de l'homme et de la femme. Il
y a moins de débauche et d'immoralité dans
les carbets que dans les grandes villes. Il est
rare qu'un indien, à moins qu'il ne soit chef
et déjà corrompu, ait plus d'une femme
jeune. C'est lorsqu'elle vieillit qu'il en prend
une seconde, pour avoir encore des enfans ;
mais leurs ménages n'en sont pas moins paisibles. Le partage des travaux, des fonctions, est une loi fondamentale de la nature,
qui n'est jamais violée. Le mari chasse,
pêche, construit ; la femme fait le reste. Elle
est soumise sans contrainte ; elle sait qu'elle
a besoin de protection, et elle la paie par
l'obéissance. Les travaux, combinés pour la
subsistance commune, dans les cas d'un
nouvel établissement, d'un défrichement,
d'une grande chasse, ou d'une pêche à la
mer, s'exécutent aussi avec un concert

admirable. Ils ne connaissent ni les délits
ni les peines ; point d'intrigues, point de
vols, point de perfidies ; leurs querelles,
leurs batailles, quand ils sont ivres, sont un
accès de fièvre qui se termine sans excuses
et sans réparations civiles. S'il y a alliance
entre les villages voisins, ou lutte momen-
tanée de forces à-peu-près égales, cet
état de société naturelle doit se maintenir
long-tems dans sa force primitive, et ne peut
se perfectionner que relativement à leurs
besoins, ou par l'imitation des sociétés plus
avancées que la leur. Or, nous nous sommes
présentés pour les exciter à l'imitation ;
nous les avons appelés dans nos villes, pour
les rendre témoins de notre bonheur, et ils
n'en ont pas été séduits. Il est donc pro-
bable que tous leurs besoins sont satisfaits.
Voyons sur ce point-là où ils sont parvenus.

Nos besoins naturels ou factices nous
mettent en mouvement. Les hommes qui
ont le moins de besoins sont enclins au
repos. Ainsi les indiens sont paresseux ;
mais leurs talens pour la chasse et la pêche
sont supérieurs aux nôtres. J'en ai vu un au
bord d'une rivière, tirer un poisson en l'air.

Son point de mire formait le sommet d'un angle dont l'arc traçait un des côtés, et la flèche, en tombant perpendiculairement sur le poisson, traçait l'autre. On conviendra que cet homme des bois, sans avoir fait un cours d'artillerie, aurait été un excellent bombardier.

Ils détestent le travail de la terre dont ils laissent le soin aux femmes, après avoir abattu et brûlé le bois; mais ils ont toujours en grains, racines et coton, ce qui leur est nécessaire pour leur nourriture et leur ameublement, qui consiste en un hamac, dont le tissu est très-bien fait, aussi bien que par nos meilleurs tisserands. Leurs pirogues sont excellentes; avant que nous leur portassions des haches de fer, ils en avaient de cailloux, avec lesquelles ils coupaient et abattaient leurs arbres. Leurs cases de bois de latanier ou palmiste, sont légères, solides et d'une forme élégante dans leur simplicité. Elles ressemblent à de grandes tentes, qui leur suffisent pour les mettre à l'abri du vent, de la pluie, du soleil. Ils sont fort bons potiers. Leurs vases de terre de toutes grandeurs résistent au feu. Leurs paniers de jonc et d'osier, ont des formes charmantes, et leurs bancs, leurs tables, leurs chaises valent celles de nos villageois. Ils ont retranché de leur parure tout vêtement qui leur serait incommode; mais ils se font des ornemens en plumes, en coquillages, en verroteries, en graines rouges et noires, qui leur tiennent lieu de diamans, de dentelles; et ils savent se défendre de la piqûre des insectes, en se frottant le corps avec du rocou. Ils ont donc, tout considéré, la somme de connaissance et l'industrie nécessaire à leur existence individuelle et à leur existence sociale; leurs mœurs sont douces, hospitalières, inoffensives; ils ont un commerce de bons offices, point de rapports litigieux; leurs plaisirs ne sont pas vifs, mais tous leurs besoins sont satisfaits, et quand on réfléchit à la somme d'intelligence et de combinaisons, d'essais et de travaux qui leur ont été nécessaires pour arriver à l'état de sociabilité où ils sont parvenus, on ne peut pas douter qu'ils ne l'eussent perfectionné, s'ils n'avaient trouvé plus expédient de se borner au petit nombre de jouissances qu'ils se sont procurées. On n'en peut pas douter, sur-tout depuis

que nous les fréquentons, que nous les atti-
rons dans nos villes, dans nos ateliers, où
ils s'accommodent fort bien de toutes les
choses qui leur sont vraiment utiles ou
agréables ; telles que les liqueurs spiri-
tueuses, nos armes à feu, nos outils de fer
et la verroterie qui leur compose des brace-
lets : mais notre luxe, nos maisons, nos bijoux, nos vêtemens, nos repas, rien de
tout cela ne peut les séduire, et notre police despotique ou servile les épouvante.
Un gouverneur, un magistrat européen se
mêlant d'ordonner les détails de la vie
civile, leur parait un sultan, et tout ce qui
lui obéit, une troupe d'esclaves. Ce que je
dis de leur intelligence, de leurs combinaisons, n'est point contradictoire avec ce
que j'ai dit de leur apathie, de leurs facultés bornées ; c'est toujours en nous com-
parant à eux, nos arts et nos jouissances
aux leurs, que nous les jugeons ; mais il
faut comparer leurs moyens à leur fin ,
leur volonté à la manière dont ils l'exécutent : or, en supposant, comme cela est
très-vraisemblable, que leur souverain bien
soit la liberté et le repos, ils nous paraissent sots, indolens, stupides, quand nous

les voyons pendant le jour couchés dans
leurs hamacs; mais dans le fait, ils sont
libres et tranquilles, ce qui annonce tous
leurs besoins satisfaits; et nous avons reconnu que pour les satisfaire, ils ont tout
ce qui leur faut d'industrie, d'activité et
de persévérance. Ils se soumettent au travail, aux plus pénibles efforts, aussitôt
qu'ils sont nécessaires. Plus agiles que
Vestris, ils danseraient aussi bien que lui
s'ils voulaient s'y exercer. Ils tirent mieux
que nos meilleurs canonniers, témoin celui
qui avait si bien calculé la projection d'une
flèche en diagonale; et quant à leur persévérance, quand ils veulent quelque
chose, rien ne leur coûte pour l'obtenir;
aucunes difficultés ne les arrêtent : j'en ai
la preuve. Mon apparition dans leurs villages s'était répandue à de grandes distances chez les indiens qui n'avaient aucune
communication avec les blancs. Ils apprirent
qu'un chef blanc était venu chez leurs alliés
et leur avait fait des présens. Une tribu
entière de soixante individus, qui était à
plus de cent lieues de nos établissemens,
se mit en route pour venir me voir. On
leur dit que j'étais à Oyapock, où je n'étais

plus. Ils parcoururent toutes les rivières
par lesquelles j'avais passé, et vinrent enfin
me chercher, après trois mois de marche,
à Surinam où j'étais alors. Cette émigration
d'indiens fut un évènement dans la colonie
hollandaise. On arrêta leurs pirogues ; on
leur demanda ce qu'ils voulaient. Ils expli-
quèrent fort bien qu'ils cherchaient le chef
français, qu'ils avaient à lui parler ; et en
effet, ils m'abordèrent sans embarras. Leur
chef me dit : « Tu as donné des haches et
des armes à feu à telle nation, nous venons
t'en demander. » Je leur donnai ce qu'ils
désiraient. J'eus tort d'y ajouter des liqueurs
fortes, qui les mirent en fureur ; il n'y eut
cependant pas de sang de répandu, et ils
s'en retournèrent fort contens d'eux et de
moi. Ainsi, ce que nous taxons chez eux, et
ce qui a pour nous tous les caractères de
l'indolence et de l'ennui, est un choix libre
et raisonné de cette manière d'être et de
jouir qui se convertit en un mouvement
très-animé quand ils ont un but ; et ce but,
qui était alors d'obtenir six haches et trois
fusils pour toute la peuplade, est souvent
une visite amicale d'un village à un autre.
Ils s'invitent, ils se régalent, et leurs fêtes

se terminent comme les nôtres par le jeu
et la danse, amusemens simples et innocens, tant qu'ils ne reçoivent pas de nous
de dangereuses instructions ; car parmi
ceux qui nous fréquentent, il y en a déjà
qui aiment passionnément le jeu de dez, et
qui se louent pour avoir de quoi jouer.
Mais de toutes leurs combinaisons, la plus
étonnante, et qu'on a fort peu remarquée,
c'est leur langue douce, agréable, abondante en voyelles ainsi qu'en synonymes,
et dont la syntaxe est aussi ordonnée que
s'ils avaient une académie. Le *galibi* est la
langue universelle de tous les indiens de la
Guyane. Isaac Nasci, très-savant juif de
Surinam, en a composé un dictionnaire
qu'il m'a montré, et que j'ai parcouru.
Chaque mot indien est traduit en français,
en latin et en hébreu rabinique ; car Isaac
Nasci possède les langues anciennes, et
après m'avoir fait remarquer toutes les
différentes parties de leur syntaxe, il me
surprit étrangement en m'assurant que
tous les substantifs galibi étaient hébraï-
ques : le mot *ame*, dans l'une et l'autre
langue, s'exprime littéralement par *souffle*.

Je n'ai pas besoin de dire que l'abondance

des synoymes *galibis*, n'est relative qu'aux
choses usuelles, et aux idées familières aux
indiens ; on conçoit bien que nous avons
une quantité de mots dont ils n'ont ni la
connaissance ni le besoin ; nos livres, nos
villes, nos spectacles, etc., n'ont aucune
place dans leur dictionnaire. Ils ne savent
pas même exprimer le mot *lois ;* et celui de
Dieu, s'y rend par l'expression hébraïque
de maître ou seigneur, titre pour eux inap-
plicable à un être de leur espèce. Une autre
observation du savant juif dont je parle, est
que la conformité des deux langues ne porte
que sur les noms de choses, tels que pierre,
arbre, terre, animal, etc., tandis que les
expressions métaphysiques, celles qui expri-
ment des sentimens ou des idées, ne se
ressemblent que dans les terminaisons. Isaac
Nasci, très-occupé de sa découverte, me dit
en avoir fait part à la société royale de
Londres, et à M. de Voltaire, auquel il avait
écrit des lettres très-spirituelles sur sa dé-
claration de guerre aux juifs et à la genèse,
que Nasci défendait en chronologiste plus
qu'en théologien ; car il n'y avait ni pédan-
terie, ni fanatisme dans son érudition. Ses
études sur la construction et l'origine des

langues, sur le caractère particulier de la
langue des indiens, l'avaient conduit à croire
à l'existence d'une langue primitive, dont
l'altération, par la dispersion des familles et
des peuplades, avait produit divers dia-
lectes. Ce système est au nombre de ceux
qu'on peut admettre ou rejeter ; mais il est
difficile à un homme qui connaît les sauvages et l'histoire ancienne, de ne pas admettre quelques institutions traditionnelles,
communes à la grande pluralité des familles
du genre humain. Comment se fait-il que
l'arc des indiens de la Guyane soit précisément le même que celui des parthes et des
numides ; que leur bouclier soit celui des
romains ? La lance, le javelot se trouvent
dans toutes les îles de la mer du sud, comme
chez les grecs et les asiatiques. Si nous considérons ces sauvages comme indigènes,
comme ayant habité de tout tems, eux et
leurs pères, la terre qui les nourrit, de qui
tiennent-ils leurs arts, leurs découvertes,
la langue qu'ils parlent, sans en pouvoir
analyser ni les tems ni les verbes ? et comment se sont-ils rencontrés dans presque
toutes leurs institutions, leurs mœurs, leurs
habitudes, avec les anciens peuples et les

sauvages modernes de toutes les parties du
globe ? Il me semble qu'on ne peut résoudre
ces questions qu'en supposant dans la nature
et l'organisation de l'homme, un premier
type universel de *société naturelle*, qui s'est
transmis de la première famille à toutes les
autres, ou qui s'est développé par-tout où
se trouve une portion quelconque du genre
humain. Dans l'un ou l'autre cas, nos sauvages de la Guyane, tout bornés qu'ils nous
paraissent, sont comparativement à ceux des
jerses magellaniques et à plusieurs peuplades des îles de la mer du sud, ce qu'étaient
les athéniens comparativement aux scythes.
Ils nous représentent plutôt l'amélioration
de la *société naturelle* que la dégénération;
et tout en en concevant la perfectibilité,
par leur rapprochement de nos sociétés *po-*
litiques, il est plus que douteux que, deve-
nant leurs instituteurs, nous les rendissions
plus sages et plus heureux. Je ne connais
que les quakers qui pussent, avec avantage
pour eux, se charger de leur civilisation.
Cette secte est la seule qui nous présente le
phénomène de l'égalité primitive dans
l'ordre social perfectionné; mais la pureté
de sa morale, en lui interdisant toute domi-

nation, la met au rang des sociétés religieuses, et non des sociétés politiques; car
elle ne saurait se maintenir par ses propres
forces. Ainsi les indiens, devenus quakers,
et participant comme eux au commerce et
aux lumières des européens, seraient obli-
gés de renoncer à la seule propriété dont ils
connaissent le prix, celle de l'indépendance;
ils obéiraient, comme les *quakers*, au gouvernement qui se chargerait de les protéger, et nous avons remarqué leur aversion
pour l'obéissance. Si nous ne voulons les
instruire que pour notre utilité, comme
instrumens de luxe ou de culture, cette
avidité de conquête nous fait illusion; leur
petit nombre, leur résistance à toutes nos
tentatives, rendent le but ridicule et les
moyens très-difficiles.

Je prévois les objections, les censures
que provoquent ces observations. Me voilà
comme Jean-Jacques, l'apologiste de la vie
sauvage, le détracteur des opinions religieuses et même de la civilisation; je ne suis
rien de tout cela. Je désire au contraire
passionnément le perfectionnement des sociétés naturelles, religieuses et politiques;
j'en respecte tous les liens, toutes les bases;

je ne voudrais coopérer au bouleversement
d'aucune : mais l'hypocrisie de la cupidité,
celle de l'orgueil, le dénigrement ou l'enthousiasme ne m'en imposent point ; ici
j'examine des faits et les inductions qu'on
peut raisonnablement en tirer ; je cherche
la marche de la nature, celle de nos passions ;
et en observant de près les hommes des
bois, leurs mœurs, leur existence sociale,
je les vois décidés pour leur état de société
naturelle, et redoutant celui de *société poli-*
tique, aussitôt qu'ils en voient la puissance et
les effets, c'est-à-dire, la domination des uns
et la servitude des autres, et je dis qu'ils n'y
parviennent ordinairement que par la route
des crimes et des malheurs, bien plus que
par celle des vertus et des lumières.

J'arriverai tout-à-l'heure à l'objet et au résultat de nos missions : considérons maintenant comment les indiens, par leurs propres
forces et sans notre intervention, peuvent
se former en corps de peuples, bâtir des
villes, établir un gouvernement, un empire,
tels que ceux du Mexique et du Pérou ! Il est
évident que cette révolution commence par
l'usurpation, la conquête et la superstition.

Nous avons vu que dans la langue galibi,

le mot de maître ou seigneur signifie Dieu.
Ainsi un chef de village, après quelques
succès à la guerre, se rend recommandable
à sa tribu, et redoutable à ses voisins : s'il
les subjugue, s'il ose commander en souverain, il en prend bientôt le titre et se cons-
titue Dieu, ou d'origine céleste, comme les
Incas. De cette théocratie naissent tous les
lacets de la tyrannie, soutenue par ceux qui
en partagent les prérogatives, et par ceux
que la terreur ou la crédulité lui soumettent. Vient ensuite la révolte des opprimés,
des incrédules qui, se rappelant leur société
primitive, celle qu'avaient formée leurs
pères, fondent sur ce modèle la république
de *Thascala,* second degré de la société
politique ; car le premier, sous toutes les
zones, a dû être nécessairement la monarchie, ainsi que nous l'atteste l'histoire des
quatre parties du monde, celle des peuples
barbares, comme celle des peuples civilisés.
Je suis donc de l'avis de M. Hume, qui soutient contre Locke et Jean-Jacques, l'inexis-
tence du contrat social primitif, et l'établissement par la force de tous les gouvernemens. Voici maintenant ce que je conclus
de ces observations.

On suppose mal-à-propos, tous les sauvages dans un état de barbarie, et nous avons presque toujours tort de nous mêler de leurs affaires. Les indiens de la Guyane, qui ont très-peu d'esprit, d'énergie et de connaissances, sont cependant parvenus à un état social, raisonnable et suffisant pour la somme de jouissances et de bonheur à laquelle ils veulent atteindre.

Nous n'avons rien à gagner pour notre compte, attendu leur petit nombre, et fort peu à espérer par leur changement d'état. En appréciant impartialement les considérations religieuses et politiques, qui à diverses époques, et chez plusieurs nations européennes, ont déterminé l'établissement des missions en Amérique, on ne peut que gémir sur le mélange d'avidité, de cruauté et de fanatisme qui les a trop souvent signalées ; mais il n'y a rien à objecter, et l'on ne peut qu'applaudir à la pureté du zèle qui engage un homme à porter à ses semblables les bienfaits et les préceptes de la religion révélée. Cependant nous n'avons aucune obligation, aucun motif qui nous déterminent pour les indiens, de préférence aux mahométans, aux disciples de Confucius, à

ceux du grand Lama; et si les gouvernemens chrétiens paraissent aujourd'hui dé-
goûtés de ce genre de conquête en Asie et
en Afrique, je ne vois pas plus de raisons
pour les leur faire rechercher en Amérique.
Il faut d'ailleurs, pour y réussir, une telle
réunion de vertus et de talens, que parmi
les jésuites même, on comptait fort peu de
missionnaires distingués; et quand on considère la difficulté de faire entendre à ces
pauvres indiens la métaphysique et les mys-
tères de la religion, sans le secours des
livres et des explications que la pauvreté
théologique de leur langue ne comporte
pas, on conçoit leur résistance ouverte, ou
leur différence simulée pour des pratiques
extérieures, qui ne signifient rien pour eux
lorsqu'ils reçoivent le baptême, ou même
lorsqu'ils portent une croix comme le chef
Augustin.

Peu après mon arrivée à Cayenne, une
des missions projetées dans la baie de Vin-
cent Piazow fut établie. Nous y convoyâmes
deux prêtres, des ouvriers, des marchan-
dises de traite et un détachement de fusiliers
commandé par un sergent aux ordres des
missionnaires; ceux-ci parcoururent la

baie, rassemblèrent les indiens, et, moyennant les présens qu'ils leur firent, ils par-
vinrent à les réunir tous les dimanches dans
la chapelle qu'ils avaient fait construire ;
ils les catéchisaient, les baptisaient et les
faisaient assister au service divin, en leur
distribuant chaque fois une ration de taffia.
Les approvisionnemens s'étant épuisés, les
indiens restèrent dans leurs carbets. Le mis-
sionnaire commandant eut l'indiscrétion
de les envoyer chercher par des fusiliers ;
ceux-ci résistèrent, et nous députèrent
leurs chefs, qui arrivèrent à Cayenne avec
leurs familles, pour nous porter leurs
plaintes. M. de Fiedmont étant absent, ils
se rendirent chez moi, et voyant leur
image et leurs mouvemens répétés dans les
glaces qui ornaient la salle où je les reçus,
ils débutèrent par des cris de joie et de surprise ; ils se mirent à danser, touchant les
glaces et leur parlant, cherchant à voir ce
qui était derrière ; mais ce premier mouvement calmé, et sans attendre l'explication
du prodige, ils reprirent leur contenance
grave, s'accroupirent sur le parquet, et me
fixant d'un air mécontent, me tinrent à-peu-
près ce discours, en présence du préfet

apostolique et de plusieurs officiers civils
et militaires.

« Nous venons savoir ce que tu nous veux,
pourquoi tu nous as envoyé des blancs qui
nous tourmentent ? Ils ont fait un traité
avec nous, qu'ils ont violé les premiers.
Nous étions convenus, moyennant une
bouteille de taffia par semaine, de venir les
entendre chanter et de nous mettre à genoux dans leur carbet ; tant qu'ils nous ont
donné le taffia, nous sommes venus ; quand
ils l'ont retranché, nous les avons laissés
sans leur rien demander, et ils nous ont envoyé des soldats pour nous conduire chez
eux. Nous ne le voulons point. Ils veulent
nous faire labourer à la manière des blancs,
nous ne le voulons point ; nous pouvons te
fournir vingt chasseurs et pêcheurs, à trois
piastres par mois pour chaque homme : si
cela te convient nous le ferons ; mais si tu
nous fais tourmenter, nous irons établir
nos carbets sur une autre rivière. »

Je les assurai fort qu'ils n'auraient plus à
se plaindre, que c'était pour les secourir et
non pour les tourmenter que nous leur
avions envoyé des missionnaires. Je chargeai le préfet de leur expliquer l'objet re-

ligieux de la mission. Son sermon fut inutile. Ils répondirent par des éclats de rire ; et si dans la première édition de cette note, comme dans celle-ci, je supprime le dialogue qui eut lieu entre le préfet et les indiens, c'est parce qu'il paraîtrait, comme les harangues de Salluste et de Tite-Live, fait après coup ; mais la vérité est qu'ils parlaient avec respect du Dieu *maître de tout*, et qu'ils se moquèrent du paradis et de l'enfer. Lorsque le préfet leur dit qu'ils seraient punis éternellement s'ils mouraient sans baptême, ils lui répondirent en riant : « Montrez-nous le paradis et l'enfer, et « ceux qui y sont. »

Je voulus profiter de cette occasion pour connaître leurs idées religieuses. L'interprète était intelligent et parlait facilement leur langue ; je les accablai de questions, à plusieurs desquelles ils ne répondirent rien, ou seulement ces mots, *nous ne savons* ; notamment sur l'immortalité de l'ame. Ils croient à la création et à la conservation du monde par un Etre tout-puissant ; mais ils n'ont ni culte ni cérémonie ; et quand je lis dans quelques relations qu'ils ont des prêtres, des médecins, des rites supersti-

tieux, je suis fondé à rejeter cette assertion. ils ont un sentiment de justice naturelle qui les dirige, et paraissent disposés à
la croyance d'une autre vie plus heureuse
que celle-ci, à en juger par le respect avec
lequel ils traitent les morts; mais comme ils
n'ont ni annales ni traditions doctrinales, j'ai
vu et entendu dire qu'ils ne s'expliquaient
jamais sur cette croyance, au lieu qu'ils
parlent fréquemment du *maître de tout*,
dont l'existence leur paraît démontrée; et
c'est une chose bien remarquable, que ces
hommes grossiers aient sur la Divinité des
idées plus justes que les peuples les plus
polis de l'antiquité. S'ils ne connaissent pas
les vérités révélées, et s'il est difficile de
les leur faire entendre, au moins ne sont-
ils pas imbus des absurdités du polytéisme
grec et romain. Ils n'ont pas ce risque à
courir en se soumettant à nos instructions;
mais à moins d'en faire de parfaits chrétiens,
comment n'hésiterions-nous pas à leur faire
connaître toutes les angoisses de la richesse
et de la pauvreté, nos vices et nos besoins.
Souvenons-nous, avant de les attirer à
nous, qu'aucun indien n'a jamais été tenté
de se tuer; qu'affranchi de toute dépen-

dance, il n'a au-dessus de lui, d'autres
pouvoirs que ceux de la nature, et que s'il
a peu de vertus, la liberté de ses goûts et
de ses penchans est rarement criminelle.

Si de cette enfance de la société, qui nous
en rappelle l'innocence, nous jetons un
coup-d'œil sur celle où nous vivons, nous
ne formerons pas le vœu du philosophe de
Genève, de retourner dans les bois, ou de
ramener nos institutions à leur antique origine. Quand on considère combien s'est
agrandi pour nous le domaine de la pensée,
cette seule conquête pourrait compenser
toutes nos servitudes, et suffit au moins
pour en alléger le poids. Elle nous prouve
aussi par les faits, qu'il n'est pas dans la destinée de l'homme de s'arrêter aux plus
simples combinaisons de l'ordre social, et
que cette faculté d'intelligence, qui même
en en abusant, s'étend par l'exercice, ne
saurait être rétrograde. Il y a sans doute un
beau idéal dans l'ordre social, et ce qui
est moins chimérique, une amélioration
progressive, qu'il ne peut nous être refusé
d'atteindre. Mais qu'il est dangereux d'entreprendre la reconstruction d'une ancienne
société comme celle d'un ancien bâtiment,

en en brisant, en en dispersant les vieux matériaux! Nous n'avons vu qu'une fois en vingt-
cinq siècles, un Lycurgue et des spartiates
qui ne surent imposer à leurs vices et à leurs
passions, d'autre frein que la plus grande
énergie d'un autre vice et d'une autre passion, l'orgueil individuel et la domination commune ; vertu sauvage au sein de la
cité, féroce dans ses rapports extérieurs.
Mais enfin il en résultait un empire, une
force sociale imposante, et elle a duré plusieurs siècles; tandis que nous venons de
voir l'ivresse licencieuse de l'égalité, de
l'indépendance, armée de haches et de bour-
reaux, détruire également les bases de la
société naturelle et celles de la société politique. Exemple mémorable pour les réfor-
mateurs ! Il est douteux que celui de Lacé-
démone, malgré son génie, sa vertu, ses
succès, ait rendu ses citoyens plus heureux
et meilleurs que nos indiens ; il est certain
que ceux de notre tems nous ont rendu plus
misérables. Tous leurs efforts, quelle qu'ait
été leur intention, n'ont abouti qu'à produire le déchaînement de tous les vices, de
toutes les passions, et l'exécrable alliance
de l'hypocrisie et de la cupidité.

La vraie philosophie, celle des hommes
bons et éclairés de tous les siècles, n'a point
à se défendre de ces horribles résultats. En
vain on voudrait la flétrir de cette imputation et étouffer sa voix : elle s'avance à pas
lents, mais assurés, au milieu du genre
humain, avec le double flambeau de la
morale et de l'histoire. Les hommes sincèrement religieux sont ses amis ; et que de-
viendraient ceux qui n'ont pas le don de la
foi, si on les privait aussi de celui de la
raison exercée par l'étude et la méditation ;
qui trouve dans les bois, dans les entrailles
de la terre, comme dans le firmament, la
preuve de l'existence de Dieu et celle d'un
ordre éternel, immuable, retentissant dans
notre conscience, par le sentiment intime
du juste et de l'injuste ! La vraie philosophie reconnaît ses langues et son berceau
dans le carbet des indiens, et n'entend point
y replacer notre décrépitude, encore moins
nous rendre la vigueur de la jeunesse, en
nous coupant par morceaux, comme la
fille d'Eson et le comité de salut public.
Mais cet institut sublime, qui révèle à
l'homme sauvage la loi naturelle, la vraie
philosophie en conserve le registre ; et c'est

avec ce texte sacré qu'elle confronte inces-
samment nos lois positives , en nous apprenant par la voix de Bacon, que *toute loi
déclaratoire regarde vers le passé : elle
est supposée éternelle par sa nature ; il
n'y a que sa manifestation qui est naturelle : c'est l'équité qui l'explique, avec
le tems qui la consulte ,.et avec la nécessité qui lui demande du secours.*

Quand nous voudrons proposer aux indiens les lois qui ont ce caractère, et celles-
là seulement , ils n'y résisteront pas ; mais
jusqu'à présent nos secours leur ont été
plus funestes qu'utiles. Nos liqueurs fortes
les détruisent , notre supériorité les tour-
mente , notre industrie les corrompt , et
nos missionnaires les contrarient sans les
instruire.

En examinant donc dans les déserts et
dans les établissemens de la Guyane , les
deux espèces d'hommes qu'on y rencontre,
les blancs et les indiens , on trouve qu'ils
ont agi respectivement les uns sur les autres, par le contraste de leurs vices , plus
que par celui de leurs qualités. Il n'est pas
douteux que l'insouciance des indiens , leur
goût pour l'indépendance, leur dispersion ,

leur vie errante, leurs habitudes de chasse
et de pêche, ne se soient communiquées aux
colons blancs, qui leur ont donné en échange
leur intempérance, et quelques habitudes
de fausseté, d'avidité, très - remarquables
dans plusieurs de leurs chefs, tels que ceux
d'Aprouague et de Kourou. Il n'y a rien
de pire que cette dégradation réciproque
de la vie sauvage et de la civilisation : l'une
et l'autre y perdent tous leurs avantages.
Le gouvernement qui la tolère manque à
ses obligations, nuit à ses propres intérêts ;
car ce qu'il maintient, ce qu'il gouverne,
dans un tel ordre de choses, est une dépense sans but et un désordre sans excuse.
S'il voulait une colonie dans la Guyane, elle
devait, plus qu'aucune autre, fixer son attention et sa sollicitude. Il ne suffisait pas,
comme aux Antilles, d'y jeter des hommes
et de l'argent ; il fallait de plus, pour réussir, d'habiles combinaisons de police et de
culture. Je crois l'avoir démontré dans mes
mémoires et ma correspondance.

Par M. MALOUET

LETTRE A M. S.**,

SUR

LE VOYAGE A SURINAM,

Par le capitaine STEDMAN.

Vous n'êtes pas le premier qui me reprochez de n'avoir pas parlé dans mes mémoires de ceux du capitaine Stedman ; mais, quelque extraordinaire que cela paraisse, je dois convenir que je ne les avais pas lus. Ma vie errante depuis plusieurs années, et les circonstances qui ont déterminé l'impression de mes manuscrits, expliqueraient cette négligence, si tous ces détails n'étaient plus qu'indifférens. Toute la partie descriptive de l'ouvrage de M. Stedman est d'un grand intérêt. Il est rare de trouver dans un jeune militaire autant d'aptitude aux observations et aux recherches les plus variées. Il raconte avec simplicité, et souvent avec grâce, tout ce qu'il voit, tout ce qu'il sent. Ses aventures, ses combats, ses dangers, ses amours sont entre-

mêlés de détails curieux sur l'histoire naturelle de la Guyane, sur la vie sauvage, sur
la culture et la police d'une riche colonie.
Il y a dans sa narration une originalité piquante, de la sensibilité, de l'instruction,
et toujours de bons sentimens.

Arrivé à Surinam, trois mois après le
départ du capitane Stedman, je regrette
bien de ne l'y avoir pas rencontré. Outre
les raisons qui me l'auraient fait rechercher,
nous aurions eu un point de rapprochement
commun chez madame de Godefroy, dont
le beau caractère ne s'effacera jamais de ma
mémoire. On a vu que je m'étais plu à lui
rendre hommage ; mais par considération
pour cette femme respectable èt pour plusieurs autres propriétaires de Surinam,
dont la conduite est irréprochable, j'aurais voulu que le capitaine Stedman n'eût
pas autant insisté sur les détails horribles
de cruautés exercées envers les nègres.
Comment le même homme, qui se vouait
avec intrépidité à la poursuite et à la destruction des esclaves révoltés, prend-il autant de soin de justifier leur révolte ? Ne
pourrait-on pas s'étonner aussi que les
hommes les plus incapables de telles atro-

cités, n'en soient pas moins ardens à soutenir la nécessité de l'esclavage sans limites,
sans protection efficace pour l'esclave ? Effet déplorable de l'inconséquence du dé-
saccord de nos sentimens et de nos intérêts.
Mais à qui appartient-il d'en rétablir l'harmonie, si ce n'est aux gouvernemens ? et
comment ont-ils pu, comment peuvent-
ils encore s'aveugler sur les suites malheu-
reuses de leur imprévoyance ? Nous voilà
maintenant accablés de démonstrations sur
les dangers d'une insurrection, sur ceux
de la liberté des noirs et sur les crimes
habituels du despotisme domestique : en
faut-il davantage pour prendre un parti
juste, nécessaire, uniforme, dans le régime
intérieur des colonies ? De quoi s'agit-il
pour l'état comme pour les particuliers ?
d'ordonner, de protéger le travail, de soumettre les travailleurs au propriétaire, et
tous les deux à la loi. Je ne reviendrai pas
sur tout ce que j'ai écrit sur cette matière ;
mais je répète bien affirmativement ici que
les colonies périront, si on ne se presse de
réparer tant d'erreurs et de malheurs, par
des mesures plus morales, plus politiques
que celles qu'on a adoptées.

Dans les sept campagnes du capitaine
Stedman contre les nègres marrons, on
ne trouve pas une bataille rangée, ni un
aperçu de la force de l'ennemi. On voit
seulement qu'une vingtaine de leurs villages ont été détruits, d'où l'on pourrait in-
duire un nombre très - considérable de
révoltés : mais tous ces villages détruits
étaient successivement habités et recons-
truits en vingt-quatre heures, par la même
troupe; et dans les informations multipliées
que je me suis procurées à cette époque,
soit des membres de la régence, soit du
colonel Fourjéoud et de ses officiers, j'ai
constaté qu'ils n'avaient jamais aperçu cent
nègres sous les armes, et qu'ils n'estimaient
pas à mille, y compris les femmes et les
enfans, la totalité des marrons. Je trouve
aussi une grande différence dans l'estima-
tion faite par le capitaine Stedman, des
nègres libres de Doca et de Saramaca, et
celle à laquelle je suis forcé de m'arrêter.
Tous les rapports que j'ai réunis avec beaucoup de soin, n'en portent pas le nombre
au-delà de trois mille cinq cents têtes.

Mais j'ai déjà remarqué dans mes Mémoires, qu'il est très-difficile d'obtenir des

résultats précis et incontestables sur la sta-
tistique d'une colonie étrangère. La population , les revenus , les impôts surpassent ,
selon le capitaine Stedman , toutes mes es-
timations. J'avais rassemblé plusieurs états
de différens bureaux , qui ne s'accordaient
pas. J'ai pris un terme moyen , et lui le
plus fort terme. Je doute qu'en 1777 , il y
eût à Surinam plus de quatre mille blancs
et de 70,000 noirs. Je ne crois pas davantage qu'il n'y eût que vingt mille nègres
employés à la culture des terres, 1.° parce
que le luxe d'un nombreux domestique ne
s'étend qu'à un petit nombre de grands
propriétaires ; 2.° parce que tous les nègres
ouvriers vont à la place quand ils ne sont
pas occupés à leur métier ; 3.° parce que le
produit total des cultures de Surinam , es-
timé alors à vingt-quatre millions tournois ,
surpasse celui que pourraient donner deux
mille travailleurs.

Parmi les faits curieux rapportés par le
capitaine Stedman , il en est un sur lequel
j'avais recueilli plus de détails que n'en
donne l'estimable voyageur [1]. Je ne les ai

[1] Ce sont des nègres ayant deux griffes au lieu de
doigts aux pieds et aux mains.

pas rapportés, parce qu'à mon retour en
Europe, j'appris que ce prodige avait été
rejeté en Hollande comme une fable ; et
tout convaincu que j'étais par des témoins
oculaires respectables, je ne voulus pas
m'exposer à l'imputation d'une absurde crédulité. Mais, appuyé maintenant de l'autorité d'un homme vrai et éclairé, je dirai ce
que j'en sais.

Le gouverneur Nepweu fut le premier
qui me raconta le fait ; et le capitaine Fré-
déric, qui avait été envoyé à Saramaca, et qui
avait vu ces nègres d'une monstrueuse con-
formation, eut la complaisance de me faire
part de toutes les informations qu'il s'était
procurées. Ces nègres, au nombre de cinq,
ayant aux pieds et aux mains des griffes au
lieu de doigts, avaient été trouvés dans les
bois par les marrons et conduits à leur village, où ils vivaient en sauvages, sans chercher à s'échapper. Ils ne parlaient aucune
langue connue. Leurs sons étaient inarti-
culés et ressemblaient à un *gloussement*. Ils
s'exprimaient par signes, et ils indiquaient,
en montrant le cours du soleil et celui de
la lune, la durée du tems qu'ils avaient
passé dans les bois, et le point du continent

d'où ils étaient partis pour arriver dans la
Guyane. De l'interprétation de leurs signes,
on concluait qu'ils venaient du côté du
Pérou ; qu'ils avaient marché pendant trois
mois : qu'ils avaient vécu de fruits et de
graines sauvages : mais on ne savait s'ils
appartenaient à une espèce ainsi confor-
mée, ni ce qu'ils pensaient eux-mêmes de
leur difformité. Leurs manières n'avaient
rien de féroce : ils étaient doux et timides,
nageant fort bien, grimpant sur les arbres
comme des singes, ne cherchant point à
accoster les femmes des autres nègres, qui
les fuyaient ; mangeant de la viande crue
quand on leur en donnait, et paraissant, au
surplus, tellement tristes et ennuyés de
leur existence, qu'on ne supposait pas qu'ils
pussent vivre long-tems. Deux étaient
morts au bout de six mois. Tous ces détails avaient été résumés dans un procès-
verbal qui me fut communiqué, et qui doit
se trouver en Hollande dans les archives
de la société. J'en parlai un jour à M. de
Buffon, qui me dit poliment : *Monsieur,
si vous l'aviez vu, je le croirais ; mais le
procès-verbal ne me suffit pas.* J'ajouterai
qu'un des chefs de Saramaca, qui me fut

présenté par le colonel Fourjéoud, et avec lequel je m'entretins par le moyen d'un interprête ; me répéta les mêmes détails.

Toutes les descriptions du capitaine Stedman ont le mérite particulier d'orner sa narration, en se trouvant naturellement liées aux objets les plus étrangers à l'histoire naturelle. C'est dans une partie de chasse qu'il vous raconte l'histoire des oiseaux ou des quadrupèdes qu'il a tués. Vous assistez avec lui aux repas somptueux du gouverneur; et c'est là qu'il vous décrit les fruits délicieux de la zone torride. On le suit dans sa baie ; on navigue avec lui sur la rivière de Cotlieu avant de connaître cet énorme serpent qu'il attaque dans l'eau, et que vous voyez suspendu, écorché par un nègre, pendant que le capitaine en dessine les dimensions. Il ne vous parle des nègres, des indiens, de leurs mœurs, de leurs usages, que lorsqu'il est en scène avec eux. On le voit toujours agissant dans le fond du tableau ; et dans ce qu'il dit, dans ce qu'il fait, on voit toujours un homme aimable et bon. C'est le premier européen amoureux d'une mulâtresse, qui ait obtenu pour elle, non-seulement l'intérêt, mais

même le respect de ses lecteurs. On aime
avec lui sa chère Joaïma, dont la fin déplorable nous rappelle avec amertume des
scènes d'horreur, trop multipliées dans cet
ouvrage.

Je reviens à la guerre des nègres marrons. Recueillons au moins dans les tristes
récits du capitaine Stedman, de salutaires
instructions! Quelques centaines d'esclaves
mal armés suffisent pour tenir dans un état
d'alarmes continuelles quatre ou cinq mille
colons : des milliers de soldats, d'excellens
officiers périssent à leur poursuite dans des
fatigues inouies. L'état est obligé à l'entretien dispendieux d'une armée, et c'est à
côté de cet affligeant spectacle, qu'on voit
chez madame Godefroy et chez les habitans
qui lui ressemblent, l'ordre, la paix, l'aisance et le travail sans contrainte. Là où le
régime est bon, on n'a nul besoin de soldats ; on ne connaît ni les incendies, ni les
massacres : les nègres en préservent leurs
maîtres. Là où l'avidité et les vices des
blancs n'ont point de frein, le désespoir
des nègres et leur cruauté n'ont plus de
terme ; et l'on ne se déciderait pas en Europe, à définir, à limiter, à protéger cette

servitude inévitable de travailleurs noirs en Amérique. Il y a des hommes, je le sais, qui s'indignent contre toute espèce de limites, qui appellent cela *anglomanie, philosophisme*. Il faut bien les laisser dire, mais non les laisser faire. On ne peut s'abandonner aveuglément qu'aux conseils de l'expérience, aux préceptes de la justice.

Par M. MALOUET.

CONSEILS

ADRESSÉS

A UN JEUNE HOMME [1].

Mon cher chevalier, vous avez de la noblesse dans les sentimens, de la bonté dans le cœur, un esprit agréable et très-cultivé : voilà bien des moyens d'intéresser et de plaire ; mais, croyez-moi, il n'y en a pas encore assez pour satisfaire l'ambition que vous montrez de subjuguer tous les cœurs, de tourner toutes les têtes. Ce desir si

[1] L'objet de ces Conseils n'est plus. Le jeune homme à qui ils étaient adressés, avait en effet beaucoup d'esprit, de connaissances et de vertus. Les excellentes qualités dont il était doué auraient pu le faire adorer ; celles qu'il voulait se donner le rendaient insupportable. Les conseils, comme on l'imagine bien, ne l'avaient point corrigé, et la mort l'a enlevé malheureusement lorsque l'âge et l'expérience commençaient à le détromper sur la vanité de ses succès de cotterie, de ces petits triomphes usurpés, qu'on n'obtient qu'à force de soins, d'attentions et de sacrifices, et qu'on ne soutient qu'avec plus d'efforts encore.

général de plaire est difficile à concilier avec le desir d'inspirer des affections fortes et profondes. Si vous voulez être aimé, cherchez moins à être aimable.

On disait au président de Montesquieu que Fontenelle n'aimait personne : « *C'est ce qui fait*, répondit le président, *qu'il est si aimable.* » Pensez à ce mot, mon cher chevalier ; il peint le monde. En effet, ce qu'on y appelle un homme aimable, est d'ordinaire un homme d'un esprit animé, d'une conversation piquante, d'un commerce doux et facile ; mais ce n'est pas celui dont il faut faire son mari, son amant, son ami ; les hommes faits pour les sentimens tendres et solides, mettent un intérêt trop faible à ce qui occupe essentiellement la société, pour lui en inspirer un très-vif.

Pour mériter d'être aimé, ce n'est pas assez de mettre sa gloire à être aimé, il faut y attacher son bonheur.

Prenez-y garde, mon cher chevalier, vous vous faites illusion sur les moyens de plaire : jaloux de toutes les sortes d'agrémens, vous voudriez réunir en vous toutes les qualités qui plaisent aux autres ; et lorsque vous rencontrerez dans la société un homme qui

par le tour de son esprit, par ses manières,
par son humeur, vous paraît faire une impression généralement agréable, vous êtes
tout de suite tenté d'imiter tout ce qui plaît
en lui. Vous vous dites : je serai, quand je
voudrai, aussi gai, aussi animé, aussi spirituel, aussi galant; pourquoi ne plairais-je
pas autant que lui ?

Vous avez adopté une erreur bien plus
extraordinaire encore pour un homme de
votre âge. Vous avez réfléchi sur la société,
sur les hommes, sur ce qui les intéresse,
les séduit, leur plaît ou leur déplaît, et,
d'après vos observations, vous vous êtes
fait des principes sur lesquels vous vous
imaginez régler vos démarches et le cours
de votre vie.

Assurément, c'est fort bien fait que de
réfléchir sur le cœur humain et sur le
monde ; mais les réflexions qui ne sont pas
le fruit de l'expérience, ont ordinairement
bien peu d'empire et de solidité ; et, quant
au plan de conduite que vous vous êtes
formé, prenez-garde qu'il ne vous égare
au lieu de vous guider.

Mon cher chevalier, mettez-vous bien,
avant dans l'esprit cette vérité impor-

tante, quoiqu'en apparence simple et commune ; c'est que non-seulement on n'est
jamais bien que ce qu'on est, mais même
qu'on n'est jamais que ce qu'on est. L'ambitieux, l'intrigant, l'homme frivole qui
passe sa vie à ne voir le monde qu'en visite,
peut, à force d'attention sur lui-même, et
sur-tout de mobilité dans sa vie, en imposer par de fausses vertus, des manières factices, un caractère emprunté ; mais on ne
trompe ni ses amis, ni ses connaissances
habituelles. Regardez autour de vous, et
nommez-moi un seul homme qui ne finisse
par être apprécié et jugé ce qu'il est, par
ceux qui vivent de suite avec lui.

On naît avec un caractère et un tour d'és-
prit qu'il n'est pas plus possible de changer
que la forme de ses traits. Une femme peut,
avec du goût et des soins, montrer sa figure
avec avantage, en relever adroitement les
agrémens, et en déguiser les défauts ; mais
c'est à quoi son art doit se borner. Je ne connais point de femme qui mette du blanc, sans
que toutes les personnes de la société s'en
aperçoivent et s'en moquent. Il est cependant bien plus indifférent de farder son
teint que son caractère ; et, après tout,

quand vous n'aurez aucune prétention sur
une femme, que vous importe qu'elle ait
du blanc? S'il sert à cacher une peau noire,
ou tachetée, ou flétrie, il ne trompe que
vos yeux, et c'est pour leur plaisir. Mais
comment prétendre cacher toujours son
caractère? Il perce et s'échappe à chaque
instant. Malgré toute l'attention et tous les
soins qu'on peut y apporter, les passions et
la vanité, mises en jeu par mille circonstances imprévues, le décèlent et le trahis-
sent sans cesse.

J'aime cette maxime chinoise : *L'ame n'a
point de secret que la conduite ne révèle.*
Cela est vrai à Paris comme à Pékin.

On peut bien garder le masque et prendre
une voix de bal pendant quelques heures ;
mais cette contrainte serait impossible huit
jours de suite. A Venise, où l'on est masqué
pendant la moitié de l'année, on est reconnu
comme si l'on était à visage découvert.

Je terminerai cette triste morale par
quelques maximes que l'expérience m'a dé-
montrées, et que mon amitié offre à votre
raison. — On peut attirer des cœurs à soi
par les qualités qu'on montre ; mais on ne
les fixe que par celles qu'on a.

On plaît quelquefois dans le monde par ses défauts plus que par ses talens et même par ses vertus.

On perdrait souvent à posséder réellement tous les genres de mérite qu'on voudrait avoir. La société est un commerce qui n'est agréable à tous, que parce que chacun croit y apporter ce qui manque à d'autres.

Une prétention frustrée est une bataille perdue, qui vous fait perdre autant de terrain que vous en auriez pu gagner par la victoire ; et de ces batailles-là, je n'en ai presque vu gagner aucune.

De toutes les prétentions, la plus commune aujourd'hui et la plus difficile à soutenir, c'est la prétention à la grande sensibilité et même à l'enthousiasme. Les ames passionnées et les cœurs sensibles ont des moyens de se toucher et de se reconnaître, que l'esprit ne peut apercevoir et encore moins imiter. Ce n'est pas seulement par des paroles que la sensibilité s'exprime ; c'est par l'air, le regard, les accens et le son de la voix ; sur-tout, par un accord de tout cela, qu'il est impossible de jouer. J'ai vu des hommes pleurer à volonté, en entendant une scène de tragédie ou un mor-

ceau de musique, et conserver la réputation d'ames sèches et d'imaginations froides.
Je vois, d'un autre côté, qu'il ne faut souvent qu'un mot simple, un accent vrai,
pour montrer une sensibilité profonde.

On n'a pas assez de tems pour tromper
tout le monde ; et, quand on pourrait y
parvenir, ce qu'on y gagnerait ne dédom-
magerait jamais de ce qu'il en aurait coûté,

S.

ESSAIS

DE MORALE.

LETTRE

D'une femme d'un certain âge.

J'AI soixante ans accomplis; j'en ai par conséquent employé cinquante à me former des habitudes, et dix à tâcher de les perdre. Je n'en puis commencer de nouvelles; cependant mon âge a besoin d'habitudes.

Naturellement indulgente et optimiste, je ne trouve aucun plaisir à récapituler les maux de la révolution, à fronder le gouvernement, à tonner contre le scandale des mœurs et l'indécence des modes. C'est, il est vrai, la consolation des gens de mon âge; Dieu me garde de le leur reprocher; mais ce qui les console, m'afflige. Il faut donc que je fuie leur société : cependant la société m'est nécessaire. Irai-je chercher celle des jeunes gens? Elle ne peut plus m'offrir qu'un spectacle; et quel spectacle encore? Ce que nous appellions la galan-

terie, est, dit-on, passé de modes ; je ne
prononcerai pas à cet égard : comment se-
rais-je en état de juger entre la galanterie
dont j'étais l'objet, et celle qui ne peut plus
s'adresser qu'à mes voisines ? On m'assure
que toute politesse est absolument perdue,
mais, dans le mot de politesse, une femme
sous-entend toujours un peu de galanterie ; ainsi je ne dirai pas ce que j'en
pense.

L'esprit me touche de plus près : les plaisirs qu'il procure sont de tous les âges ; le
mien sur-tout y devient fort sensible. L'esprit est donc ce que je cherche le plus, et
malheureusement ce que je rencontre le
moins. Jamais cependant il n'a obtenu tant
de respects ; jamais on ne s'est plus honoré
de la moindre de ses faveurs ; jamais son
culte ne fut plus étendu, et ses sacrificateurs
plus nombreux. De mon tems, les auteurs
étaient rares : il n'est point à présent de
cotterie, je dirai presque point de famille,
qui ne fournisse le sien. Si celui-ci ne s'est
pas fait connaître par un opéra comique ou
un vaudeville, on a du moins des romances
de lui ; ses vers ont été lus dans un lycée,
ou sa prose a paru dans un journal. On vous

le montre ; on vous dit, *c'est un auteur.*
Il n'a pas besoin d'être aimable ; on saura
toujours bien que *c'est un auteur.*

Cet autre n'a point essayé ses talens pour
la composition ; mais il se déclare amateur
passionné : il arrive, il est déterminé à
montrer de l'esprit ; c'est pour cela qu'il
est venu se placer à côté de vous ; c'est
dans cette intention qu'il a traversé d'un
bout à l'autre une chambre remplie de
monde. Il s'assied ; il vous interroge sur le
roman du jour, remonte à celui de la
veille ; il compare, il juge, puis il s'en va ;
il est content, il a rempli sa tâche de la
journée. Un troisième fait les délices de ses
amis et l'espérance de sa famille ; il contre-
fait *Brunet* à s'y méprendre ; il est avec
cela d'une simplicité, d'une bonhomie !
son lot, à celui-là, c'est l'esprit naturel.

Ce sont là quelques effets de la passion
que notre siècle a conçue pour l'esprit ; tout
le monde veut en avoir, parce que tout le
monde veut en trouver : on se précipite où
on pense le rencontrer ; on l'exalte par-
tout où l'on s'imagine l'apercevoir ; on le
cueille dès qu'il commence à poindre ; on
l'expose sans lui laisser le tems de mûrir.

Le charme et la facilité des succès présens étouffent l'ambition d'un succès durable. Tout le monde a de l'esprit aujourd'hui, personne n'en aura dans dix ans ; et dans cinquante, on regardera comme une ironie cette phrase que je lisais dans un journal : *nous n'avons jamais eu tant d'esprit.*

Une douairière du Marais.

P.

LETTRE

*D'une jeune personne, à la douairière
du Marais.*

Quoique je n'aie pas l'honneur de vous
connaître, Madame, vous me pardonnerez
de m'adresser à vous avec une confiance
que m'inspirent naturellement les personnes
de votre âge. Vous vous dites indulgente,
c'est ce qui m'a déterminée ; car j'ai besoin de conseils, et je crois qu'il faut bien
de l'indulgence pour donner un bon conseil. Je vais vous mettre au fait de ma
position.

Je vis avec une mère aussi tendre que
respectable ; elle n'a d'enfant que moi.
Nous avons été riches, et nous sommes pauvres. Tout le monde se fait une idée vague
de la pauvreté ; mais bien peu de gens savent ce que c'est que d'en souffrir tous les

jours. Ma mère supporte nos malheurs avec
plus de résignation que moi. J'ai du courage
aussi, mais il ne vient que par momens :
celui de ma mère me déchire le cœur. Je
n'ai qu'un moyen de la tirer de cette situation, et ce moyen me fait trembler. C'est
un mariage qu'on me propose. Le jeune
homme est d'une figure passable ; il est
riche, mais il a fait sa fortune depuis la
révolution. Vous connaissez, Madame, les
inconvéniens ordinaires de ces sortes d'al-
liances. Je me trouverai tout d'un coup
transportée dans une sphère bien différente
de celle où j'ai vécu jusqu'à présent. Quoique
j'aie vu peu de monde, j'ai cependant rencontré des gens aimables. Depuis la révolution, j'avais fait connaissance avec un
jeune homme que je ne reverrai probable-
ment jamais : il avait été comme nous obligé
de s'enfuir, parce qu'on avait brûlé son
château, et que sa vie était menacée. Il
était de la même province que ma mère ;
nous le voyons tous les jours. Il s'était trouvé
près de nous au moment de la mort de mon
père, et l'on s'attache aisément à ceux qui
vous ont vus malheureux ; aussi étions-nous
plus amis qu'on ne l'est ordinairement à

notre âge : cependant je ne l'ai jamais vu familier avec moi. Pour celui qu'on me propose aujourd'hui, quoiqu'il se prétende amoureux de moi, quand il s'approche de l'endroit où je suis, c'est toujours en ricanant et d'un air moqueur : souvent il me dit des choses que je ne comprends pas. Quant à sa fortune, on voit bien que c'est lui qui l'a faite, car il en est fort vain. Il est pressé d'en parler comme d'une chose qu'il ne connaît que d'hier ; il l'étale à tout, moment, sans doute pour s'y accoutumer. Il a si bien résolu d'oublier la pauvreté, qu'il ne veut plus même supposer qu'elle puisse exister. Il s'afflige de ne nous rencontrer jamais dans les lieux de divertissemens publics, s'étonne de me voir des robes si peu à la mode, et me conseille en général de les garnir de dentelles, comme tout le monde ; puis tout de suite il m'avertit que sa voiture et ses chevaux sont à mes ordres, comme s'il avait peur que je ne susse pas qu'avec une voiture il a aussi des chevaux pour la traîner.

Je le quitte chaque fois, déterminée à le refuser ; ma mère approuve ma répugnance et m'affermit dans cette résolution, qu'elle a toujours cherché à m'inspirer. Mais l'instant d'après, un nouvel incident vient me rendre mes incertitudes. C'est une dépense imprévue; c'est un créancier plus pressant; c'est une ancienne connaissance qui nous abandonne; une autre qui arrive environnée de magnificence, et qui s'étonne de la propreté qui règne encore autour de nous; une troisième, dont chaque mot décèle la crainte qu'elle a de nous humilier, et qui semble vouloir toujours nous apprendre que *pauvreté n'est pas vice*. Alors je ne sens plus que le désir de sortir et de faire sortir ma mère d'une pareille situation. Mais le puis-je? m'est-il permis d'épouser un homme que je ne puis jamais aimer? Ce mariage surprendra tous nos amis de là-bas. Ce jeune homme dont je vous ai parlé me disait la veille de notre séparation : *Je serai bien étonné si je vous retrouve mariée.* Mais ce n'est pas là une raison.

Décidément, je crois que j'épouserai l'autre : dites-moi seulement, Madame, si je le puis en conscience; et pour le reste, songez que j'aime ma mère par-dessus tout, et que si ce mariage me rend malheureuse, j'aurai toujours, comme à présent, le courage de retenir mes larmes devant elle, et d'attendre, pour me désespérer, que je ne sois plus en sa présence.

EUGÉNIE.

P.

RÉPONSE

De la douairière du Marais à Eugénie.

DONNER un conseil, c'est en quelque
sorte répondre des événemens et des caractères ; le refuser, c'est préférer son repos
à celui d'un être moins heureux que soi.
Que faire à cela ? raisonner au lieu de pres-
crire, et conduire celui qui vous consulte
à se décider soi-même. Nous raisonnerons
donc ensemble, ma jeune amie.

Avez-vous du courage ? non de celui qui
sert à cacher ses peines, mais de celui qui
les surmonte. Se contenir deux heures,
pour pleurer ensuite pendant trois ou
quatre, cela pouvait être bon autrefois.
Quand le malheur donnait un état dans le
monde, il fallait savoir le bien soutenir. A
présent qu'il est devenu populaire, il n'y
a plus de mérite qu'à savoir l'écarter. Si
un tel effort est au-dessus de votre portée,
renoncez à toute idée du lien qu'on vous
propose.

Mon enfant, le mariage est un état de

communauté ; il n'est permis d'y entrer que
libre de toute charge. Se marier pour être
malheureuse, c'est promettre de donner un
bien qu'on n'a pas; c'est, par un faux ser-
ment, priver pour toujours l'homme qui
vous a choisie, du bonheur qu'il a cherché
en vous, et qu'il eût pu trouver dans une
autre. Car, pensez-vous traîner toute votre
vie le fardeau de vos peines, sans en faire
peser au moins une partie sur celui qui se
trouve là pour vous soutenir, et qui ne
comptait pas avoir à vous supporter ? Il
faut calculer ses forces, ma chère enfant ;
et puisque nous sommes faibles, et que nous
devons être vertueux, notre premier devoir
est de nous rendre la vertu facile. Ainsi
donc point de sacrifice pour la vie : mais
voyons si ce qu'on vous propose doit être
considéré sous ce point de vue.

Je ne connais point le jeune homme qui
se présente à vous ; mais, d'après ce que
vous m'en dites, ses mœurs ne sont point
mauvaises; car il est jeune, riche et cherche
à se marier. Le luxe ne paraît pas non plus
son goût dominant; car une femme n'est pas
un objet de luxe. Mais en vous recherchant
dans la position où vous êtes, il montre au

moins une certaine noblesse de caractère.
Peut-être la vanité entre-t-elle dans son
choix ; mais, mon enfant, ce n'est pas précisément un défaut que la vanité ; c'est du
moins celui d'où l'on tire le plus de bonnes
actions. Il prête aussi à des ridicules ; mais
cachez-les aux autres, alors vous ne les
verrez plus vous-même.

Cela n'est pas bien difficile. Un homme
pauvre reste ce qu'il est ; un homme riche
devient ce qu'il veut. Cependant, s'il allait
vouloir vous faire partager ses travers, vous
seriez réduite à lui résister, et la soumission
parfaite est un de vos principes : c'est aussi le
mien, mon enfant. Il faut qu'un mari soit
le maître absolu des actions de sa femme ;
mais quand une femme dirigerait un peu les
volontés de son mari, je ne vois pas qu'il
y eût un grand inconvénient : vous y par-
viendrez sans flatterie, sans stratagême. On
ne dispute que quand on veut. Sachez d'a-
bord être de son avis, il sera bientôt du vôtre.
Qu'il apprenne de vous à faire un bon usage
de sa fortune, et vous aurez acquis le droit
d'en jouir avec lui. Ennoblissez son existence, et il rendra la vôtre plus heureuse.
Vous l'aimerez par reconnaissance ; il vous

en devra peut-être autant, ne le saura pas
et ne vous en aimera que mieux.

Voilà le bonheur qui peut vous attendre,
si vous avez la force de le vouloir ; mais il
faut être sûre que cette force ne vous manquera jamais. Il le faut, non pour vous soutenir au-dessus des autres femmes, mais
pour ne pas tomber au-dessous d'elles toutes.
Ce parti que vous prenez avec tant de peine
sera blâmé ; il blesse tous les préjugés. Votre
position ne l'excusera pas, votre conduite
peut le faire admirer ; mais il n'y a pas de
milieu. Qu'on y voie l'effet de la plus noble
résolution, ou l'on n'y apercevra que le résultat d'une spéculation avilissante.

Et ne croyez pas qu'un semblable choix
soit facile à soutenir, et qu'il suffise d'aimer
la vertu. Mon enfant, c'est bien peu de
l'aimer, il faut la connaître. Vous vous
indignez à l'idée d'un penchant coupable ;
mais savez-vous comment on évite de semblables penchans ? Savez-vous ce que c'est
que de repousser une affection pure encore,
de fuir sans cesse le danger, de souffrir
sans se permettre l'espérance, et de payer
de tout ce qu'on desire, une récompense
que l'on craint peut-être d'obtenir ? Elle

est prompte, elle est douce, cette récompense; mais vous sentez-vous la force de la mériter?

Voilà sur quoi vous devez réfléchir. Instruisez-moi du parti que vous aurez pris; c'est alors que mes conseils pourront vous aider, et que je tâcherai de vous faire profiter d'une expérience, inutile à mon âge, si on ne l'emploie à l'usage du vôtre.

La douairière du Marais,

P.

DE VAUVENARGUES.

Les gens d'esprit, dit Vauvenargues, *seraient presque seuls sans les sots qui s'en piquent.* Les prôneurs sont nécessaires au mérite, comme le cortège au prince ; c'est à cela qu'il se fait reconnaître du vulgaire.

Personne, au reste, n'a pu mieux prouver la vérité de cette observation, que celui qui l'a faite. Moraliste profond, critique éclairé, rien ne manquait à Vauvenargues pour fixer l'estime, que de pouvoir s'attirer l'attention ; mais ce n'était pas dans un homme du monde, dans un jeune militaire, qu'on imaginait d'aller chercher ces lumières, qui sont ordinairement le fruit de l'étude et de l'expérience. Enlevé à trente-sept ans par une mort prématurée, suite des fatigues de la guerre, Vauvenargues n'eut pas le tems de se faire une réputation qui recommandât ses ouvrages. Vivant, il ne fut guères connu, apprécié, loué que par Voltaire ; son nom, en honneur aujourd'hui parmi les gens éclairés, réveille à peine, dans le public, quelques idées confuses de son mérite.

Cependant Vauvenargues, à qui son
talent assigne une place honorable parmi
les écrivains, se distingue encore, par le
genre de sa philosophie, de la plupart de nos
moralistes, qui en général n'ont considéré
la nature humaine que sous le point de vue
le plus affligeant, qui ont sondé le cœur de
l'homme pour y trouver les replis dans lesquels se refugie et se cache le vice; Vauvenargues y a cherché sur-tout les ressources
qu'il conserve pour la vertu. Ils veulent
rabaisser notre orgueil en dévoilant le mys-
tère de nos faiblesses ; son but à lui est
de nous relever le courage en nous apprenant le secret de nos forces. « Il y a peut-
« être, dit-il quelque part, il y a peut-être
« autant de vérités parmi les hommes que
« d'erreurs, autant de bonnes qualités que
« de mauvaises, autant de plaisirs que de
« peines : mais nous aimons à contrôler la
« nature humaine pour essayer de nous
« élever au-dessus de notre espèce, pour
« nous enrichir de la considération dont
« nous tâchons de la dépouiller. Nous
« sommes si présomptueux que nous
« croyons pouvoir séparer notre intérêt
« personnel de celui de l'humanité, et

« médire du genre humain sans nous com-
« mettre, Cette vanité ridicule a rempli les
« livres des philosophes d'invectives contre
« la nature. L'homme est maintenant en
« disgrace chez ceux qui pensent ; c'est à
« qui le chargera de plus de vices. Mais
« peut - être est - il sur le point de se re-
« lever et de se faire restituer toutes ses
« vertus; car la philosophie a ses modes
« comme les habits, la musique, l'archi-
« tecture, etc. »

Tel est en général le caractère de la philosophie de Vauvenargues, elle est douce
et encourageante ; fidèle à son opinion, il
cherche à mettre en valeur ces vertus,
auxquelles il croit parce qu'il en a le sentiment ; il ne réprimande pas, il instruit,
et c'est en cela qu'il se rapproche beaucoup plus des philosophes anciens que des
modernes.

Presque tous les anciens ont écrit sur la
morale ; mais chez eux elle est toujours en
préceptes, en sentences concernant les
devoirs des hommes, plutôt qu'en observations sur leurs vices; ils s'attachent à rassembler des exemples de vertu, plutôt qu'à
tracer des caractères odieux ou ridicules.

On peut remarquer la même chose dans les
écrits des sages indiens, et en général des
philosophes de tous les pays où la philosophie a été chargée d'enseigner aux hommes
les devoirs de la morale usuelle ; parmi nous
la religion chrétienne se chargeant de cette
fonction respectable, la philosophie a dû
changer le but de ses études, son application et son langage. Elle n'avait plus à nous
instruire de nos devoirs, mais elle pouvait
nous éclairer sur ce qui en rendait la pratique plus difficile. Les premiers philosophes étaient les précepteurs du genre humain, ceux-ci en ont été les censeurs ; ils
se sont appliqués à démêler nos faiblesses,
au lieu de diriger nos passions ; ils ont sur-
veillé, épié tous nos mouvemens ; ils ont
porté la lumière par-tout ; par eux, toute
illusion a été détruite : mais Vauvenargues
en avait conservé une, c'était l'amour de la
gloire. Si c'est une erreur, elle était bien
naturelle à un homme jeune encore, revêtu
de cet avantage de la naissance qui, selon
l'expression de madame de Lambert, *fait
moins d'honneur qu'il n'en ordonne*, et
dont les sentimens avaient dû s'exalter encore dans une profession où la réputation

est le premier des intérêts, et la gloire presqu'un devoir. Aussi ne la sépare-t-il jamais de la vertu, dont elle est à ses yeux, non le but, mais la digne récompense. Voici quelques-unes de ses pensées : « Nous « avons si peu de vertu que nous nous « trouvons ridicules d'aimer la gloire. » Et ailleurs.

« Sans l'amour de la gloire les hommes « n'auraient ni assez d'esprit, ni assez de « vertu pour la mériter.

« Mettez toute votre confiance dans votre « courage et dans les ressources de votre « esprit ; faites-vous, s'il se peut, une des- « tinée qui ne dépende pas de la bonté trop « inconstante et trop peu commune des « hommes. Si vous méritez des honneurs ; « si vous forcez le monde à vous estimer ; « si la gloire suit votre vie, vous ne man- « querez ni d'amis fidèles, ni de protec- « teurs, ni d'admirateurs.

« Nos plus sûrs protecteurs sont nos « talens.

« C'est être médiocrement habile que de « faire des dupes.

« Un menteur est un homme qui ne sait « pas tromper ; un flatteur celui qui ne

« trompe ordinairement que les sots. Celui
« qui sait se servir avec adresse de la vé-
« rité , et qui en connaît l'éloquence, peut
« seul se piquer d'être habile.

« La magnanimité ne doit pas compte à
« la prudence de ses motifs. »

.Quand il serait possible que des cas particuliers se trouvassent en contradiction
avec ces maximes généralement vraies, il
serait difficile d'en mettre à la place qui
inspirassent un sentiment plus utile, et en
exprimassent un plus noble. C'est ce caractère d'élévation , d'amour pour ce qui est
beau et honnête, de confiance dans la vertu
et le courage , qui fait le charme des écrits
de Vauvenargues. Nul n'a mieux prouvé la
vérité de ce mot de lui si souvent cité : « Les
grandes pensées viennent du cœur. » Il
pourrait ajouter que c'est au cœur qu'elles
s'adressent , et le prouverait encore. Il est
peu d'écrivains qui émeuve autant en faveur
de la vertu : à ce titre il pourrait passer pour
l'un des plus recommandables, je dirais
même des plus utiles, si nous étions encore au tems où les livres instruisaient les
hommes ; mais si on leur reconnaît maintenant quelqu'usage en morale, c'est seule-

ment d'occuper des loisirs qui pourraient être plus mal employés, d'attacher d'une manière innocente des esprits trop enclins à s'égarer. Ainsi donc on pourrait dire que la bonté morale d'un ouvrage se compose non-seulement de la pureté de ses principes et de la force de ses raisonnemens, mais du mérite de son style et de l'agrément de sa composition : il faut qu'il frappe, qu'il arrête, qu'il attache ; et Vauvenargues remplit toutes ces conditions. Il n'affecte point les pensées neuves ni les opinions extraordinaires ; mais sa manière d'envisager les choses, donne souvent à ses idées une tournure qui lui est particulière. D'ailleurs Vauvenargues, très-peu instruit (il ne savait pas même le latin), avait appris à penser par lui-même ; destiné de plus à une carrière fort différente de celle des lettres et de la philosophie, il s'était préservé de cette espèce d'asservissement auquel l'opinion dominante dans le monde littéraire, soumet toujours un peu trop les meilleurs esprits de cette classe. Ils la modifient plus ou moins ; mais elle forme toujours pour eux une sorte de diapason sur lequel, sans s'en apercevoir, ils accordent leur ton et leurs idées. Aussi

tous les écrivains contemporains de Vauvenargues, n'ont-ils pas su, comme lui, en
adoptant les idées belles et utiles de la philosophie de son siècle, se préserver de ses
erreurs et de ses exagérations. Parmi ses
nombreuses maximes, on en trouve beaucoup dont la vérité, frappante aujourd'hui,
dut être moins sentie dans le tems où il
écrivait. En voici une :

« Les grands hommes, en apprenant aux
« faibles à réfléchir, les ont mis sur la route
« de l'erreur. »

Cette observation est moins remarquable
par elle-même que par le contraste qu'elle
offre avec le système alors dominant de la
libre diffusion des lumières, qu'on a voulu
étendre depuis, jusqu'à la classe qui conserve à peine le loisir d'ouvrir les yeux pour
voir et les oreilles pour entendre.

L'élévation des sentimens, unie à la mo-
dération de l'esprit, tel est donc le caractère
de la philosophie de Vauvenargues ; et
c'est peut-être à la perfection de son en-
tendement qu'il faut attribuer le principal
mérite de son style plein de naturel et d'é-
nergie. Cette même netteté de conception,
qui semble écarter tous les embarras pour

le conduire sans efforts au résultat le plus
complet, lui fournit toujours en même tems
l'expression la plus précise, et donne à
chaque instant l'application de cette maxime
puisée dans ses ouvrages :

« La clarté orne les pensées profondes. »

Cette clarté est pour lui un mérite d'autant plus grand, qu'elle s'unit presque toujours à une extrême concision, comme dans
ces pensées :

« La servitude abaisse les hommes au
« point de s'en faire aimer. »

« Il est rare d'obtenir beaucoup des
« hommes dont on a besoin. »

» Nous querellons les malheureux pour
« nous dispenser de les plaindre. »

Et cette autre :

« Quand les plaisirs nous ont épuisés,
« nous croyons avoir épuisé les plaisirs,
« et nous disons que rien ne peut remplir
« le cœur de l'homme. »

Que de force dans cette simplicité !

« Le contemplateur mollement couché,
« et dans une chambre tapissée, invective
« contre le soldat qui passe les nuits de l'hi-
» ver au bord d'un fleuve, et veille en si-

« lence , sous les armes , pour la sûreté de
« la patrie. »

Ici le contraste est d'autant plus frappant
qu'il est plus simplement indiqué. C'est
toujours avec le même naturel qu'il donne
aux choses même d'observation commune ,
une tournure et un agrément qui les re-
lèvent.

« Quand la métaphysique ou l'algèbre
« sont à la mode, ce sont des métaphysi-
« ciens et des algébristes qui font la répu-
« tation des poëtes et des musiciens. »

« Ceux qui combattent les préjugés du
« peuple , croient n'être pas peuple. Un
« homme qui avait à Rome un argument
« contre les poulets sacrés , se regardait
« peut-être comme un philosophe. »

Mais si les gens de cette espèce prenaient
alors le titre de philosophe, à présent on
le leur donne ; nul siècle n'a été plus obli-
geant que le nôtre pour la médiocrité. Celui
de Vauvenargues avait le droit d'être plus
difficile; mais un tel écrivain était fait pour
honorer tous les siècles. S'il n'est point parvenu à la réputation qu'il méritait, il faut
donc en chercher la cause en partie dans
les circonstances de sa vie, en partie dans la

nature de son talent, plus fait pour lui attirer quelques admirateurs éclairés et sin-
cères, que pour l'entourer d'un grand nombre de prôneurs enthousiastes.

Que la Rochefoucauld et ceux qui comme
lui n'ont observé, n'ont déployé que nos
misères, plaisent de préférence au plus
grand nombre de lecteurs, on en est peu
surpris ; tant de gens sont ravis qu'on les
décourage, pour n'avoir pas la honte de se
décourager d'eux-mêmes. Que la Bruyère,
que Montagne soient plus généralement
goûtés que Vauvenargues, cela peut tenir
à la différence du genre autant qu'à celle
du mérite.

La Bruyère a peint de l'homme l'effet
qu'il produit dans le monde, Montagne les
impressions qu'il en reçoit, Vauvenargues
les dispositions qu'il y porte. L'un forme un
tableau des traits épars sous nos yeux,
l'autre réveille les sensations fugitives ense-
velies dans notre mémoire, le troisième va
chercher en nous ce que nous n'y pouvons
démêler qu'à force d'esprit. La Bruyère
nous épargne la peine de la réflexion ; Montagne nous conduit à réfléchir ; il faut avoir
réfléchi pour se plaire avec Vauvenargues ;

et si peu de gens réfléchissent assez pour
profiter même des réflexions des autres.
Mais comment n'être pas frappé de ses jugemens sur nos meilleurs écrivains, sur
Bossuet, Fénélon, Molière, la Bruyère,
Lafontaine, sur-tout du discours sur Racine, le premier écrit de ce siècle où le
génie de ce grand homme ait été démêlé et
caractérisé avec un goût aussi sûr que profond ? Qui peut n'y pas remarquer, avec un
grand intérêt, le germe de ces jugemens
qui, depuis si heureusement développés
par les critiques les plus éclairés, par Voltaire et son disciple M. de la Harpe, ont
formé parmi nous une opinion aussi généralement que solidement établie ? Mais au
moment où Vauvenargues écrivait, il fallait combattre encore contre cette vieille
admiration pour Corneille, qui lui décer-
nait la palme exclusive du génie.

« Il semble, dit Vauvenargues, qu'on ne
« convienne de l'art de Racine que pour
« donner à Corneille l'avantage du génie.
« Qu'on emploie cette distinction pour mar-
« quer le caractère d'un faiseur de phrases,
« je la trouverai raisonnable ; mais lorsqu'on
« parle de l'art de Racine, cet art qui met

« toutes les choses à leur place, qui carac-
« térise les hommes, qui chasse les obscu-
« rités, les faux brillans, qui peint la na-
« ture avec feu, avec sublimité, avec grâce ;
« que penser d'un tel art, si ce n'est qu'il
« est le génie des hommes extraordinaires,
« et l'original même de ces règles que les
« écrivains sans génie embrassent avec tant
« de zèle et si peu de succès. »

Lorsque Vauvenargues passe aux orateurs, il n'a point de préventions à détruire ;
il se livre sans obstacle au sentiment qui
l'anime ; son enthousiasme alors est aussi
passionné que sincère ; il juge moins qu'il
peint. Est-ce de Bossuet qu'il veut nous faire
apprécier les beautés ? Saisi pour ainsi dire
de son génie, il semble emprunter ses accens pour faire retentir jusqu'à nous les
explosions par lesquelles se manifeste ce
talent sublime, lorsqu'il *éclate comme un
tonnerre dans un tourbillon orageux, et
par sa soudaine hardiesse, échappe aux
génies trop timides.* On se sent comme
lui, subjugué par l'ascendant de Pascal ;
mais s'il n'a pas encore parlé de Fénélon,
c'est qu'il le réservait pour le dernier. Et
comme sa voix s'attendrit en s'adressant à

l'écrivain favori de son cœur! *Né*, lui dit-
il, *pour cultiver la sagesse et l'humanité
dans les rois, ta voix ingénue fit retentir
au pied du trône les calamités du genre
humain foulé par les tyrans, et défendit,
contre les artifices de la flatterie, la
cause abandonnée des peuples.* Ne croit-
on pas entendre Fénélon lui - même ? et
n'est-ce pas ainsi que se fût exprimé cet
homme, dont les vertus ont tellement embelli le génie, que le souvenir de l'un et
celui des autres semblent se confondre dans
ce mélange d'amour et d'admiration dont
s'environne sa mémoire ?

Vauvenargues passe ainsi en revue tous
nos meilleurs auteurs : il ne dissimule point
leurs défauts ; mais le ton de ses critiques
est réservé et modeste, ses éloges sont vifs
et sentis : *admirer toujours modérément,
c'est la marque d'un esprit médiocre ;*
voilà une de ses maximes. Vauvenargues
est pour ainsi dire l'apôtre des talens et des
vertus. Rien que le beau ne pouvait faire
sur lui une impression profonde. On a inséré
dans une édition posthume et nouvelle de
ses œuvres, quelques caractères dans le genre
de la Bruyère : on y trouve de la vérité

mais peu d'énergie. Ce genre ne pouvait être celui de Vauvenargues ; indulgent dans ses principes autant que noble dans ses penchans, et comme lui-même le dit Fénélon, *plus tendre pour la vertu qu'implacable au vice,* il n'aurait pu manier avec assez de vigueur les armes quelquefois cruelles de la satyre.

P.

LETTRES

DU

SOLITAIRE DES PYRÉNÉES.

LETTRE PREMIÈRE.

A UN JOURNALISTE.

MONSIEUR,

Il me prend fantaisie d'entrer en correspondance avec vous. Cette fantaisie ne sera peut-être pas autant de votre goût que du mien ; mais si les lettres que je vous destine ne vous plaisent pas, elles ne vous fatigueront pas long-tems. Si vous accueillez les premières, je vous en enverrai d'autres ; et le moment où vous cesserez de les accueillir, je cesserai de vous écrire. Je n'appellerai point de votre jugement ; vous connaissez mieux que moi ce qui convient au public qui vous lit, et je m'en rapporterai à votre goût sur ce qui peut intéresser le sien.

N'exigez pas que je signe mes lettres, cela n'est bon à rien ; mon nom ne peut intéresser qu'une vaine curiosité ; il n'a pas toujours été obscur, mais il l'est devenu, et je ne m'en plains pas. Je veux cependant que vous sachiez à qui vous avez affaire, quelle espèce d'homme je suis, et quelles sont mes vues en m'adressant à vous pour parler au public. Mon amour-propre n'aurait rien à gagner si je me nommais; au lieu que l'incognito me donnera la petite satisfaction de parler de moi sans embarras ; et vous savez que le premier besoin de l'amour-propre est peut-être encore moins d'occuper les autres de soi, que de s'en occuper soi-même.

Sachez donc, Monsieur, que mon premier goût a été celui des lettres ; que je m'y suis livré quelque tems avec toute la vivacité d'une passion, et même avec toutes les espérances de gloire qui séduisent si aisément la jeunesse. J'ai fait, pendant dix ans, des vers et de la prose, de la satyre et de la morale, des extraits de livres et des expériences de physique ; et depuis plus de vingt ans, je n'ai plus rien fait de tout cela. Un petit succès m'avait enivré ; un petit revers m'avait désolé ; des critiques injustes et malhonnêtes m'ont entièrement découragé. Entraîné loin de Paris et de la France même

par des circonstances impérieuses, les
affaires ont tourné vers d'autres objets
l'activité de mon esprit et l'emploi de mon
tems. La fortune, comme plusieurs autres
divinités du même sexe, m'a souri quelque
tems, et m'a fait expier ensuite des faveurs
passagères. J'ai vu le monde sous toutes ses
formes; j'ai connu les grands et le peuple;
j'ai parcouru le globe et visité bien des nations diverses; j'ai éprouvé les ravissemens,
les illusions, les tourmens, les satiétés et les
revers de toutes les affections humaines;
les enfances de la vanité, les intarissables
chimères de l'ambition; enfin, après avoir
fatigué mon cœur et mes sens par tous les
rêves de la vie, j'avais trouvé, dans un sentiment doux et dans les liens formés par la
raison, ce repos de l'ame et ces jouissances
calmes que la nature a préparées pour
l'homme, et qui, si elles ne sont pas le
bonheur, en approchent plus que tout l'eni-
vrement des passions. J'étais époux et
père!... je m'arrête ici. Les peines que j'ai
éprouvées ont été cruelles et inattendues;
mais les accidens qui les ont causées n'ont
rien d'extraordinaire. Je n'ai pas la prétention d'intéresser par les événemens de ma

vie, et je ne veux pas faire un roman. Je reviens à ce qui m'a engagé à prendre la plume, après tant d'années d'insouciance sur les objets et la gloriole de la littérature, et à ce qui me détermine, après un si long sommeil de mon esprit, à vous prier d'accueillir les songes de son réveil. La perte irréparable de deux objets aimables et chers, sur lesquels reposaient la douceur et les espérances de ma vie, en ont changé tout le système. Mon état me fixait dans une ville de province; les affaires me sont devenues insupportables, et le séjour de la ville odieux. Toute idée de fortune et d'ambition s'est effacée de mon esprit; je n'ai plus senti que le besoin de la solitude; je suis venu la chercher dans une campagne un peu sauvage, mais agréable et variée. Entouré de bocages et de ruisseaux; voisin de la mer et d'une immense forêt, ayant pour couronner mon horizon le superbe amphithéâtre des Pyrénées; propriétaire d'un bien dont les travaux répandent sur ma vie un intérêt faible, mais continu, et dont le produit suffirait à mes besoins si j'y étais réduit, je vis dans un hameau où il y a de la pauvreté, mais point de

misère et peu d'industrie, par conséquent
peu d'argent et par là point d'oppression ;
où les habitans, consommant eux-mêmes
les fruits de la terre, parce qu'heureusement
pour eux ils ne sauraient à qui les vendre,
ont conservé un esprit d'indépendance un
peu rude, mais qui éloigne les vices de la
bassesse. Ils sont prompts et violens ; mais
leurs affections ont de la chaleur et de l'é-
nergie : ils sont gais, parce qu'ils ont du
loisir et vivent dans un beau climat ; enfin
la franchise de leurs mœurs en compense
la rusticité.

J'apportais parmi eux une aisance et une
manière de vivre dont la comparaison, en
leur paraissant exclure toute idée de fami-
liarité et d'égalité entr'eux et moi, pouvait
leur inspirer cette espèce de jalousie qui
leur eût fait moins envier ce que je possé-
dais que sentir ce qui leur manquait. Je vis
bientôt que j'avais à me faire pardonner
mes avantages et jusqu'à l'ignorance de leur
patois ; car rien ne rapproche les hommes
comme la communauté de langage. J'ai cependant vaincu sans peine ces difficultés,
en caressant leurs enfans, qu'ils aiment à la
folie ; en soulageant à peu de frais des

besoins momentanés ; en me mêlant à leurs
jeux, et en établissant quelque prix pour
encourager des exercices d'adresse ou d'a-
gilité. Ils m'ont plaint d'abord parce qu'ils
ont vu que j'étais malheureux, et ils m'ont
aimé ensuite parce que je me suis montré à
eux simple, sensible et disposé à leur faire
du bien.

Voilà, Monsieur, la situation dans laquelle j'ai conçu l'inconcevable projet d'é-
crire pour le public ; mais comme cette
lettre est déjà bien longue, je vous mar-
querai dans la seconde les motifs qui m'ont
conduit à cette résolution.

Le solitaire des Pyrénées.

LETTRE II.

Monsieur,

Je ne me flatte pas, que l'offre de ma correspondance ait pu vous inspirer une grande curiosité; cependant, la correspondance d'un solitaire, qui n'est pas étranger aux lettres, et qui les cultive sans aucun desir de gloire ni de récompense ; qui a long-tems observé les hommes, et toujours réfléchi sur lui-même ; qui écrit au fond d'un désert, à l'abri de toutes ces illusions de la société qui dénaturent les formes et les couleurs des objets, et de tous ces préjugés d'habitude ou d'emprunt qui troublent ou égarent les meilleurs esprits dans leurs jugemens ; qui, en jetant sur le papier ses pensées et ses observations sur les hommes. et sur les choses, veut par-dessus tout se rendre un compte fidèle des impressions qu'il reçoit, et sent plus encore le besoin de se satisfaire lui-même que d'intéresser des lecteurs ; une telle correspondance, ce me semble, peut n'être pas privée d'intérêt pour ceux qui aiment à observer l'esprit humain dans ses allures si diverses.

Je l'ai bien éprouvé. Les objets qui nous environnent restent les mêmes, et les impressions que nous en recevons varient à l'infini, suivant la disposition où nous sommes. Ainsi nos jugemens sont moins l'expression de la nature des choses que de l'état de notre ame.

Je vous ai dit, Monsieur, que le plus grand des malheurs, la perte inattendue des plus tendres objets de mes affections, m'avait dégoûté du monde, et m'avait entraîné dans la solitude où je vis depuis plusieurs années. Il ne me restait plus sur la terre aucun objet qui pût m'attacher fortement ; j'entrais dans cet âge fatal où commence la vieillesse, et où les pertes du cœur trouvent cet accroissement d'amertume, qu'il ne reste plus d'espérance de les réparer: Ce qui m'était indifférent, me devint insupportable ; les soins qu'on prenait pour me consoler, m'importunaient ; j'avais besoin d'un asile de paix où je pusse me livrer sans trouble à ma douleur : je le trouvais dans ce lieu sauvage que je connaissais déjà : je n'y

vis rien d'abord ; j'errais dans les campagnes, sans rien remarquer, sans être
frappé de rien : la nature ne me semblait
belle que par la solitude et le silence, et
rien ne me déplaisait tant que la nécessité
où j'étais quelquefois de parler et d'entendre parler. Tout ce qui passait autour
de moi ne m'offrait que des formes fugitives et des mouvemens sans objet ; les habitans du lieu me paraissaient des ombres
voltigeant autour de moi, comme les fantômes d'un rêve ; il me semblait que je
n'avais rien à démêler avec eux. Il n'y avait
de vivant dans la nature, de vivant pour
moi, que les images des objets que je re-
grettais : elles seules animaient, peuplaient
ma solitude, m'accompagnaient dans mes
promenades ; je les voyais, je leur parlais,
j'étais en société avec elles. Le croiriez-
vous ? Tenté cent fois de renoncer à la vie,
pour me rejoindre à ces objets chéris, il me
semblait que je n'étais retenu que par la
crainte de m'en séparer, au contraire, sans
retour.

Les âmes tendres qui ont éprouvé les
mêmes peines, concevront aisément que
cet état de profonde mélancolie a je ne sais

quels charmes qui en allègent le poids, qui
mêlent quelque douceur à l'amertume des
larmes, qui consolent en quelque sorte par
le sentiment même d'une douleur inconso-
lable. J'ai passé plus de six mois dans cette
espèce de délire de l'ame, et ces six mois
se sont évaporés de ma vie comme le songe
d'une nuit. J'avais perdu le sentiment du
tems et de sa durée; les mois, les semaines,
les jours, tout ce qui le marque et le divise,
n'existait plus pour moi. Cet état ne pouvait
être éternel. Le tems et la nature humaine
veulent que tout change et que tout finisse.
Des soins domestiques et des rapports indispensables me forçant à m'occuper de
différens détails, donnèrent à mon affliction quelques momens de trève. Insensiblement mon imagination se calma, mes idées
se fixèrent, ma raison reprit un peu d'empire, je sentis enfin le desir de distraire et
d'occuper mon esprit. J'avais toujours aimé
passionnément la lecture. J'essayai de lire
des livres de différens genres; mais les premiers essais ne réussirent pas d'abord. Les
ouvrages de raisonnement fatiguaient mon
attention sans la captiver, le bel esprit me
paraissait insignifiant et froid; la plaisan-

terie, le ridicule, le comique, me repous-
saient ; Horace lui-même, qui avait constamment fait mes délices, était sans attraits
pour moi ; l'histoire, en me parlant d'événemens et d'intérêts auxquels je me croyais
pour toujours étranger, ne pouvait plus
m'attacher ; les peintures des passions, de
leurs jouissances et de leurs tourmens,
m'attiraient de préférence ; mais bientôt
me ramenant trop fortement sur moi-même,
elles me replongeaient dans mes rêveries et
mes illusions mélancoliques, dont le charme
était bien plus puissant sur mon ame, que
des peintures artificielles de sentimens et
de malheurs imaginaires. L'astronomie a fait
enfin ce que n'ont pu faire ni la belle poésie
de Virgile et de Racine, ni le génie de Ta-
cite et de Montesquieu, ni l'éloquence de
Bossuet et de Rousseau. Retenu sous un
toît par les ardeurs de l'été, je donnais assez
communément le jour au repos, pour jouir
plus à mon aise du silence et de la beauté
des nuits. Ces points brillans qui semblent
semés au hasard dans la voûte du ciel, attiraient naturellement mes regards ; je m'é-
levais par la pensée dans le vide immense
où ils nagent ; ces points devenaient tour-

à-tour des foyers immenses de lumière,
dont la multitude, la grandeur et l'éclat
enchantaient mon imagination. J'aimais à
suivre les planètes dans leurs mouvemens,
et à me rendre compte des forces combinées
qui les enchaînent si constamment dans des
courbes régulières. Je n'étais pas assez instruit pour concevoir comment une première impulsion, donnée à ces énormes
masses, pouvait balancer la force puissante
et universelle qui, attirant tous les corps les
uns vers les autres, semble devoir les précipiter tous vers un centre commun, et les
confondre bientôt en une seule masse immobile. A force d'y rêver, mon esprit s'é-
chauffa sur ce problême ; je m'obstinai à
en chercher la solution. Les secours me
manquaient ; *les Mondes* de Fontenelle,
les Elémens de Newton par Voltaire, et un
excellent traité d'astronomie par Fergus-
son, étaient les seuls guides que je pusse
consulter. J'avais su assez de géométrie dans
ma jeunesse ; mais j'en avais perdu l'habitude. Je me mis à lire et à calculer ; je fis
des efforts de tête incroyables, pour résoudre la difficulté que je m'étais faite, et si
je ne pus parvenir à m'en donner une solu-

tion rigoureuse, je crus du moins trouver
une explication qui me satisfît.

Cette application, à laquelle je fus amené
sans projet comme sans efforts, me donna
tout-à-coup une existence nouvelle ; je re-
trouvai la liberté de mon esprit et la puissance de fixer mon attention sur les différens
objets qui appelaient successivement ma
pensée. Le goût de la lecture et de l'étude
me revint avec une activité que je n'avais
éprouvée que dans ma jeunesse. Je com-
mençai aussi à m'intéresser aux objets qui
m'étaient étrangers. Je distinguai, pour la
première fois, les visages des humains au
milieu desquels je vivais depuis plus de six
mois. Il me sembla que je revenais d'un
long évanouissement, et que je retrouvais
une nouvelle vie. Mon imagination était
toujours triste, mon cœur était souvent
oppressé de souvenirs douloureux ; mais
mes larmes coulaient sans amertume, et je
ne puis pas dire que j'étais malheureux. Les
longs déchiremens de mon ame lui avaient
laissé une sensibilité plus délicate, qui donnait à toutes ses impressions je ne sais quoi
de plus vif et de plus exquis, dont on ne
peut se former une idée que par les pro-

mières sensations si délicieuses, qu'on
éprouve dans la convalescence d'une longue et cruelle maladie.

C'est dans cet état, Monsieur, qu'il m'est
venu par degrés la fantaisie d'écrire sur la
philosophie, la morale et la littérature, et
que cette fantaisie a abouti à vous adresser
mes réflexions. Cette lettre est déjà trop
longue : je remets à la troisième à vous rendre compte du plan de travail que je me
propose de suivre dans ma correspondance.

Le solitaire des Pyrénées.

LETTRE III.

Monsieur,

Voici ma troisième lettre. J'y parle encore beaucoup de moi ; mais s'il faut pardonner un peu d'égoïsme, c'est à un hermite : en s'éloignant du monde, on se rapproche de soi. Je n'aurais pas eu la force d'écrire, si j'avais dû commencer par réprimer des sentimens amassés dans mon ame pendant des années de solitude, et qui débordaient malgré moi.

Je reprends donc mon histoire, mais c'est heureusement pour la finir. Les peines de l'ame sont aussi des maladies du corps, et les convalescences sont de vrais rajeunissemens. Tout ce que j'éprouvai, en retrouvant la liberté de mon esprit et le calme du cœur qui en fut en partie l'effet, ne peut s'exprimer. Je sortais d'un long rêve de douleur : je me sentis renaître à une existence de délices qui ressemblait encore à un rêve. Il me semblait que la nature,

comme le soleil quand il se dégage du sein
d'une épaisse nuée, sortait de dessous un
voile sombre qui m'en avait long-tems dé-
robé les beautés. Chaque objet reparaissait,
à mes yeux, paré de couleurs vives et
riantes. La saison était belle ; ma solitude
est toute environnée de sites romantiques
et d'aspects singulièrement variés : tout
m'enchantait. En ouvrant, le matin, les
yeux à la lumière, je savourais le plaisir
d'être : respirer l'air d'un beau jour était
pour moi une sensation aussi agréable et
aussi distincte que de respirer le parfum
des fleurs. La verdure des prés, l'ombrage
d'un bosquet, la fraîcheur et le murmure
des ruisseaux me remplissaient d'idées
agréables ; l'épaisseur de la forêt, le torrent de la montagne et les roches hispides
et dépouillées qui en brisent le cours,
avaient un autre charme en réveillant en
moi des idées mélancoliques, mais encore
mêlées de douceur.

Les grandes images de la nature me rappelaient les merveilles des beaux arts et les
efforts du talent pour en reproduire les
beautés. J'observais, avec une sorte de ravissement, ces grandes masses de lumière

et d'ombre, qui, par une magie que l'art n'a jamais pu imiter, détachent les objets de ce vaste tableau, en les unissant cependant en un tout, et donnent à-la-fois du mouvement à chaque partie et du repos à l'ensemble.

J'aimais peut-être encore davantage ces belles nuits, où les rayons argentés de la lune, projetés sur un fond obscur et décoloré, brisés par les branches des arbres ou réfléchis par la surface des eaux, produisent des effets si piquants et si variés ; où la lumière des étoiles, plus faible encore et plus égale, dessinant, d'une manière vague et incertaine, les formes et les contours des objets, laisse plus de jeu à l'imagination ; où enfin, le vaste silence de la nature attirant moins l'ame au-dehors, la recueille sur elle-même, et lui laisse le calme nécessaire pour se livrer à la réflexion, et suivre les développemens de la pensée.

Dans ces méditations où je m'abandonnais avec plaisir, mon esprit était successivement attiré par tous les objets qui peuvent exercer ses facultés. La physique, la morale, l'histoire, la poésie, m'occu-

paient tour-à-tour. J'avais apporté, dans
ma retraite, une collection assez nombreuse
de livres de tous les genres; je les parcou-
rais au hasard ; j'en prolongeais et j'en
quittais la lecture, selon la fantaisie du moment. Souvent un seul passage me four-
nissait le texte d'une longue rêverie , plus
douce encore que la lecture. J'aimais à
me rendre compte de ce qui me frappait
dans un ouvrage , à en analyser les beautés
et les défauts, à chercher de meilleures
solutions d'une question intéressante , lorsque je n'étais pas content de celle de l'auteur Je me plaisais, sur-tout, à comparer
les jugemens que je portais sur le mérite
et le talent des écrivains, avec ceux que
j'en avais portés dans ma jeunesse. Les différences de ces jugemens tenaient encore
moins aux progrès de mon esprit qu'aux
points de vue différens sous lesquels je con-
sidérais les objets. Cependant, il est aisé de
concevoir que mon esprit, comme mon
goût, était devenu plus sévère : il y a
des beautés de mode et de convention, que
la frivolité , l'esprit d'imitation , la soif de
la nouveauté, et d'autres illusions momen-
tanées de la société, peuvent accréditer au

sein de Paris, et qui sont perdues pour un solitaire.

C'est, Monsieur, dans cet état de douce mélancolie, d'indépendance de tous les devoirs de la société et de tous les besoins de la vie, d'entier abandon aux instincts de la nature et aux mouvemens de la fantaisie, d'occupation de l'esprit sans contrainte, sans fatigue et sans prétention, que j'ai déjà vu s'écouler plus de deux années avec une rapidité qui m'effraie quelquefois quand j'y réfléchis. Puisse ma vie cependant achever de couler ainsi jusqu'au terme que je vois sans trouble approcher à grands pas, et où j'espère arriver sans regret !

Hic secura quies, hic nescia fallere vita.

Ce goût pour la lecture et la méditation, qui m'a repris avec une vivacité qui m'étonne souvent moi-même, m'a fait concevoir plusieurs fois l'idée d'écrire un grand ouvrage. J'ai fait le plan de plusieurs; j'en ai commencé quelques-uns, mais le courage m'a bientôt manqué; j'ai senti que pour un esprit actif et accoutumé à réfléchir, ce n'était qu'un amusement agréable que de jeter sur le papier ses idées à mesure qu'elles naissent à la vue des objets qui nous frappent, ou à la suite des méditations qui nous ont occupés.

Mais concevoir un grand plan, en disposer avec ordre toutes les parties, donner à chaque idée la place, l'étendue, la couleur qui conviennent à son objet, c'est un travail long et pénible auquel on ne peut être encouragé que par un grand intérêt. Mais à mon âge, dans la solitude et l'oubli du monde où je veux achever de vivre, quel intérêt assez puissant pour me payer d'un si grand sacrifice? L'amour de la gloire, comme les autres amours, ne conviennent guères qu'à la jeunesse. Elle voit, dans les succès de l'esprit, des moyens d'obtenir tous les genres de succès; la vie est pour elle un horizon sans bornes, où mille plaisirs l'appellent et l'attendent. Ses espérances s'enflamment par la multitude même et la vivacité de ses jouissances : elle veut avec ardeur, exécute avec constance, parce qu'elle s'exagère le prix du triomphe, et qu'elle envisage un long avenir pour en jouir. Mais quand l'âge de la vieillesse est venu, l'avenir est bien peu de chose; à peine ose-t-on y porter la vue; les jours

qu'il faut sacrifier sont précieux , parce qu'il
en reste trop peu pour recueillir les fruits
du sacrifice : on fait peu de cas d'une gloire
qui ne tient qu'au suffrage d'une multitude,
dont on a trop appris à apprécier les opinions ; et la postérité, comme les fantômes
que l'imagination crée ou exagère, devient
moins imposante à mesure qu'on en approche.

Voilà , Monsieur , ce qui m'a passé par
la tête quand j'ai voulu écrire pour le public ; voilà ce qui m'a fait renoncer au projet de composer un livre, et ce qui m'a attaché à celui d'écrire, sans ordre et sans plan ,
les idées que me suggéreront mes lectures
ou mes méditations. Je vous adresserai mes
esquisses. Si j'en suis content, quand je les
verrai imprimées, j'aurai rempli mon principal objet. J'aime à me flatter que les
hommes raisonnables et éclairés y trouveront quelques idées vraies et utiles ; mais
c'est un honneur que je ne puis pas même
désirer vivement, puisque je ne suis pas à
portée d'en jouir.

Le solitaire des Pyrénées.

LETTRE IV.

M ON SIEUR,

J'ai connu madame de Tencin ; j'étais bien jeune , et elle était à la fin de sa carrière ; elle me témoigna de la bonté , j'en ai conservé de la reconnaissance ; j'aime et j'estime ses romans ; sa mémoire me doit être chère ; c'est pour vous parler d'elle que je prends la plume , et je vais la laisser courir au gré de mes souvenirs et de ma pensée.

C'est à l'abbé Trublet que je dois en grande partie le goût très-vif que je pris en sortant du collége pour la littérature ; il connaissait ma famille ; je lui communiquai mes premiers essais , et il les encouragea : c'était un fort bon homme , qui aimait sincèrement les lettres et les talens. Je me rappelle que madame Geoffrin disait de lui que *c'était une bête frottée d'esprit.* Le mot est plaisant ; mais il est encore plus injuste que plaisant. L'abbé Trublet avait

certainement de l'esprit, des lumières et
même du goût, quoique ses jugemens fussent trop souvent teints des paradoxes littéraires de la secte fontenellienne qui domi-
nait alors. Je crois que dans ses *Essais de
Littérature et de Morale*, au travers d'une
trop grande abondance de choses communes, on trouverait plus d'idées fines et vraies
que dans les récits de plusieurs grands
hommes du jour, qui ne lisent point ces
Essais, et ne prononcent le nom de *Trublet*
qu'avec mépris. Il est trop vrai que les vers
du *pauvre Diable* ont condamné ce nom à
un ridicule éternel, parce que de jolis vers
ont bien plus d'autorité que de froides observations de morale et de goût.

L'abbé Trublet m'excitait à me livrer à
la poésie, quoiqu'il ne l'aimât guères. Je fis
une petite comédie; il l'entendit, la loua
beaucoup, et voulut que je la lusse à madame de Tencin. Je ne demandais pas
mieux : la lecture se fit en petit comité devant Marivaux, Pont-de-Vêle, Trublet et
une femme dont j'ai oublié le nom. La
pièce parut bien écrite; on y trouva des
vers heureux et des tirades saillantes; on
m'indiqua quelques corrections, et on m'en-

couragea à la faire jouer. Marivaux fut celui
qui la loua le plus, et il s'offrit pour la faire
recevoir aux Italiens. Il y avait, disait-il,
un pasquin dont il serait aisé de faire un
arlequin, et un rôle d'amoureuse que Silvia
rendrait à merveille. Madame de Tencin
me loua beaucoup, et son jugement me
frappa davantage. Je n'ai jamais oublié ce
qu'elle me dit, et voici à-peu-près ses
propres paroles : « A votre âge on peut faire
« de bons vers, mais non une bonne co-
« médie ; car ce n'est pas seulement l'œuvre
« du talent ; c'est aussi le fruit de l'expé-
« rience. Vous avez étudié le théâtre ; mais
« heureusement pour vous, vous n'avez pas
« encore eu le tems d'étudier le monde. On
« ne fait point de portraits sans modèles.
« Répandez-vous dans la société. L'homme
« ordinaire n'y voit que des visages ,
« l'homme de talent y démêle des physio-
« nomies ; et ne croyez pas qu'il faille vivre
« dans le grand monde pour le connaître :
« regardez bien autour de vous, vous y
« apercevrez les vices et les ridicules de
« tous les états. A Paris sur-tout, les sottises
« et les travers des grands se communi-
« quent bien vîte aux rangs inférieurs, et

« peut-être l'auteur comique a-t-il plus
« d'avantage à les y observer, par cela
« même qu'ils s'y montrent avec moins
« d'art et sous des formes moins adoucies. A
« chaque époque, il y a dans les mœurs un
« caractère propre et une couleur domi-
« nante qu'il faut bien saisir. Savez-vous,
« ajouta-t-elle, quel est le trait le plus
« marqué de nos mœurs actuelles ? Il me
« semble, répondis-je un peu embarrassé,
« que c'est la galanterie. — Non, répliqua-
« t-elle, c'est la vanité. Faites-y bien atten-
« tion, vous verrez qu'elle se mêle à tout,
« qu'elle gâte tout ce qu'il y a de grand,
« qu'elle dégrade les passions, qu'elle
« affaiblit jusqu'aux vices. M. de Marivaux
« que voilà a dévoilé avec un art infini,
« dans ses comédies comme dans ses ro-
« mans, toutes les ruses de l'amour-propre.
« Il s'est fait un genre et c'est celui d'un
« homme de beaucoup d'esprit ; mais il est
« trop fait pour les gens d'esprit, et les
« effets de la comédie doivent être plus
« populaires. Attachez-vous à relever les
« ruses ou plutôt les bêtises de la vanité :
« c'est une passion bien plus comique, et
« si le théâtre peut en corriger une, c'est

« celle-là. Le ridicule en est le véritable
« antidote, car rien n'est plus misérable
« que la vanité démasquée. » Madame de
Tencin termina son discours par me dire :
« Lisez votre pièce, parce qu'elle prouve
« de l'esprit et le talent d'écrire ; mais ne
« la faites pas jouer, parce qu'elle ne réus-
« sirait pas ou qu'elle n'aurait qu'un succès
« qui pourrait vous égarer et ne devrait
« pas vous flatter. » Marivaux prit la parole
et défendit son jugement. Il avança sur
la comédie de petites hérésies de goût
qui me séduisirent, parce qu'elles étaient
ingénieuses et qu'elles m'étaient favora-
bles. Chacun dit son mot, et il y en eut
de très-bons. La discussion fut très-vive
et très-polie, et je n'en ai guères entendu
de plus spirituelles. En m'en rappelant
depuis les détails, je trouvai cependant
que Marivaux embarrassait souvent la
question par des sophismes, qui avaient
un air simple à force de subtilité, et que
madame de Tencin embarrassait à chaque instant Marivaux, par des observations dont l'extrême naturel dissimulait la
finesse.

Je ne vous dirai pas, Monsieur, ce qui

résulta de cette conversation pour le sort
de ma comédie; mais je ne tardai pas à me
convaincre que la femme d'esprit avait
mieux jugé que les esprits de profession.

D'après tout ce que je viens d'écrire, on
ne sera pas étonné que j'aie eu quelqu'empressement à me procurer la nouvelle édition des œuvres de madame de Tencin. J'y
ai trouvé à la tête un précis de la vie de cette
femme célèbre ; mais j'ai vu aux premiers
traits que l'auteur ne l'avait point connue.
Il a peint son caractère et son esprit, d'après
des traditions peu fidèles. Il est si difficile
de bien connaître les personnes avec qui
on vit ! Comment peindre avec vérité celles
qu'on n'a jamais vues ! La Tour s'amusa
un jour à faire le portrait d'une femme qui
était à soixante lieues, mais dont on lui
envoya le signalement avec les détails les
plus minutieux et les plus exacts : il fut impossible de retrouver la moindre ressemblance entre le portrait et le modèle.

Je ne relèverai point ce que je trouve
d'inexact dans les détails qu'a écrits sur madame de Tencin le nouvel éditeur de ses
œuvres; j'aime mieux retracer ici quelques-
uns des traits qui m'ont le plus frappé dans

ce que j'ai vu d'elle, ou que j'ai recueillis des confidences de ceux qui ont vécu dans son intimité.

Je ne dis rien de sa figure. Elle était vieille lorsque je l'ai connue : sa physionomie n'avait rien de bien spirituel, et il ne lui restait pas même une trace de beauté. On ne pouvait pas dire d'elle ce que Fontenelle dit un jour en voyant une femme qui avait été célèbre par sa jolie figure et ses galanteries : *On voit bien que l'amour a passé par-là.*

Elle avait beaucoup d'esprit, et encore plus de caractère : son esprit avait toujours l'air de la raison, et il s'appliquait à tout. Jamais on n'eut plus de finesse dans le coup-d'œil avec plus de simplicité dans le ton ; ni plus d'adresse dans la conduite avec des manières plus naturelles.

Elle s'était déterminée à prendre le voile dans un couvent, par une de ces méprises si communes à une certaine époque de la jeunesse, où le développement obscur d'un sentiment nouveau et inconnu se tourne en un goût de retraite religieuse, que l'abbé de Saint-Pierre appelait *la petite vérole de l'esprit*, parce qu'il croyait qu'il fallait l'avoir une fois en sa vie. *J'ai eu aussi cette petite vérole*, ajoutait-il, *mais je n'en suis pas resté marqué.*

Madame de Tencin sentit bientôt sa méprise; la force et l'indépendance de son caractère ne lui permirent pas d'être fort délicate sur les moyens de recouvrer sa liberté. Elle ne trouva pas de route plus commode, pour s'échapper de sa prison, que d'y mettre le feu, et elle parvint bientôt à faire annuller ses vœux.

Sa véritable vocation était de dominer, et la nature lui en avait donné, avec le besoin, tous les moyens.. Quatre-vingts ans plutôt elle eût joué un grand rôle. Tout ce qui l'approchait entrait nécessairement dans le plan de ses intrigues. Elle tirait parti du sot comme de l'homme d'esprit, et l'un et l'autre servaient quelquefois, sans s'en douter, d'instrument à ses vues.

Elle avait en amitié plus de solidité qu'en amour, et elle plaisait à ses amis plus qu'elle ne les intéressait. Sa conversation avait du charme, sans avoir de l'éclat; elle ne soignait rien, et rien ne lui échappait. Son art était de démêler et de toucher sans affectation le côté faible de l'amour-propre

de chacun. C'était toujours en vous parlant
de vous, qu'elle vous amenait à elle, et en
s'occupant de vos intérêts, qu'elle vous at-
tachait aux siens.

Son ambition fut grande, son esprit supérieur et ses succès médiocres : c'est que
les circonstances contrarièrent sa fortune,
et que l'instrument de ses desseins ne put
pas répondre à la main qui le dirigeait. Le
chef-d'œuvre du génie de madame de Tencin fut de faire croire quelque tems à l'Europe, que son frère le cardinal était un
homme d'esprit et un homme d'état; ce qui
est moins merveilleux, c'est que le cardinal
le crut lui-même.

Je m'aperçois, Monsieur, que j'ai fait
une longue lettre sans dire un mot de ce
qui me l'a fait commencer. Mais que vous
importe, si ce que j'ai écrit n'est pas plus
ennuyeux que ce que je voulais écrire ? C'est
ce dont vous jugerez l'ordinaire prochain.

Le solitaire des Pyrénées.

LETTRE V.

N'avez-vous pas remarqué, Monsieur, que tous les sourds sont taciturnes ? En effet, on n'est guères tenté de parler à des gens dont on n'entendra point la réponse. C'est précisément la situation où je me trouve vis-à-vis de vous, et la raison qui fait succéder mes lettres avec tant de lenteur ; car enfin je vous écris sans savoir si vous me jugerez digne d'être imprimé, sans être sûr que vous lirez une de mes lettres jusqu'au bout. Je suis la voix qui crie dans le désert ; rien ne me répond ; l'écho même ne me rapporte aucun son.

Quand un homme de lettres écrit au milieu du tourbillon de Paris, quelque modestes que soient ses prétentions, il a sa cotterie qui l'admire, sa cabale qui le jalouse, son public qui dispense la gloire. Les louanges l'encouragent, les critiques même l'aiguillonnent. S'il se retire quelque tems dans une solitude champêtre, pour recueillir en paix ses pensées, l'image de la solitude le suit dans cette retraite mo-

mentanée ; c'est pour y revenir mieux ac-
cueilli qu'il s'en est éloigné ; il jouit en
travaillant du bruit qu'il peut faire à son
retour. Mais moi, que mon âge, mon goût,
mes habitudes ont résigné à terminer en
paix mon obscure carrière, séparé pour
jamais du bruit du monde et des regards
des hommes, pour qui est-ce que j'écris ?
Quel fruit espéré-je de la peine que je
prends ? car enfin c'en est une que d'écrire
pour être imprimé. Quand j'ai arrêté quelque tems mon esprit sur un objet qui l'intéresse, je sens mes idées se développer,
s'enchaîner, se presser avec rapidité ; mon
imagination leur donne des formes, de la
couleur et du mouvement : alors j'éprouve
le besoin de les fixer sur un papier, pour
m'en rendre compte à moi-même ; mais à
peine ai-je pris la plume que ces idées si
lumineuses se troublent, ces sensations si
vives s'éteignent, la langue se refuse à l'expression de ma pensée, et mon imagination se glace dans la recherche des mots et
des tours. Honteux de me donner tant de
peine pour un travail si futile, si je prends
le parti de laisser courir au hasard mon esprit et ma plume, alors le premier ordre

de mes idées s'efface , et je me trouve entraîné , malgré moi , loin du but où je voulais aller. C'est ce qui m'est arrivé dans ma
dernière lettre , où en vous parlant de madame de Tencin , les souvenirs qui se ré-
veillaient en moi , à mesure que j'écrivais ,
ont pris la place des réflexions que je voulais vous communiquer , et que je vais tâcher de retrouver.

Il faut répéter encore ici que madame de
Tencin appelait ses *bêtes* les Montesquieu ,
les Fontenelle , les Lamotte et les autres
hommes de lettres qu'elle rassemblait chez
elle ; *c'était,* disait-elle , *sa ménagerie.*
Je ne vois là qu'une de ces plaisanteries de
société , que des gens d'esprit peuvent, je
crois, se permettre dans l'intimité , et une
contre-vérité qui , par le choix des hommes
à qui elle s'appliquait , ne choquait pas de
mon tems les gens de la meilleure compagnie.

Des critiques d'un goût excessivement
délicat , tel que l'illustre auteur d'un dictionnaire oublié , et l'auteur non moins illustre d'un journal non moins oublié , ont
gravement relevé cette plaisanterie , qui
leur a paru une impertinence de la part de

celle qui la faisait, et une bassesse de la part de ceux qui la souffraient. Il faut en conclure que s'ils eussent été contemporains de madame de Tencin, ils n'auraient jamais été aggrégés à une pareille *ménagerie*.

Le nouvel éditeur de madame de Tencin n'est pas si sévère; il juge qu'elle avait trop d'esprit pour vouloir faire entendre que Montesquieu et Fontenelle en manquassent, et il conjecture qu'elle voulait peut-être par-là *blâmer le goût pour les ménageries, qui devenaient à la mode*.

Je n'ai jamais ouï dire dans ma jeunesse qu'on eût la fantaisie d'avoir dans les bonnes maisons de Paris, des collections d'éléphans, d'ours et de panthères. Cette mode aurait pu en effet avoir quelques inconvéniens, mais ne pouvait guères devenir générale. J'aime mieux croire, comme le dit ensuite l'éditeur, que cette dénomination de *bêtes* n'était *qu'un trait de gaîté;* et lorsqu'il ajoute que le trait n'était *ni assez fin, ni assez spirituel,* j'en conclus qu'il vit dans des sociétés où l'on a plus d'esprit et un meilleur ton que dans celle de madame de Tencin, et je lui en fais mon compliment.

Je n'aurai pas la simplicité de justifier un mot de cotterie par des raisonnemens ; mais je ne puis me refuser à la tentation de rappeler une autre plaisanterie de société qui explique un peu celle-là.

On sait que le feu marquis d'Argenson, qui a été ministre des affaires étrangères, n'était désigné dans le monde que par le surnom de d'*Argenson la bête*. C'était un homme de beaucoup d'esprit et de beaucoup de connaissances, très-honnête homme et bon citoyen. On a de lui un excellent ouvrage sur le gouvernement ; mais il avait le ton commun et les manières un peu bourgeoises. Le comte d'Argenson, son frère, avait, au plus haut degré, ce qu'on appelle *esprit* dans le monde ; sa conversation était pleine de traits ; il était sur-tout fin railleur, et c'est lui qui a le plus contribué à mettre le persifflage à la mode. Il n'aurait vraisemblablement jamais fait un bon livre ; mais on sent quel avantage il avait dans un salon sur le marquis. Il était l'*esprit* par excellence ; et ce fut pour marquer la distance qu'il y avait entre les deux, qu'on appela son frère *la Bête*.

J'ai connu des personnes qui croyaient

sérieusement que le surnom avait été pris
à la lettre, et qui faisaient, à ce sujet, des
réflexions de morale très-solides sur la
frivolité du siècle. Ils auraient plaint, sans
doute, feu M. Crozat, qui, par une semblable figure de rhétorique, était surnommé
Crozat *le pauvre*, parce qu'il n'avait que
deux millions de bien, tandis que son frère
en avait six.

Il ne faut pas croire non plus qu'il n'y
ait pas eu une nuance de sérieux dans la
plaisanterie que faisait madame de Tencin
sur les beaux esprits. Elle ne s'était livrée
que par désœuvrement au goût des lettres,
qu'elle eût peut-être dédaignées si elle
n'avait pas échoué dans ses projets d'ambition. C'était un pis-aller ; elle avait de tous
les genres d'esprit, mais celui dont elle
faisait le plus de cas, était l'esprit des affaires. Elle aimait encore mieux parler d'intrigue que de littérature, et faire entrer un
de ses amis dans le ministère qu'à l'académie ; elle n'aurait jamais fait de romans,
si elle avait pu travailler à des arrêts du
conseil. On conçoit que, lorsque la conversation se portait chez elle sur les intrigues
de la cour et de la ville, elle se trouvait

bien supérieure aux Fontenelle et aux Montesquieu ; et je me rappelle qu'elle les rail-
lait souvent sur leur profonde ignorance
des choses de ce monde. C'est une grande
douceur pour les gens du monde que de
pouvoir dire à un homme de génie qu'il est
une bête ; et ils admirent bien volontiers le
talent d'un homme de lettres dont ils peuvent plaisanter tout le jour les gaucheries
ou la distraction. J'en ai vu du moins plusieurs exemples dans ma jeunesse; peut-
être cela est-il changé aujourd'hui ; car
j'aime à croire que tout se perfectionne.

Voilà encore une longue lettre sans avoir
dit tout ce que je voulais dire de madame
de Tencin : j'y reviendrai, si cela ne vous
ennuie pas trop.

Le solitaire des Pyrénées.

LETTRE VI.

Encore un mot, Monsieur, sur madame de Tencin, et je laisserai dormir en paix ses mânes.

Vous avez vu que l'éditeur de ses œuvres lui passerait, à la rigueur, cette dénomination de bêtes qu'elle donnait aux gens d'esprit de sa société ; mais ce qu'il prétend qu'on ne peut pas pardonner, *c'est le don qu'elle faisait chaque annee aux auteurs qu'elle recevait, de deux aunes de velours pour faire des culottes. Ils en avaient sûrement besoin, ceux qui ont conservé cette anecdote* (je copie mot à mot). *De semblables dons, ajoute l'éditeur, étaient aussi peu décens de la part d'une femme, que vils pour ceux qui daignaient les prendre.*

J'avoue, Monsieur, que je trouve dans ces phrases un étrange renversement d'idées et de langage. D'abord, on y semble considérer madame de Tencin comme une auguste princesse qui fait l'honneur à quelques humbles auteurs de les recevoir chez

elle. Mais madame de Tencin n'était point
une grande dame ; et Fontenelle et Montesquieu n'étaient point des *auteurs*. C'était
une femme de beaucoup d'esprit et de très-
bonne compagnie, qui avait pour amis des
hommes de beaucoup d'esprit et de très-
bonne compagnie, accoutumés à vivre avec
ce qu'il y avait de plus distingué par le
rang et la naissance, et qui faisaient plus
d'honneur à la société de madame de Tencin, en s'y réunissant, qu'ils ne pouvaient
en recevoir.

J'aurai l'honneur d'apprendre à monsieur
l'éditeur, que celui qui nous a conservé
l'anecdote des deux aunes de velours, est
mon patron, l'archidiacre Trublet, qui a
jugé à-propos de la transmettre à la postérité avec beaucoup d'autres minuties littéraires, parce que c'était son goût ; mais qui
n'avait certainement pas besoin qu'on lui
donnât des culottes, parce qu'il avait un
petit bien de patrimoine, une pension et un
très-bon bénéfice.

Je suis émerveillé de l'intrépidité d'opinion qu'il faut avoir pour affirmer au public,
sans scrupule, qu'une femme comme madame de Tencin faisait, chaque année, une

chose *indécente* sans s'en douter; et que Montesquieu, Fontenelle, Marivaux, etc., *s'avilissaient* par la même occasion pour deux aunes de velours. Comment la plume ne s'arrête-t-elle pas sous les doigts au moment de signer un pareil arrêt contre des personnes qui devaient être les meilleurs juges de ce qui est décent et convenable?

Dans les actions qui intéressent la morale, il n'y a rien d'arbitraire; les jugemens doivent être uniformes dans tous les tems, parce que les principes sont par-tout les mêmes; et cependant!... mais dans les choses de délicatesse et de convenance sociale, les idées se modifient à l'infini.

L'usage de faire des présens est de toute antiquité; mais les raffinemens de délicatesse qu'on a mis à donner ou à recevoir, ont étrangement varié, selon le degré de sociabilité, la nature des mœurs et les caprices de l'opinion.

Le sauvage convoite tout ce qui lui plaît, demande sans façon ce dont il a besoin, donne sans grace et reçoit sans pudeur. Dans les sociétés policées, mille délicatesses restreignent la liberté d'offrir et de recevoir des dons.

Dans l'Orient, on ne va solliciter la faveur d'un pacha, ou la justice d'un cadi,
qu'en appuyant la requête d'un présent de
fourrures, de riches étoffes ou de sequins.
En d'autres pays, à peine ose-t-on prendre
cette liberté avec des secrétaires ou des
commis.

Chez les anciens grecs, un hôte généreux
offrait à un étranger la plus belle de ses
esclaves, et l'étranger en usait sans cérémonie. Chez les nations plus polies, on
se ferait moins de scrupule de séduire la
femme ou la fille de son hôte, que de lui
enlever sa maîtresse.

Les grands de Rome donnaient de l'argent à leurs cliens, et leur envoyaient souvent à dîner de la desserte de leur table.
Les cliens étaient d'honnêtes citoyens romains, qui s'estimaient, dit-on, plus que
des rois. De bons bourgeois de Paris, *sans
être aussi fiers,* ne recevraient pas de
pareils présens.

Ces mêmes romains, qui avaient tant de
fierté sur les grandes choses, avaient en
même tems sur de petits objets des usages
qui étonnent notre délicatesse. Un citoyen,
d'une famille même distinguée, se faisait

présenter à un repas où il n'était pas prié,
et trouvait bon qu'on lui donnât la dernière
place du dernier lit, sans autre dédommagement que le plaisir de faire bonne chère.
Cet usage était si commun, qu'on avait fait
un nom particulier pour cette espèce de
parasites : on les appelait des *ombres.*
C'étaient un momentanus, un Varius,

Quos Mecenas adduxerat umbras.

Chez nous, *un homme comme il faut*
arrive souvent à un souper où il n'est pas
désiré ; mais il n'y prend point la dernière
place, et souffrirait encore moins qu'on la
lui assignât.

Suétone nous a conservé une lettre cu-
rieuse d'Auguste à sa fille Julie. Il lui envoie
deux cent cinquante deniers, parce que,
dit-il, il a fait présent de la même somme
à chacun des convives qu'il a invités à
souper, afin de les mettre en état de jouer
pendant le repas, aux dés ou à quelqu'autre
jeu. Cette anecdote en rappelle une assez
moderne, qui nous prouvera combien les
opinions changent sur les convenances de
délicatesse et de fierté.

A cette fête célèbre que Fouquet donna

à Louis XIV dans son château de Vaux, le
sur-intendant fit mettre dans la chambre de
chaque courtisan de la suite du roi, une
bourse pleine d'or, pour fournir au jeu de
ceux qui pouvaient manquer d'argent, ou
n'en avoir pas assez. Ces messieurs ne
virent, dans une attention si recherchée,
qu'une galanterie magnifique, et en usèrent
sans y regarder de plus près. Je n'ai pas
besoin d'observer qu'une pareille magnificence serait vue aujourd'hui d'un œil bien
différent. Duclos, qui rapporte cette anecdote dans ses *Considérations sur les
Mœurs*, ajoute : « Le sur-intendant de
« Bullion avait déjà donné un exemple de
« ce magnifique scandale. Ayant fait frapper
« en 1540 les premiers louis qui aient paru
« en France, il imagina de donner un dîner
« à cinq seigneurs de ses courtisans, fit
« servir au dessert trois bassins des nou-
« velles espèces, et leur dit d'en prendre
« autant qu'ils voudraient. Chacun se jeta
« avidement sur le fruit nouveau, en em-
« plit ses poches et s'enfuit avec sa proie,
« sans attendre son carrosse ; de sorte que
« le sur-intendant Bullion riait beaucoup
« de la peine qu'ils avaient à marcher. »

L'usage des étrennes est de tous les tems et de tous les pays. Je vous ferai grace de mon érudition sur les variétés infinies que les mœurs et la fantaisie ont établies dans les présens d'étrennes. Il me serait aisé de vous expliquer comment les culottes de velours étaient devenues à la mode il y a quarante ou cinquante ans, et pourquoi madame de Tencin avait voulu faire adopter cette petite élégance à des hommes raisonnables qui s'y refusaient par simplicité, non par économie ; mais ces détails seraient trop fastidieux , et ne paraîtraient pas de *bon ton* aux lecteurs qui s'en piquent. J'aime mieux donner l'exemple de la circonspection avec laquelle il convient de prononcer sur les usages et les bienséances qui ne sont pas à notre portée.

Quand je vivais dans le monde , il me semblait que le sublime de la galanterie, dans les présens de société, était de donner des superfluités agréables, non des objets utiles ; des bijoux plus précieux par le travail ou par la nouveauté que par la matière ; on cherchait à montrer plus de goût dans le choix du don , que de générosité dans sa valeur, et à mériter un com-

pliment plutôt qu'un remerciement. Ainsi,
le présent d'une pièce de porcelaine était de
meilleur goût que celui d'une pièce de vais-
selle d'argent du même prix. Je sens bien
que cette recherche était bien raffinée pour
durer long-tems ; aussi je lis dans l'agréable
roman d'*Adèle et Théodore,* que le goût
du parfilage a introduit dans le plus grand
monde l'usage de donner aux femmes *des
poupées d'or, des chiens d'or, des galons
et même des bobines d'or ;* que beaucoup
de femmes en demandent à tous les hommes
de leur connaissance, et que madame *de
R** ne désire ces présens que pour les
vendre.* Madame de Genlis n'a pas l'air de
trouver cet usage *fort noble.* Elle vit au
milieu des mœurs qu'elle a peintes, et doit
connaître parfaitement toutes les nuances
des bienséances qui règnent dans ce monde :
c'est à elle qu'il convient d'avoir un avis. Je
me contenterai de dire que je ne puis pas
moins estimer un homme de lettres qui reçoit deux aunes de velours pour étrennes
d'une femme de ses amies, qu'une duchesse
qui reçoit pour cinquante louis de bobines
d'or d'un jeune colonel de sa connaissance.

Le solitaire des Pyrénées.

LETTRE VII.

JE vous l'ai déjà dit, Monsieur, c'est à l'observation de la nature que j'ai dû mes premières consolations dans les peines qui avaient abattu mon ame. J'ai continué à me livrer à cette étude, soit par goût, soit par reconnaissance : elle charme toujours mes loisirs.

J'avais trouvé dans les journaux de grands éloges d'un livre nouveau qui me paraissait réunir tout ce qui pouvait exciter ma curiosité et satisfaire mon goût de philosophie. Ce livre est intitulé : *Etudes de la Nature*. Je me le suis procuré ; je l'ai lu avec empressement. J'y ai trouvé une imagination brillante, une ame sensible, un esprit observateur et hardi, un talent d'écrire très-rare, et ce qui touche encore davantage, un sentiment de vertu et d'humanité qui fait estimer l'homme autant que le reste fait estimer l'écrivain. Mais ce que j'aime par-dessus tout dans un ouvrage philosophique, c'est ce qui fortifie ma raison et agrandit ma pensée ; ce sont des vérités ; et je n'en ai guères rencontré dans ces *Etudes de la Nature.*

L'auteur se montre bien mécontent des hommes et de la société : il paraît cependant fait pour en être bien traité. Dans son livre, les idées du philosophe sont trop souvent teintes de l'humeur du misanthrope. Il a étudié la nature ; mais on voit qu'il a encore plus étudié J. J. Rousseau. Il adopte presque en tout ses préventions et ses paradoxes ; mais si c'est quelquefois avec le style énergique et passionné du citoyen de Genève, ce n'est pas avec cette dialectique profonde qui enchevêtre si artificieusement l'erreur avec la vérité, que le meilleur esprit a bien souvent de la peine à démêler l'une de l'autre. Les erreurs semées dans les *Etudes de la Nature* ne sont ni si enveloppées, ni si spécieuses. L'auteur met trop souvent les fantômes de son imagination à la place des procédés de la nature ; il a trop peu étudié les sciences dont il attaque les principes : il accuse les académies et les savans de vouloir tout expliquer par des systêmes, dans le tems où les académies et les savans, repoussant par-tout les systêmes, observent et analysent les phénomènes avec

le plus de méthode et de scrupule. Lui-
même prétend à chaque instant deviner la
nature et expliquer ses opérations par des
suppositions cent fois plus gratuites que
toutes celles qu'il combat.

Des hommes de mauvaise humeur contre
leur siècle et leurs contemporains, accu-
sent sans-cesse nos grands écrivains de gâ-
ter les ouvrages d'imagination par la philosophie, et les ouvrages de philosophie par
l'imagination. Ces tristes censeurs ne savent
pas que le mélange de l'imagination et de
la philosophie fait le charme des plus beaux
ouvrages de l'antiquité : ils ne sont dignes
de lire ni Plutarque et Platon, ni Cicéron et
Sénèque, ni Montesquieu et Buffon.

Pour moi, j'aime les ouvrages où les
talens de l'esprit parent la vérité sans la déguiser, où l'auteur, mêlant la morale à la
physique, sait attacher mon imagination
en éclairant mon esprit, et m'intéresser
aux objets de la nature, en me montrant
les rapports qui les lient à la perfection et
au bonheur de l'homme.

Mais je veux, avant tout, que l'observation soit fidèle, et que la physique soit
exacte ; et c'est malheureusement ce qui

manque aux *Etudes de la Nature* ; j'y trouve trop souvent des chimères morales entées sur des chimères physiques.

L'aversion de l'auteur pour ce qu'il appelle les *docteurs*, c'est-à-dire les savans, s'étend jusque sur les géomètres et les physiciens : il est plus commode, il est vrai, de les censurer que d'étudier leurs démonstrations et leurs expériences.

Il paraît qu'il a peine à croire au mouvement de la terre autour du soleil : il aimerait mieux faire tourner le soleil. Il ne veut pas même que la terre tourne sur elle-même ; et il oppose à ce mouvement de rotation, l'ancienne objection que, dans cette hypothèse, les corps lancés de la terre ne devraient pas avoir le même mouvement apparent que si la terre était immobile. Je n'entrerai pas à ce sujet dans des détails de science aussi superflus que déplacés dans une lettre ; mais je prierai l'estimable auteur des *Etudes de la Nature*, de lire les mémoires de l'académie des sciences de 1771 : il y trouvera une réponse à cette même objection, et une réponse à la portée de tous les lecteurs ; elle n'est fondée sur aucun système, mais seulement sur les lois

du mouvement les plus simples et les plus
incontestables.

Il croit que le rayon de la terre n'est
pas plus long à l'équateur que vers le pôle ;
il paraît ignorer que la mesure des degrés
du méridien a prouvé l'aplatissement de
la terre qui est devenu un fait déduit géo-
métriquement de l'observation. Il cite un
grand astronome qui était d'une opinion
contraire ; mais on a reconnu il y a long-
tems que cette opinion n'était fondée que
sur une inadvertance échappée à ce grand
astronome. Qu'il interroge et M. Bailly et
M. Lalande, qui nous ont si bien fait connaître l'histoire et l'état actuel de l'astronomie.

Il prétend qu'en supposant la terre fluide
et tournant sur son axe, elle aurait dû
prendre la forme d'un plateau. Qu'il consulte M. de Buffon ou M. le marquis de
Condorcet ; ils lui diront que dans l'hypothèse qu'il combat, les molécules du fluide
s'attirent réciproquement, et qu'alors le
calcul donne la forme que doit prendre la
masse fluide ; forme très-différente de celle
d'un plateau.

Il explique ensuite les marées par je ne

sais quels courans venant des pôles et produits par la fonte des glaces. Il oublie que
ce n'est ni à l'ordre des saisons , ni à celui
des heures du jour, que les marées sont as-
sujéties , et que la lune n'agit point sur les
glaces du pôle. Les physiciens ont très-bien
remarqué que la direction des côtes , celle
du vent et celle des courans influaient sur
les phénomènes des marées , et modifiaient
les effets de la cause générale. Ils expliquent
par ces actions combinées , toutes les irré-
gularités que l'observation a fait connaître ,
avec une précision qui suppose une cause
plus constante que la fonte accidentelle des
glaces des pôles. Quand on attaque les démonstrations des plus grands géomètres , il
est triste de n'avoir à mettre à la place que
de pareilles suppositions.

Ce qui est remarquable dans les *Etudes
de la Nature* , c'est que l'auteur ne veut
pas que pour l'étudier on emploie des instrumens et des calculs. Est-ce que l'intelligence qui invente les calculs, n'est pas un
don du même être qui nous a donné des
yeux , et les yeux ne sont-ils pas faits pour
voir à travers une lunette comme pour regarder à travers les nuages?

Il dit presqu'autant de mal des cartes de géographie que des calculs de géomètres. Je crois cependant que *M. de la Peyrouse,* dans son voyage autour du monde, les trouvera bonnes à quelque chose.

Mais, Monsieur, voilà assez et peut-être trop de philosophie; je n'ajouterai plus pour cette fois qu'un mot sur les *Etudes de la Nature.* J'y ai trouvé peu d'idées neuves qui soient vraies, et peu de vérités qui soient utiles : mais on peut en tirer ce résultat toujours utile; c'est que l'affectation de fuir les routes battues conduit à l'erreur pour le moins autant que la timidité qui craint de s'en écarter; c'est que la philosophie qui érige en principe le mépris des méthodes scientifiques peut produire des pages agréablement écrites, mais ne montrera jamais qu'un monde imaginaire et des hommes non moins chimériques. J'aime autant les rêves de Cyrano de Bergerac; ce sont du moins des visions plus gaies.

Le solitaire des Pyrénées.

LETTRE VIII.

Monsieur,

J'avais commencé une seconde lettre sur les *Etudes de la Nature*, lorsque j'ai reçu la visite de deux jeunes mariés qui sont venus s'établir sur un petit bien peu éloigné de mon habitation, et avec qui le voisinage me donna quelques rapports d'affaires. Le mari est un jeune homme fort bien fait, d'une physionomie douce et honnête, et dont les manières ne manquent pas de politesse. La jeune femme a une jolie figure où se peint un mélange piquant de raison et de gaîté, de candeur et de finesse : tous deux ont l'air du bonheur ; mais dans l'un, c'est l'enchantement de l'amour heureux ; dans l'autre, c'est sur-tout la satisfaction intime d'avoir fait un excellent choix. C'est un spectacle si doux que celui du bonheur de deux ames honnêtes et sensibles ! L'intérêt que j'ai montré à ces deux jeunes gens m'a attiré leur confiance ; ils m'ont conté leur histoire : elle m'a paru plus intéressante et plus neuve que les intrigues de la plupart de nos comédies et de nos romans modernes. Il m'a pris fantaisie de l'écrire et de vous l'adresser. Cela ne peut pas déplaire à mes nouveaux voisins , et je suis sûr que ce récit, aussi simple que fidèle , vous amusera plus que les observations philosophiques dont je voulais vous entretenir , et dont je ne vous tiens pas quitte.

J'ai toujours entendu dire que *Saint-Germain-en-Laye* était l'asile d'un grand nombre de bourgeois qui, après avoir fait une petite fortune , vont y passer en repos leurs derniers jours. Un vieux garçon , jouissant d'un bien assez considérable , s'y était retiré depuis plusieurs années. Il était né dans un village de Gascogne , où il avait laissé des frères et des sœurs qui avaient eu un grand nombre d'enfans. Des neveux pauvres, instruits de la richesse de leur oncle , venaient souvent du fond du royaume réclamer à Saint-Germain ses bienfaits. Le vieillard voulait bien laisser sa fortune à sa famille , mais il voulait en jouir tran-

quillement pendant sa vie. Pour se débar-
rasser de ces visites importunes, il déclara que ceux d'entre ses parens qui le
poursuivraient encore, n'auraient aucune
part à son testament. Dès cet instant, aucun
ne troubla plus sa solitude. Un jour cependant une de ses nièces, âgée de dix-sept
ans, habillée en paysanne, mais tres-pro-
prement, arrive à Saint-Germain. Elle demande la demeure de son oncle, dont les
intentions ne lui étaient pas connues. Heureusement pour Thérèse (c'était son nom),
on l'adresse d'abord à un tapissier, ami
intime du vieux garçon. Elle intéresse le
tapissier, qui la détourne de se présenter
chez son oncle, et s'engage à le voir et à
lui parler pour elle. *Qu'elle reparte sur-le-
champ*, dit le vieux garçon : *assurez-la
que je lui laisserai vingt-cinq mille livres
par mon testament ; mais je ne veux pas
la voir.* — « Monsieur, répartit la jeune
« paysanne au tapissier, retournez auprès
« de mon oncle, je vous en conjure ; dites-
« lui que je renonce à ses vingt-cinq mille
« livres pour avoir seulement le bonheur
« de le voir : ma mère me l'a recommandé
« en mourant. Je n'ai pas besoin de son

« argent pour être heureuse : je le serai si
« je puis le voir un moment, le remercier ,
« l'embrasser : et je repartirai sur-le-champ
« pour mon village. » Le tapissier revient
auprès du vieillard et lui rapporte avec
intérêt les paroles de sa nièce. — *Qu'elle
vienne donc, * répondit-il, *mais qu'après je
n'en entende plus parler.* Elle arrive , se
précipite dans les bras de son oncle , lui dit
avec tant d'ingénuité des choses si sensibles,
qu'il en est attendri : il retrouvait d'ailleurs sur son visage les traits de la sœur
qu'il avait le plus aimée ; il alla , sans dire
un mot , chercher dans son secrétaire une
bourse qui contenait vingt-cinq louis; il
la mit dans la main de sa nièce , en lui
disant d'un ton altéré : *Allez, mon enfant, retournez chez vous , soyez sage
et vous pouvez compter que je ne vous
oublierai pas.* Le tapissier était présent
à l'entrevue : il avait un fils amoureux
et aimé d'une fille sage , qu'il était à la
veille d'épouser ; mais cette fille n'avait
pas vingt-cinq mille livres de dot. Le père
fait une spéculation sur les espérances de
Thérèse et l'engage à rester à Saint-Germain.

« Votre oncle est bien vieux, lui dit-il,
« sa santé dépérit, il ne saurait vivre en-
« core long-tems ; peut-être le moment
« n'est pas loin où vos soins lui seront
« agréables et nécessaires ; demeurez chez
« moi : vous y serez traitée comme l'en-
« fant de la maison. » Elle y consent : le
mariage du fils est retardé, et bientôt après
rompu, malgré la répugnance du jeune
homme et le désespoir de la future. Thérèse, touchée des bonnes façons du tapissier, consent à épouser son fils. L'oncle
meurt, le testament est ouvert, et la
paysanne se trouve légataire universelle, et
riche de près de deux cent mille livres. Le
tapissier est transporté de joie ; mais la
jeune héritière s'adressant au fils : « Je
« sais, lui dit-elle, que vous avez été près
« d'épouser une personne que vous aimiez
« et qui vous aime encore ; je ne vous
« épousais que par reconnaissance pour les
« bons offices de votre père ; je vous rends
« à votre maîtresse, et je la dote de vingt-
« cinq mille livres. » Elle en donna au père
trois mille pour les soins qu'elle en avait
reçus ; après quoi elle repartit pour son
pays avec son trésor, sa jolie figure et ses

dix-neuf ans, laissant à Saint-Germain tout le monde fort content d'elle.

Il faut vous dire, Monsieur, que le curé de son village avait chez lui un neveu de vingt-deux ans, qui avait fait ses études, quoique pauvre, mais qui, n'ayant aucune vocation pour la soutane que son oncle voulait lui faire prendre, ne savait trop ce qu'il mettrait à la place. Il avait vu Thérèse, l'avait trouvée très aimable et le lui avait dit. Un jour qu'il voulut prendre avec elle quelques libertés : « M. Henri, « lui dit Thérèse, vous avez été trop bien « élevé pour me vouloir pour femme ; je « suis trop sage pour être votre maîtresse ; « je vous prie de cesser vos soins ; je ne « pourrais les recevoir qu'autant que votre « oncle serait dans la confidence. » Le ton calme et ferme de Thérèse en imposa au jeune homme. « Je sens, pour la pre- « mière fois, lui répondit-il avec un air « pénétré, que c'est un malheur d'être « pauvre. » Ce fut peu de tems après cette conversation que Thérèse partit pour Saint-Germain. A son retour, elle retrouva le jeune Henri qui à peine osa l'aborder. Il lui témoigna avec une joie si vraie la

part qu'il prenait au bonheur qui lui était
arrivé, et cherchait à le lui cacher avec un
effort et un trouble si touchant, qu'elle
en fut vivement pénétrée. Thérèse alla
trouver son curé, qui était un bon et digne
prêtre. « M. le curé, lui dit-elle, je crois
« que votre neveu m'aime et qu'il est hon-
« nête : il me plaisait quand je n'avais
« rien ; mais je n'ai pas dû le lui laisser
« voir. Aujourd'hui que je suis riche, je
« suis prête à faire sa fortune, si vous
« croyez qu'il soit propre à faire le bon-
« heur d'une femme sage qui l'aimerait
« bien. Vous connaissez mieux son carac-
« tère que moi : vous êtes son oncle, mais
« vous êtes mon pasteur. Il ne serait pas
« heureux avec moi, si je ne l'étais pas
« avec lui. C'est son sort, comme le mien,
« que je remets entre vos mains. — Ma
« fille, lui répondit le bon curé, mes
« ouailles sont des enfans que le ciel m'a
« donnés : je leur dois mon affection et
« mes conseils, de préférence à ceux-
« mêmes que le sang me recommande.
« Votre confiance me touche, je n'en abu-
« serai pas ; mais ma conscience sera d'ac-
« cord avec mon cœur en vous disant du

« bien de mon neveu. Il est naturellement
« raisonnable, doux, sensible et reconnais-
« sant. J'avais vu naître son goût pour
« vous ; c'est la seule chose que j'aie eu
« à lui reprocher. » Il n'en fallut pas davantage à Thérèse ; le mariage fut déclaré
sur-le-champ et célébré sans délai. Le
ravissement du jeune homme ne peut
guères se concevoir, et après plus d'un
an de mariage, ne paraît pas près de se
calmer. Thérèse, après avoir consacré une
partie de sa fortune à répandre une honnête aisance parmi ceux de ses parens qui
en avaient besoin, a acheté le bien qu'elle
est venue occuper auprès de moi, et j'espère qu'elle me permettra de jouir souvent du plaisir de la voir. Je ne saurais
vous exprimer l'étonnement où je suis,
de trouver dans une jeune personne, née
et élevée dans un village, où tout était
grossier autour d'elle, une grâce si naturelle, un esprit si raisonnable, et des manières si aimables dans leur simplicité. Elle
m'a prouvé que les travers de l'esprit et
la gaucherie des manières étaient des
fruits de la société, et qu'il y avait des
naturels heureux qui devinaient ce que

l'éducation et l'usage du monde n'apprennent pas même toujours à ceux qui ont le plus de moyens de profiter de ces avantages.

Le solitaire des Pyrénées.

Les lettres qu'on vient de lire sont de l'éditeur de ce recueil. Ce qu'il dit de lui-même, de sa retraite près des Pyrénées, des malheurs qui l'y avaient conduit, de ses liaisons avec madame de Tencin, est un pur roman, qu'il n'avait imaginé que pour se déguiser, et pour pouvoir parler avec plus de liberté de plusieurs de ses contemporains. Mais il ne put pas garder long-tems l'*incognito*; comme il était intéressé dans le *Journal de Paris*, où les lettres du *Solitaire des Pyrénées* furent imprimées, il fut aisément reconnu, et dès ce moment il renonça au projet de les continuer. Il avait fait une neuvième lettre sur montesquieu, sous la forme de relation d'un voyage à la Brède, terre où vivait habituellement l'auteur de l'*Esprit des Lois*. Cette lettre ne put être imprimée dans le *Journal de Paris*, parce que le censeur ne voulut pas le permettre; l'auteur n'a pu la retrouver depuis.

S.

LETTRES

Pour servir d'explication à celles du Solitaire des Pyrénées, sur les présens.

LETTRE PREMIÈRE.

MONSIEUR,

Le solitaire des Pyrénées a fort bien prouvé contre l'éditeur des œuvres de madame de Tencin, que le présent de deux aunes de velours qu'elle faisait aux gens d'esprit qu'elle appelait *ses bêtes,* n'avait rien d'indécent pour les femmes qui le faisaient, ni de vil pour les *Fontenelle,* les *Montesquieu,* les *Marivaux,* les d'*Alembert* et *autres bêtes* de cette espèce qui le recevaient.

Aux nombreux exemples qu'il cite pour appuyer son opinion, permettez-moi d'en joindre quelques-uns qui me paraissent se rapporter plus particulièrement au cas dont il s'agit.

L'usage de récompenser les talens par

des *habillemens*, est de toute ancienneté.
Aristophane parle d'un *habit* que l'on devait
donner à un *poëte* pour avoir dignement
célébré les louanges d'une cité.

Martial nous dit qu'il était d'usage à
Rome de gratifier *les poëtes d'habits neufs*.
Les arabes récompensent les leurs de la
même manière, et Mahomet donna son
manteau au *poëte Kaab*.

Cette sorte de présens a été employée
par les souverains envers les grands, en
signe de bienveillance ou de magnificence.
On en voit une foule d'exemples dans les
treizième et quatorzième siècles, tems auquel l'Italie était devenue le partage des
seigneurs particuliers. Les fêtes, appelées
par les italiens *corti bandite*, que ces seigneurs *souverains* donnaient en certaines
occasions, duraient quelquefois des mois
entiers. Les festins, les spectacles, les
tournois, les divertissemens de toute espèce s'y succédaient sans intervalle. Tous
les grands de leur domination et du voisinage y étaient invités, et s'en retournaient
comblés de présens : c'étaient des *habits*
enrichis d'or, teints en pourpre, des harnois
dorés, de superbes coursiers, etc.

Il arrivait souvent que le seigneur ne faisait lui-même ces présens qu'en retour de ceux qu'il avait reçus, comme lorsque les Gonzague célébrèrent leurs mariages à Mantoue. Alors plusieurs princes d'Italie et quantité de nobles, invités aux fêtes qui s'y donnèrent, leur firent présent d'*habits précieux*, de magnifiques chevaux, de vases d'argent et de bijoux recherchés. Les seigneurs de Mantoue ne furent pas moins magnifiques ; et à leur tour donnèrent des habits et de l'argent.

Roba e danari donar lor si faccia.

Mais ce qu'il y eut de particulier en cette occasion, c'est que tous les habits offerts en présent aux Gonzague, furent par eux donnés aux musiciens et aux bouffons qui ne manquaient pas d'accourir de toute part à ces sortes de fêtes.

Tutte le robe sopra nominate ,
Furon in tutto trent◆tto et trecento
A buffoni e sonatori donate.

Ce qui prouve combien les histrions de ce tems étaient considérés, puisque les souverains léur donnaient des présens qu'ils n'avaient pas eux-mêmes dédaignés. Aussi Saint-Augustin s'est-il fort récrié contre cet usage, en ces termes : *Donare res. suas histrionibus vitium est immane, non virtus.*

C'est encore aujourd'hui la coutume des orientaux de donner des fourrures et des étoffes. On lit dans Tournefort que le grand-seigneur fit distribuer à MM. *de Ferriol* et *de Châteauneuf*, ambassadeurs de France, des *vestes* fort riches, et que celles qu'on donna aux officiers de leur suite valaient cinq à six sequins chacune.

Mais je m'aperçois que ma lettre est déjà bien longue. Je vous parlerai dans une seconde des *étrennes*.

LETTRE II.

Tout le monde sait que les Romains donnèrent le nom de *strenna*, *étrennes*, à
quelques branches d'arbres coupées dans
un bois consacré à *Strenna*, déesse de la
force, et présentées à Tatius, roi des Sa-
bins, le premier jour de l'an. On étendit
ensuite ce nom à tous les présens qui se
faisaient à pareil jour ; mais il ne faut pas
croire pour cela que l'usage de donner des
étrennes au commencement de l'année ne
fût pas connu avant cette époque.

Dans des tems bien antérieurs on le sui-
vait dans les Gaules et d'une manière qui
avait beaucoup de rapport avec ce qui se
pratiquait sous le règne de *Tatius*, contemporain de *Romulus*.

Le souverain pontife des druides se rendait, à des jours marqués, dans une forêt
consacrée aux dieux, avec une serpette
d'or. Il y coupait le *gui de chêne*, et les
druides subalternes le distribuaient ensuite
au peuple par formes d'étrennes au com-

mencement de l'année. De là est venue sans
doute la coutume d'appeler *gui-l'an* tous
les présens qui se font le premier jour de
l'an dans le pays Chartrain ; car on sait que
le chef-lieu des druides était entre Chartres
et Dreux.

Ainsi l'on peut croire que l'usage des
étrennes était, dans l'origine, une espèce
d'institution religieuse, que les peuples
latins adoptèrent ; et comme ils n'avaient
point de nom dans leur langue pour
l'exprimer, ils lui en donnèrent un tiré
de la chose même, en attribuant à la
déesse *Strenna* le droit de présider aux
étrennes.

Depuis, cet usage fut suivi par les Romains, avec quelques variations seulement
dans la forme et dans la nature des présens. Les personnes les moins riches donnaient ordinairement des figues, des dattes
et du miel, que l'on couvrait quelquefois
avec une feuille d'or. Les cliens y ajou-
taient, pour leurs patrons, quelques petites pièces d'argent : c'était bien le moins
qu'ils se montrassent en cette occasion
reconnaissans de tous les bons repas qu'ils
en recevaient dans tout le cours de l'an-

née, et que les romains appelaient *caenae rectae*.

Le peuple, les chevaliers et le sénat donnaient des étrennes à Auguste; et c'était vraisemblablement de l'argent, puisqu'il s'en servait pour acheter des statues dont il décorait les temples. En son absence, on portait au capitole les présens qui lui étaient destinés.

Tibère, généreux et magnifique dans les commencemens de son règne, avait coutume de distribuer lui-même à ses amis le quadruple des étrennes qu'ils lui avaient données.

L'insatiable avidité de Caligula le porta à déclarer par un édit, qu'il recevrait des étrennes au commencement de l'année. En effet, le premier de janvier, il se tint dans le vestibule de son palais pour recevoir l'argent que les citoyens de tous les ordres de l'état lui apportaient.

L'imbécillité de Claude délivra les Romains de ce tribut tyrannique. Il défendit qu'on lui fît aucun présent.

Cependant le peuple n'abandonna jamais l'usage des étrennes que les grecs avaient déjà adopté, en lui conservant son nom.

Dans les premiers siècles de l'église, les empereurs chrétiens reçurent des étrennes. Mais les cérémonies mêlées de paganisme qui les accompagnaient, obligèrent les conciles et les pères à les proscrire.

Du tems des anciens romains, le premier jour de l'an, ainsi que le dernier, étaient consacrés à *Janus*, que l'on représentait avec deux visages, dont l'un regardait le passé et l'autre l'avenir ; le même jour de l'an, comme tous les premiers jours de chaque mois, étaient encore consacrés à *Junon*, et enfin à *Strenna* qui présidait aux étrennes. Ainsi le concours de ces trois fêtes instituées en l'honneur de trois divinités différentes, donnait lieu à des sacrifices, des danses et des festins qui dégénéraient souvent en orgies. Outre cela chacun avait ses superstitions particulières : les uns s'habillaient de neuf, les autres travaillaient pour n'être pas paresseux le reste de l'année; on se faisait des souhaits ; on ne prononçait aucune parole de mauvais augure : aussi le peuple de Rome, consterné du supplice de *Sabinus*, mis à mort le premier jour de l'an par ordre de Tibère, s'écriait-il : *Quem enim diem vacuum pœnâ ubi inter*

sacra vota, quo tempore verbis etiam
profanis abstineri mos esset, vincla et
laqueus indicantur?

Les chrétiens, en conservant toutes ces
superstitions, y en ajoutèrent de nouvelles,
et les choses en vinrent au point que le
sixième concile tenu en 680 fut obligé de
supprimer les *calendes*. C'est ainsi que les
Romains appelaient le premier jour de
chaque mois, d'où l'on nomma *calendes*
les fêtes qui se célébraient le premier jour
de l'an.

Mais depuis que les étrennes sont devenues un signe d'amitié ou de politesse,
sans mélange de paganisme, l'église a cessé
de les proscrire, et l'usage s'en est conservé jusqu'à nous.

Aux figues, aux dattes, au miel que se
donnaient les Romains, comme pour se
souhaiter une vie douce et paisible, ont
succédé chez nous, sans doute dans la
même vue, des sucreries de toute espèce.
Au reste, on s'embrasse, comme chez les
Romains, sans s'aimer davantage, et l'on
se fait des souhaits où le cœur n'est le plus
souvent pour rien.

Tout ce que je viens de vous dire me

rappelle un usage qui se pratique en Russie aux fêtes de Pâques, et qui ne ressemble pas mal à nos visites et à nos étrennes du jour de l'an. C'est encore une sorte d'institution religieuse, une profession de foi. Hommes et femmes, tout le monde se visite, on s'annonce dans les maisons en disant : *J. C. est ressuscité;* on vous répond : *Oui, il est ressuscité :* on se baise sur la bouche ; on se donne mutuellement des œufs, et l'on boit beaucoup d'eau-de-vie.

FIN DU PREMIER VOLUME.

TABLE

DES MATIÈRES

Contenues dans le premier volume.

FIN DE LA TABLE DU PREMIER VOLUME.